追随

李肖 著

百花洲文艺出版社
BAIHUAZHOU LITERATURE AND ART PRESS

图书在版编目（CIP）数据

追随 / 李肖著. -- 南昌：百花洲文艺出版社，
2021.12

ISBN 978-7-5500-4467-8

Ⅰ.①追… Ⅱ.①李… Ⅲ.①中篇小说－小说集－
中国－当代 Ⅳ.①I247.5

中国版本图书馆 CIP 数据核字（2021）第 224033 号

追随
ZHUISUI

李 肖 / 著

出 版 人	章华荣
责任编辑	郝玮刚
封面设计	肖景然
书籍装帧	兰 芬
制 作	书香力扬
出版发行	百花洲文艺出版社
社 址	南昌市红谷滩区世贸路 898 号博能中心 A 座 20 楼
邮 编	330038
经 销	全国新华书店
印 刷	苏州彩易达包装制品有限公司
开 本	880mm×1230mm 1/32　　　印张 8.875
版 次	2021 年 12 月第 1 版第 1 次印刷
字 数	227 千字
书 号	ISBN 978-7-5500-4467-8
定 价	48.00 元

赣版权登字 05-2021-409

网址 http://www.bhzwy.com
图书若有印装错误，影响阅读，可向承印厂联系调换。

序　言

　　李肖的小说集出版在即，索序于我。我既感到荣幸，也真心为他取得的成果高兴。看到他的作品，我真是百感交集。

　　2017年秋，李肖来到西北大学文学院攻读硕士学位，我忝列为其导师。李肖为人沉稳干练，有着他这个年龄段少有的成熟，对生活和人生有自己的独特认识和想法。上《非虚构写作》课时，我才知道他有过工作的经历，我想大概是这个经历磨练了他的性格。他珍惜学习机会，在课堂上积极参与课程讨论，课外也不断做实验项目。他曾独自全过程组织、拍摄过一个项目，最后能顺利完成，实属不易。他邀请我参加了那次由他组织的小型讨论会，在会上了解了许多拍摄的艰辛，我非常感动。

　　读书期间，李肖刻苦钻研文艺理论，发表学术论文若干篇，还创作了多篇文学作品。本书中收录的三篇小说，都是他学习期间取得的成果。第一篇《老舅》在完成后不久，他便送给我阅读。我当时读完，颇感震撼，文字的凝练、精当自不必说，20出头的年轻人描摹中年人的心态和生活，竟能这么惟妙惟肖，实属不易。我当时就说，这篇作为毕业作品，也绝对够格了。果不其然，后来这篇作品参加了著名作家、茅盾文学奖获得者毕飞宇主评的"钓鱼城"大学生中文创意写作大赛，最终脱颖而出，获得了优秀奖。《追随》讲述了一段爷孙之间细腻、微妙的关系，行文简洁内敛，短句为主，情感表达极为克制，有自己独特的叙述风格，后又获得了2018华谊兄弟中国青年新影人大赛小说组年度优秀奖。第三篇《家有儿女》则以一个11岁孩子的视角，讲述了一个二婚家庭的故事。据官方资料，目前中国离婚率节节攀升，这也导致"重组家庭"越来越多，引发的各种问题引人注目。这篇小说构思独特，且触摸到了时代的脉搏。

我认为一篇好的作品，要么内容上有新意，传达时代的困境；要么写法上有新意，能探索出自己独特的叙事手法。李肖的作品，可以说在这两个方面都达到了一定水准。

文学创作是一件艰苦的事情，比起学术论文写作，文学创作可能入门更容易，但要写好，实则更难。创作中有些属于性灵天姿的东西，是后天不易弥补的，人们往往由此得出"文学不可学，不可教"的结论。10年前传入中国的创意写作理论，极大地突破了这种认识，它认为文学不仅可学，也可教。写作中的天赋很重要，但天赋要表现出来，则需结合丰富的人生经验和纯熟的写作技巧。写作课堂提供写作理论，传授写作技巧。通过练习修改，实现作品的改进；通过交流讨论，激发写作灵感，将经验转化为文本。与其强调李肖天赋出众，我更愿意强调他后天的不断努力，强调他在西北大学创意写作课程学习时，与老师和同学的交流、讨论、互动对他写作的启发。

李肖毕业不到三年，我真心为他的成长和努力感到欣慰。希望他能以这部小说集的出版为起点，从此文学人生一帆风顺。期待他能有更多好作品奉献给读者，祝福他的文学道路越走越宽阔。

苏岑

（韩国）成均馆大学博士、西北大学文学院硕士生导师

2021 年 5 月 9 日

目 录
CONTENTS

老舅

（第二届"钓鱼城"大学生中文创
意写作大赛虚构组优秀奖获奖作品）

一

老舅近来有些疲惫。

最让老舅困扰的是，最爱的儿子大学毕业已经两年了，依旧没有工作。老舅的儿子也算得上优秀，大学毕业的时候还是校级优秀毕业生，可儿子有一个后天缺陷——右手的无名指和小指残缺不全。

老舅和舅妈年轻的时候在外打工，把年幼的儿子留在家里，让姥姥照看。儿子好动，姥姥浑身是病，不能时刻跟在孙子后面。儿子经常跑到邻居木匠家看木匠叔叔做木活。有时候木匠叔叔忙起来，就让孩子搭把手，有一次，不小心把手伸到了木匠家轰鸣的电锯上，被锯掉了右手的无名指和小指。当时市里的医疗条件差，接肢手术只有省城能做，省城路途遥远，看着血流如注的手，老舅接受了医生的建议，直接缝合了伤口。几个月后，打开儿子手上的纱布，看着残缺不全的手指微微搔动，舅妈哭成了泪人。好心的医生打开一本伤残鉴定指南，指给舅妈看，示意给孩子做个残疾鉴定，申请政策补助。舅妈拿起书，扔在医生脸上，大骂道："你才残疾呢！你们全家都是残疾！"意识到时机不对，好心办了坏事，医生忍着痛，默默低下头，不敢吭声。老舅把舅妈拽出了医院。

此后每隔一段时间，舅妈就要为此发一通牢骚。让舅妈没想到的是，儿子仅用剩下的三根手指依旧能写字，字迹刚劲有力。儿子的名声很快传遍了学校。学校里书法造诣很高的副校长主动把老舅的儿子收入门下，边指导边推荐他参加青少年书法比赛。手里捧着儿子拿回家的一个个奖励和证书，舅妈又哭成了泪人。老舅站在一旁，认真地看着儿子用三根手指写出的毛笔字，眼神中夹杂着些许迷惑。这是老舅万万没想到的。老舅的儿子在一阵又一阵的表扬声和赞许声中，完成了小学、初中、高中的学业，并顺利考入大学。

在大学担任了书画协会会长，年年拿下一等奖学金，还以最优异的成绩拿到了教师资格证的儿子，万万没想到毕业之后会面对如此惨淡的局面。

老舅的儿子大学毕业后，回了老家。面对不景气的经济，毕业就是失业的窘境，老舅的儿子既是随大流，也是顺老舅和舅妈的意愿，加入了"公考"大军。此时，手指缺陷的负面效应就渐渐浮现了。伴随着一次次充满希望的笔试入围和一次次欲哭无泪的体检不合格，儿子陷入了绝望的泥沼。

就这样，老舅的儿子待业在家两年了。

舅妈觉得，要是找不到工作，就先给儿子结婚得了，做父母的也算了却了一桩人生大事。老舅也不反对。老舅觉得自己还很年轻，甚至还从未有过当爷爷的想法，但是一旦想法在脑子里萌芽，就落地生根，有点欲罢不能、挥之不去了。想到抱孙子，老舅像是又回到第一次做父亲的时候，不由自主地陶醉在一把安乐椅旁边放着一个小摇篮的温馨想象中去了。可没想到的是，老舅的儿子在相亲场上也一次次碰壁，每一次失败的根源竟还是那两根残缺的手指。

老舅不明白了，儿子的学生时代，这残缺的手指带给儿子和家庭的都是身残志坚的赞许和特殊的关照，可一进入社会，这手指怎么就成了儿子头上的"紧箍咒"了呢？现在这不仅仅是儿子的"紧箍咒"，更是老舅全家人的"紧箍咒"了。回忆过去，老舅以为这缺陷是儿子因祸得福的宝贵收获，命定的收获。

这"收获"现在已成了儿子难以遮掩的伤疤、老婆抱怨的主题和家庭矛盾的焦点了。

矛盾是无法掩盖的。待业在家还只是悬浮在海面上的冰山。儿子渐渐自我封闭起来，时常带着情绪，这情绪像一片阴霾笼罩在老舅和舅妈头上。

老舅历来慈祥而威严，儿子的情绪表现在舅妈那边是大吵大嚷、疾风骤雨式的；在老舅这里则变成了沉默着的、闷着的，变成老舅嘴里的"不尊重"了。

"这兔崽子没良心了，不尊重他老子了！"老舅时常在舅妈面前这么抱怨。

这期间的某一天，大中午，老舅打开儿子的房间，窗帘紧拉着，屋子黑乎乎的，地窖一般，床上的被子没叠，几个月没换洗的旧衣服和袜子堆在床脚和床头柜上，散发出一股陈旧的酱油味。

老舅伸出食指，在书桌上轻轻一划，一指灰。转过身，看到垃圾桶里塞满了带着食物残渣的零食袋、纸屑和空饮料瓶。老舅在电脑桌后站了好一会儿。儿子注意到了老舅的身影，没理会，依旧自顾自盯着电脑，双方都在用沉默与无视和对方作对抗。冷暴力逐步升温，老舅打算给儿子一分钟。

五分钟后，老舅爆发了。老舅严厉斥责儿子的颓废和懒惰，儿子不转头，也不吭一声，老舅加重了语气，命令儿子把垃圾桶里的垃圾倒掉，依然没见儿子有任何回应。被浇了一盆又一盆冷水，老舅的脑袋气得冒烟，心凉到了极点。

　　物极必反。老舅一下火了，扯住儿子的衣领，抬起手。儿子猛地转过头，盯着老舅，目光里是热腾腾的岩浆。

　　时间模糊了，不知过了多久。面对始终默不作声的儿子，老舅反而害怕了，不由自主地松开了手。

　　老舅尴尬地退出卧室，垂头丧气地走到阳台，看了看自己的手掌，手掌还在颤抖。虽然没下手，可回想儿子刚才的眼神，老舅反而像是自己被儿子打了一巴掌，还要难受些。

　　老舅背靠着墙，全身僵硬，努力控制住颤抖着的手指，一口气连着点了四支烟。

　　老舅和儿子依旧同住一个屋檐下，但是相互躲闪着，竟有半个月真没碰到面。

　　与儿子的交流陷入困境，老舅束手无策。看着舅妈整天愁眉不展，老舅只好找来历来走得最近的五妹开导儿子。

　　五姨从小看着侄子长大，视如己出，儿子也很尊重五姨。五姨是市里一所重点初中的语文老师，成天琢磨怎么与青春期的孩子们打成一片，对揣摩年轻人的内心世界更有经验。当老舅和五姨谈到这件事时，五姨的态度像是早有预料。五姨一次次地把老舅和舅妈牢骚的腔调和抱怨的话语稀释、过滤、净化，变成爱和关心的词语，灌注进侄子的耳朵，结果收效甚微。侄子也是个有主意的人。经过几番交谈，五姨渐渐没了劝说的声音，只剩下默默倾听。几次试探后，五姨识趣地退场了。清官难断家务事，就算是五姨这样一个有二十年教龄的金牌老教师，面对一地鸡毛的家庭纠结，也只得独自叹息。感叹时光匆匆，物是人非。

老舅家的气氛，经历了潜伏期到爆发期的骤变后，再次进入潜伏期。

这场冲突后的第三天，老舅做了一个梦。这个梦，成了老舅此后一系列噩梦的开端。

老舅出生在骆城，骆城位于黄土高原与毛乌素沙漠交界地带。南部六县位于黄土高原地带，荒蛮贫瘠，人口稀薄；北部六县位于堪称"肥沃"的毛乌素沙地，地下水充足，庄户人家连年丰收，加之地下有"黑金"资源，富裕之名，远播全国。南北差距，形成了贫富差距的鲜明区划。老舅的老家，正好处在沟壑丛生的黄土高原最后几道山梁上。梦里的情节发生在老舅还很小的时候。

小时候的老舅总是背着一个和自己差不多高的粪筐，游荡在山路上，为公社的第二生产队拾粪。在那个人都吃不饱的时代，生产队的驴子大部分时候都只能吃树皮充饥。作为精华的自然肥料——驴子的粪便像金子一样难寻。梦中的那天是个大晴天，毒辣的太阳刚爬到万里无云的当空，到处都是光秃秃的山，没有阴凉可乘。万物的影子此时都聚合成小点，老舅把自己的影子踩在了脚底。刚刚爬过一条又长又陡的山梁，总算到了平坦开阔的山峁上，走了一整个上午，老舅累得汗流浃背，气喘吁吁，有气无力地拽了拽自己的破草帽，坐下来休息。还没等屁股坐实，突然传来一阵阵笑闹声。老舅抬起头，看到一群生产队的青年们都不干活，围成一圈，那场面像是集市，吵吵嚷嚷的。老舅走近人群，凑上去一瞧，才知道原来是一个区神恶煞的青年正拿鞭子死命地抽打一头驴，那是一头高大的褐色母驴，毛发细腻柔亮，在烈日下闪着金光。

老舅努力踮起脚尖把头伸进去，看到母驴被拴在一棵瘦弱的小树上。母驴奋力挣扎着，可顶不住劈面而来的鞭打，瘦弱的小树也像是要被连根拔起。老舅从母驴湿润的鼻孔看出了它的虚弱，母驴的呼吸也越发沉重起来。看了一会儿老舅才发现，母驴微微浮肿的肚皮像是有了驴驹子。

"这是一头能生养的母驴啊！"老舅愤怒地喊了一声，"你们怎么忍心！"

围观的人群听到了老舅的呼喊，突然停住了，转过身来看着老舅。随后，那个鞭打母驴的年轻人乜停住了。他往空中猛甩了一下鞭子，呼哧！鞭子发出了清脆的抽击声，随后收起鞭子，黑着脸朝老舅走过来。老舅胆怯地朝后退了几步。

他站在老舅面前，高大的身影遮住了老舅头上的阳光。

带鞭子的年轻人一边摇晃着鞭子，一边用要挟的口气说："拾驴粪的小子，你管什么闲事！"

围观的年轻人你看看我，我看看你，其中几个人在相互传递眼神。突然，人群中跳出了三个强壮的青年，他们一哄而上，把老舅压倒在地上。老舅极力反抗，嘴里不住地用陕北土话扯出十八代祖宗咒骂那些年轻后生，骂得五花八门、色香味俱全。后生们实在听不下去了，使劲捂住老舅的嘴，想让老舅闭嘴，可老舅的嘴猛烈地张合着，锋利的牙齿不停地打战，像是一头浑身是劲的小驴驹，后生们看到老舅求生般的挣扎，吓得缩回了手。其中一个青年没放手，转溜着眼珠，突然灵光一现，咧起嘴对着老舅坏笑了一下，然后伸手抓了一把老舅身旁被打翻在地的粪筐里的粪，使劲塞到老舅嘴里，粪便顺着老舅的喉管往下钻，老舅瞪着眼睛，嘴里发出"扑哧、扑哧"的响声。

"驴粪小子！"年轻后生们一边大喊着，"你要是心疼，你就吃驴粪吧！"一边哄笑着散去了。

耳边再次传来鞭打母驴的声音。老舅的脸渐渐发紫，无法呼吸。

老舅被噎醒了，大呕了一声，伸手摸了一下额头，满是汗。

下了床，到厨房里接了杯水，看着窗外的夜色，枯黄一片，老舅渐渐镇定了下来。老舅隐约感到这不是个好兆头。

和儿子半个月没碰面，之后的几个月，偶尔见面，也不说一句话。老舅拉下脸主动示好，儿子似乎不太领情。

老舅是慈父，在老婆和儿子有分歧时，向来偏向儿子，与儿子站在同一条战线。面对这样疏离的局面，老舅心里膈应。可碍着做父亲的威严和对儿子不成器的失望，老舅不愿再让步了。僵局持续着……

现实却不容许老舅停留在这样的僵局里。

老舅一直不安地等待着那个不好的兆头，不好的兆头就真的来了。

没人知道姥姥是什么时候去世的。

五姨是最近一个去看姥姥的人，可那也是五个月前的事了。姥姥的遗容已然僵硬，也就是说，姥姥可能已经死了好几个月了。

那天正好大雨。老舅一如往常，骑着摩托车运送汽车配件，突然接到了村里邻居家打来的电话，便匆匆赶回老家。

大雨如注，模糊了视线。老舅的眼角满是水珠，不知多少是雨水，多少是泪水。唯一清晰的是，老舅那张雕塑般的面孔，没一丝变化，仿佛肌肉都凝固一般。

就在老舅冒雨前行时，我的母亲和四个姨也都接到了邻居家的通知。

他们差不多同时赶回村里，进了门，看到姥姥紧靠炕墙坐着，头垂到一边。老舅鼓起勇气，将姥姥的脸缓缓转过来。姥姥的下嘴唇已经被老鼠啃掉，露出了黑乎乎的牙齿。老舅慌忙松开手，姥姥的脸又垂了下去。老舅将姥姥放平，从旁边扯过来一条破枕巾，盖在姥姥脸上。

没有人见到姥姥的最后一面。姥姥养的三花猫，也不知所踪。据村里有经验的老人说，姥姥应该是两个月前死的。

"死了两个月的人差不多就是这种样子的。"村里的老人们平静地说。

姥姥死在了这个只剩下五个孤寡老人的村子里。自从姥爷死后，八年了，姥姥一个人住在农村老家。老舅是姥姥唯一的儿子，也是家中老大，身后还有五个妹妹。姥姥的所有孩子，我的母亲、老舅和四个姨，或是租房子，或是买了房子，总之，全都住在城里。

看到姥姥倚靠在土炕旁面目全非的样子时，五姨脸色苍白，怪叫一声。

"我早就知道妈会这么没的，我早知道会这样的，我早就知道！"五姨大哭着说道。

五姨双手捂着脸，跑了出去。

我的母亲和其他三个姨反应不一，但全都吓傻了，随后纷纷跑了出去，躲在门外。只有老舅留了下来。

老舅跪在地上，埋着头……

没人知道老舅当时在想什么。或许老舅什么也没想，只是在等待。面对躺在面前的母亲，老舅耐心等着，似乎母亲还会醒来，像小时候那样，告诉自己该怎么做，而自己只要照着吩咐去做，便一切如常了。老舅就这么一动不动地埋头等着。

如果没遭遇这样的惨剧，人们便会认为把姥姥一个人留在老家也无可厚非，毕竟现今这样的事太普遍了。可一旦发生了，问题的严肃性就前所未有地摊开了。

所有的谴责和批评都劈头盖脸而来，老舅自然就处在了这谴责声的旋涡中，不仅是村里的其他人，甚至是邻村的人也都或在明里暗里，严厉地谴责老舅。除了五姨，老舅的其他四个妹妹，也都不同程度地对哥哥心存怨气。

老舅始终默默承受着。老舅沉默，一根接一根地抽烟。在料理姥姥丧事的那些日子里，老舅仿佛自我作贱似的，在所有的事情上都亲力亲为。作为儿子，老舅夜夜守灵，在打坟、朝亡、抬棺送葬等一系列丧礼流程中也扑在前头，拼命干。料理丧事的前后，整整一周，老舅几乎没合过眼。村里人都知道老舅是个强人，但不管怎样强悍的人都经不起没日没夜的折腾，老舅的妹妹们也都看不下去了，纷纷劝说老舅，可老舅依旧一声不吭地拼命干。

老舅是想用葬礼为自己赎罪，大家都看在眼里，可又像是在赌气。老舅心里有委屈。老舅当然有委屈的理由。所有熟悉的目光都盯着他一个人，只因他是姥姥、姥爷唯一的儿子。葬礼俨然变成了大型道德演出，老舅被动地扮演着反派的角色。

老舅用肉体受折磨，来发泄心底的委屈和伤痛。

老舅是隐忍惯了的，即使是在姥姥灵前守灵的时候，也没人见老舅流过一滴泪。

一个星期后，丧事结束。大家一起乘坐大姨夫的车返城，紧张的一周后，大家如释重负，气氛也松快了许多。老舅默默地坐在后座靠窗处，不知不觉已泪流满面。老舅把脸伸向窗外，任凭泪水沿着下巴滴落，随风飘散。

一旁的大姨和三姨，原本还在他家长你家短地嚼着舌头，见老舅哭了，也都再不说话。

就这样，老舅用泪水与姥姥告别。老舅的痛、老舅的爱、老舅的委屈、老舅的赎罪，统统融入这无声的泪水，留在了故乡的土地上。

老舅唯一带走的，是噩梦。姥姥死后很长一段时间里，老舅每天夜里梦到姥姥，姥姥死去时可怕的惨相，永远留在了老舅的梦魇里。即便不做噩梦，只要一想起姥姥，老舅也时常心神恍惚。

二

老舅叫陈宏，是个"能人"。不仅是家里公认的，也是村里公认的。强健的身躯，坚韧的意志，朴实的个性，这些陕北农民最值得自豪的优秀品质，在老舅身上体现得淋漓尽致。

中学时代的老舅，每天骑自行车上下学。老舅所在的学校离家有十几里山路，虽然有自行车，但陕北高原上山路崎岖，沟壑纵横，一路上时而上坡，时而下坡，半数时候只能扛着车子前行，可谓翻山越岭。即便这样，初中三年，每天来回二十几里，早晨很早就披星戴月地出发了，晚上放学，再披星戴月地回家，老舅却从来没有抱怨过。

寒冷的冬夜里，一个高瘦的黑影扛着自行车在漆黑的陕北高原的沟壑里忽隐忽现，没有树，没有河流，一切都是灰黑色，没有生机，没有色彩，只有嘴里呼出的热气在月光下分外明亮，仿佛成了这片晦暗大地上唯一的一抹亮色。

老舅初中毕业后，就坚决辍学了。个中原因有很多，当然，有为家庭减轻负担的考虑，毕竟，老舅的家庭较为贫寒，五女一男，女眷众多，男丁稀少，劳动力严重短缺，生产队的工分欠了一年又一年，以至于老舅打小就有一种紧迫感与危机感。另一方面，老舅的辍学也是主动的、有意识的。

与其说老舅没有太大的志向，倒不如说老舅务实且自信。老舅坚信，凭借自己的勤劳就足以立足社会。于是，在姥姥和姥爷坚决的反对声中，老舅以优异的成绩完成了初中学业后就果断辍学了。辍学以后，老舅到砖厂里打工，工作没几年，便攒够了结婚的彩礼。20世纪80年代的婚姻，有了足够的彩礼就可以娶一个很不错的媳妇了。有了几年的积攒，加上姥姥和姥爷的贴补，老舅在村里盖起了第一栋红砖房，当时村里大部分人都还住在土窑洞里呢。老舅成了"第一个吃螃蟹"的人，村里的后生们纷纷效仿老舅，盖起了红砖房。

　　老舅娶了一个同样高瘦且强壮的媳妇，两人颇有夫妻相。在很多人看来，老舅和舅妈是天生一对，后来的事实证明的确如此。两人同岁，性格差异却很大，老舅仁厚，舅妈脾气大，有些斤斤计较。人们说老舅是"妻管严"，其实舅妈在很多方面都是尊重丈夫的，可以说是给足了老舅面子。两口子很少吵架，只是近来因为儿子的事，生出颇多意见。尤其是儿子大学毕业后没有工作的事，让舅妈也忧心忡忡。就夫妻关系而言，老舅和舅妈之间几乎没出过大问题，这很大程度上得益于老舅的忍让。可到了四十五岁这一年，老舅似乎在很多方面都不愿忍让了。

　　老舅没什么宏大的志向，但也是个与时俱进的人。照顾好家人，始终是老舅最为看重的责任。

　　老舅有一个原则，就是努力让自己处在社会中大多数人所处的位置，与潮流趋势共进退，这样才能保证足够的安全感。时代在变化，农民进城已经成了大趋势，留在村里就意味着原地踏步，原地踏步意味着不进，不进则退，就免不了沦落到社会的边角旮旯，家人也跟着遭罪。

这样的危机意识早就在老舅的脑袋里萌芽了。

就在村子里的年轻人还面朝黄土背朝天地重复着祖先的劳作时，老舅便扔下锄头，大胆地行动了。

老舅抛下了老家才住了五六年的崭新的红砖房，进城租房住了。老舅也不在砖厂干重体力活了，做起了配送工作，专门负责4S专卖店的汽车零部件配送。彼时的配送工作不同于现在红火的互联网外送模式，没有平台抽成，老舅只为汽车厂商服务，收益也更为可观。面对姥姥、姥爷的不理解和不支持，老舅的内心没有动摇。

老舅和舅妈目标一致，夫唱妇随，两人省吃俭用，处处精打细算，在他们四十周岁那年，买下了老城区的一栋二层独院。

没多久，紧靠着老城区，打造一座"国家级高新技术开发区"的号角突然吹响了，各种工程紧锣密鼓地开工建设，一座座高楼大厦崛地而起，大量的外来务工人员涌进小城。过了三年，房价开始上涨，他们的房子升值了一倍，又过了短短两年，房子估价飙升到三倍以上。老舅从小习惯了为生计担忧，面对突如其来的美事，心里总免不了有些疑虑。

想不通，便不再多想。老舅把院里的小房和正房一楼租出去，让舅妈做起了包租婆，自己则照旧忙活配送工作。

房租的收入让老舅的收入翻了近一倍。老舅感叹道，这哪是买了一套房子啊，简直是买了一个无形的劳动力嘛！

有人告诉老舅，这是吃上了时代发展的"红利"所致。老舅只知道吃苦，未曾想过要吃时代的"红利"，更不明白时代的"红利"为何物。对老舅来说，踏实肯干、从点滴做起、不怨天尤人，这是生活的基本要求，无关其他。所以，老舅对于自己在社会中所处的位置和取得的成绩，始终是一种自然而然的态度。有时候回想起来，似乎一切出乎意料，但仔细想想，又步步都在情理之中。

积极进取，然后随遇而安，这是老舅的生存哲学。

即便是买了房子，老舅依旧勤勤恳恳。需要的时候，加班加点工作也毫无怨言。有时候深夜下班，老舅舍不得在外面买吃的，便提前叫舅妈热好饭菜，回来吃。有时到了数九的寒冬，晚上八九点钟下班回到家，刚端起碗筷，主管的配送电话打来，老舅顾不得吃饭，立马扔下碗筷，一边吞咽着烫嘴的饭菜，一边起身，绑上厚厚的护腿和袖套，戴上头盔，骑上摩托车，平稳地穿过朦胧的夜色。在配件市场上，没人比老舅干得更久，没有人比老舅更可靠、更值得信赖。不管什么时候，老舅都以工作为主，甚至参加亲戚的婚礼，老舅也不喝酒，配送电话一到，撂下碗筷，随时出发。忙碌工作之余，老舅还默不作声地拿到了汽车驾驶证。

深知勤劳的价值，这是老舅立足的根本，也是他心里踏实的稳定器。可最近，老舅的心理越来越不踏实了。

起初只是儿子将工作不顺的怨气抛给自己，现在就连舅妈也将一切恼事归罪于自己。老舅仿佛成了一个出气筒，一天疲惫的工作结束后，回到家还要小心观察老婆、儿子的脸色，这和老舅一直以来的追求背道而驰。

心情不好的时候，老舅只能无奈地抽烟。面对与儿子的矛盾，老舅无可奈何，却并不过分担忧。老舅心里清楚，儿子长大了，迟早要有自己的生活。父子间的矛盾，随着儿子逐步建立自己的生活，自然会得到解决。老舅唯一能做的就是尽量不去干涉儿子，在生活的细枝末节里，默默照顾儿子。那个至今让老舅的右手隐隐作痛的巴掌，只是过渡期的一段小插曲，不会吞噬父子之间的感情。

真正让老舅苦恼的是夫妻关系的恶化，且没有一丝改善的迹象。

这里存在一个硬件问题。作为夫妻吵架床头吵床尾和的利器，老舅和舅妈的性生活出了问题。

在老舅四十五岁的这一年，老舅和舅妈的性生活出现了严重的障碍。在老舅的记忆中，近半年时间，夫妻之间只有过三次性生活，只有第一次还算和谐。

那天是正月初四，恰逢春节长假，儿子去了奶奶家，家里来了亲戚，老舅很有兴致，便喝了些酒。送走了亲戚后，两人一起收拾了家庭聚会留下的一片狼藉。舅妈看上去似乎也是难得的好心情。儿子不在家，只剩夫妻二人，两人一下子感觉像是刑满释放的囚徒，平日里压抑的气氛消失了，不必再有什么顾虑，整个房子都是他们的。老舅借着酒劲，显出了全然不同的另一面，一家之主的威严和姿态一扫而光，变得亲切火热起来。

中年夫妻的性生活是直率而熟练的，老舅和舅妈也不例外。有十多年没有在卧室以外的地方做爱的老舅和舅妈，突然好像又回到了二十多岁年轻气盛的时候。在客厅的沙发上，半个多小时之后，伴随着舅妈的抓挠与尖叫声，老舅用最传统的姿势，在汗流浃背、脖颈通红的状态中不舍地释放了自己，也释放了舅妈被压抑许久的体验。这次难忘的性生活后，两人赤身躺在沙发上，相拥着笑了很久。这放松的笑好像也蕴含着某种预兆。笑声结束后，老舅的心里生出了一丝不安的念头。

此后的两次性生活都间隔了好几个月，且都是草草收场。第二次是后半夜，做着做着，舅妈一直盘算着昨天给住户拟定的取暖费是不是低了点，想着想着，便有些烦躁地说，没感觉，太累了。老舅只好尴尬收场。第三次，也是最近的一次，在两个月前，也是老舅扇了儿子一巴掌的半个月前，这次舅妈很有些兴致，但老舅刚刚进去就泄了，舅妈只是抱怨老舅没准备好就瞎撩拨她，老舅却隐隐地有些害怕。

那会儿，天刚黑，时间尚早，且还是老舅少有的假期，老舅一整天待在家里，可谓精力充沛。老舅却早泄了。直到入睡，也没能再次勃起，老舅越发觉得不正常。

往常可不这样的啊！

老舅是一个健壮的中年男人，虽然看着偏瘦，但都是结实而有活力的腱子肉。长期的劳动，让老舅养成了一副好的胃口，能吃能喝，不挑食，也练就了一副结实的身体。刚结婚那几年，一次，砖厂晚上八点多才出完砖，第二天是个难得的休假，老舅当晚十点钟就赶回了家。小两口已经两个星期没见面了，刚到家，舅妈把饭放回锅里，顾不上让老舅吃口热乎的饭就关上卧室门，小两口很快就裹在温暖的被窝里。夜里十点到家，半夜一点多，舅妈才从厨房拿出已经冷了的饭菜，看着老舅狼吞虎咽地吃着，小两口有说有笑地聊到半夜两点。这之前，三个小时里，两人先做了两次，老舅不想做了，耐不过舅妈的要求，又做了一次。三个小时三次，想想也觉得没什么。第二天早上六点钟，老舅就在晨勃中清醒了，小两口在被窝里一直腻到上午九点才起床，这期间，又做了两次。从晚上的十点到第二天早上九点，老舅扳了扳手指头，十一个小时，做了五次，还是在一整天的劳动之后，这确实有点分量了。可老舅依然精力旺盛，忙进忙出，没个停。

回忆越多，老舅便越发地心慌起来。虽然性生活里泄一次很正常，想到自己年轻的时候也曾经泄过，但很快就能重振雄风。可这次泄了，却再也没法唤醒更多的热情了。

在这个漫长的、无法再次勃起的夜晚，老舅万万没想到，自己竟然做了前半生唯一的一个春梦。

这个春梦的情节大概是老舅的一个真实记忆。

那是老舅的中学时代。那时候的农村初中，生物课中的"两性生理课程"往往作为自学部分，被老师直接跳过，而"两性生理课程"又往往是整个生物课本的开篇第一章，这样就造成了一个现象。在那个纯真、奋发的年代，勤奋的学生们把课本的边缘空白都用来记笔记，唯独打开生物课本，会发现毫无铅尘、干净如新。老舅的生物课本也是如此。老舅和大多数学生们一样，对于"两性生理课程"充满好奇，可常规的课程挤满了老舅的学习时间，下午放学后，大量的时间又耗在了赶回家的路上。回家吃过饭，已将近后半夜，想要看会儿书，只好挑灯夜读。那时候没有电灯，只有煤油灯，煤油金贵，半夜点煤油看书时常被姥姥骂。

"白天不好好学习，半夜了装什么样子！"姥姥这样一骂，老实听话的老舅就赶紧熄灭油灯。余下的就只有周末了，可家里的农活又占据了老舅全部的周末时光。在家几乎没时间拿起书本，老舅只好利用在学校的有限时间跟着老师们的课程计划亦步亦趋地学习。这样问题就来了。到了期末，老舅其他的课程都很熟悉、很优秀了，但一直想看的生理课程却抽不出时间看。

没有理论知识，自然无法指导实践。老舅有个女同桌，短发，平日里很活泼，近来却胖了许多，且胖得异常。老舅始终琢磨不透，平日里很熟悉的女生，近来胸前为何有些肿胀？老舅甚至找不到合适的词来形容这种变化，只能用"肿了"一词。在老舅看来，女同桌似乎得了病，老舅将此病命名为"胸前浮肿病"。

终于有一次，老舅耐不住满脑的疑问，低声地问女同桌，是不是病了。女同桌答道，她没病。

"那你怎么有肿块了?"老舅不敢指得太精确，便说，"你看你肚子上面。"

女同桌听后，笑翻了。

老舅意识到自己的描述不准确，干脆直接说："不是肚子，是你的胸前，起了肿块了!"

女同桌终于听明白了，抱着肚子，笑得更厉害了。

老舅有点尴尬，短促地说了声："算了! 当我没问。"

女同桌突然不笑了，疑惑地看着老舅，问道："你没看生物课本吗?"

老舅说，看了。

女同桌低声说："生物课本第一章，生理课那部分!"

"没看。"老舅说，"我也很想看，只是没有时间。"

"你看了那章就知道了。"女同桌说。

"你怎么有时间看呢?"老舅好奇地问。

"我不像你，周末没你那么忙。"女同桌说，"我有时间，还可以做些功课。"

"女娃就是好。"老舅说，"没那么多农活，还可以看书。"

"都有肿块了，还好?"女同桌笑着反问老舅。

老舅一脸窘态。老舅确实没仔细研究过此病，不知其利害，更不知如何回答。

见老舅一脸认真的模样，女同桌忍不住又笑了。

"你还是要抽时间看看的。"女同桌突然郑重地对老舅说，"生物期末考试，要考这部分呢。"

"可我真的没有时间看啊！"老舅着急地说。

见老舅被自己逗得够呛，女同桌瞬间心软了，心里有了些愧疚。

女同桌自我反省了一会儿，随后凑过来，贴着老舅的耳朵，红着脸说："我们不是一起回家嘛，我路上给你讲吧。"说完，匆匆瞟了老舅一眼，脸更红了。听了这话，老舅也有些害羞。

两人刻意躲闪着，一日无话。

老舅偶尔抬起头，从乌黑的齐刘海看过去，女同桌若隐若现的脸颊和修长的脖颈，一片通红，却那么纤细，那么自然，那么美。白净得不像陕北女娃的脸，微微偏过去的下巴和脸颊，棱角分明，在阳光下，通透，闪着光，好像雨后滴着水滴的青葡萄。

老舅有些疑惑，自己之前为何不曾发现这样的美？

在未来三十年的时光中，每当看到电视上出现的全国公认的大美女站在镁光灯下的倩影时，老舅就会想起这张侧脸，但所有那些大明星的脸都没有记忆里的这张侧脸迷人，这样直击他的灵魂。

总之，这是老舅生命中最难忘记的几个画面之一。

女同桌的建议，既能节省时间，又能学有所获，一举两得。反复权衡后，老舅便以"传纸条"的方式，欣然应许。老舅之所以能理所当然地接受女同桌的帮助，是因为他也没少帮女同桌的忙。

老舅和他的女同桌来自同一个乡，只是住在不同的村子里。两人就读的中学位于乡镇中心，两人放学后总是相伴着一起回家。老舅家的村子距离学校远，女同桌的家更近些，老舅回家的路正好途经女同桌所在的村子，因此，实际的情况就变成老舅每天护送女同桌回家。

女同桌也骑自行车，只是不太熟练，骑起来七拐八拐的。女同桌平日里大大咧咧，也不会爱护自行车，掉链子、爆胎成了家常便饭。女同桌的自行车出了问题，老舅也没法骑车了。老舅帮女同桌修了无数次自行车，也帮女同桌扛了无数次自行车。

因此，在这片历来荒凉又充满传奇的黄土地上，时常就会出现这样一个场景。在陕北高原黝黑的山路上，两个年轻的身影，披星戴月，翻山越岭，缓慢前行，讨论着人类几千年历史总结出的最原始的两个人，一个男人和一个女人，那些最本源的身体知识，像发现了美洲新大陆的哥伦布一样态度严谨，也像亚当与夏娃，在漆黑的夜晚，漫步在伊甸园中，彼此观察着、交流着，为人类的繁衍生息思考着。女同桌在前面开路，老舅跟在后面，一人扛着两辆自行车，步伐沉重而坚实。女同桌不时回头看老舅，走到崎岖处，还伸手拉老舅一把。他们俩的身影在漆黑的陕北高原的沟壑里忽隐忽现，没有树，没有河流，一切都是灰黑色，没有生机，没有色彩，只有嘴里呼出的热气在月光下升腾，成了这片晦暗大地上唯一的亮色。

某一天的晚上，繁星布满天空，夜色格外迷人。两个人一边激烈地讨论着生理问题，一边吃力地爬上一座小山峁，老舅脚底下没踩稳，肩上的自行车晃动起来，瞬时失去重心，滑下了山坡。女同桌慌忙伸出手，舅舅一把握住。无奈舅舅身体重，顺势一拽，两个人一起跌下山坡，滑到山脚下，两辆自行车一辆压着一辆，两个人身体纠缠着，滚作一团。两人脸贴着脸，老舅的胸膛压在了女同桌的胸脯上。气氛出奇的安静，只听到山脚下的小河潺潺流动，在月光下，如水银泻地。

老舅摇了摇有些晕乎的头，看清女同桌的脸后，慌忙爬起来。女同桌也坐起身，轻轻拍打着身上的土。

猛然间有笑声传来。

"你笑什么？"老舅疑惑地看了看女同桌，问道。

"实践是检验真理的唯一标准。"女同桌一边笑，一边说，"男人的胡楂是硬的，书上说得对！"

老舅的脸涨成了紫色的芋头。女同桌说老舅是"男人"，老舅从来没被人用"男人"这个词形容过，所有的人都称呼老舅是个"男娃娃""小后生"。老舅不知道自己是不是可以算是个男人了，但是老舅知道女同桌是有点像女人了。女同桌是像她自己讲两性生理课程时说的那样，"发育"了。同样，实践是检验真理的唯一标准！他一直以为女同桌胸前的肿块是硬的，当他的胸膛压在女同桌讲给他的所谓"乳房"上时，终于从实践中检验出来了，那不是硬的，靠在上面软绵绵的，像是靠着棉花糖的感觉，女同桌讲得不假！

那天晚上，女同桌偷偷地亲了老舅。算不上吻，只是简单的嘴唇触碰。后来老舅回忆起来的时候，还觉得那个吻是干干的，没一点水分，也没什么特别的感觉，但老舅一辈子忘不了那个吻。

梦中女同桌的吻，吻醒了老舅。老舅的春梦就停留在这个吻上。

老舅略有不舍地睁开眼睛。这是连日来众多梦境中，唯一没有触发压力和恐惧的梦。老舅缓缓起身，点了一支烟，仔细回忆起了自己的青春岁月。

两支烟的工夫过去了，事实确凿无疑了。这不是梦，是现实，是曾经发生过的真实记忆。

老舅想到了和女同桌的后续。彼时处在青春期的老舅，在外人面前是一个内向的、不爱说话的男娃，对男女关系也尚未开窍。第二天回到校园后，老舅发现女同桌看自己的眼神有了奇异的变化。女同桌变得不爱说话了，两人也不再打打闹闹了，对话也不再是之前那般连珠炮似的了。在学习问题面前，女同桌不再那么激烈地反驳老舅的观点，更有一种"你说怎样就怎样吧"的顺从态度。

女同桌主动示好，老舅却始终沉默应对。

老舅的沉默并不是克制的，而是自然的。老舅的心思都在家里的事情上，无暇投入青春期的浪漫时光。老舅更不会想到，三十年后自己还会如此清晰地记得这个故事。

这个故事发生在读初中的末尾，两个月后老舅便辍学了。此后，两人再也没见过面。老舅始终不能确定这算不算是自己的初恋。如果女同桌不算自己的初恋，那老婆是自己的初恋吗？老舅转头看了看轻声打鼾的舅妈，坚决地摇了摇头。老舅心想，总要有个初恋，那女同桌就算作是自己的初恋吧。

让老舅不解的是，自己为什么会在如此尴尬的夜晚做这样一个梦呢？

老舅又开始担心昨夜性生活的失败了。

三

我的老舅无论如何也不会想到，在他四十五岁的盛年会患上阳痿。

从"打了"儿子到母亲去世，又过了三个月，现在，老舅不得不承认自己真的阳痿了。这几个月里，老舅早没了早晨该有的生理反应，喝了酒也没有生理反应了。这期间老舅和舅妈尝试了五次，一次都未成功。

老舅怎么也想不通，自己的身体依旧可以用强健来形容，即便是回到砖厂的重体力劳动，每天十几个小时的重物推运工作，也照样可以完成，也许只是没有年轻时那么灵便罢了。除了抽烟，老舅也没什么其他不良嗜好，甚至从未服用过什么有损性能力的药物。也许老舅和舅妈年轻的时候在性生活方面频繁、激烈了点，可哪些年轻的夫妻不是这样呢？进入四十岁以后，老舅和舅妈的性生活都是平稳且高质量的啊！

老舅的确有理由感到困惑，同样被困扰的就是舅妈了。

夫妻之间是极敏感的，五次性生活也不是一个小数目，老夫老妻对于对方的身体也是熟悉到了厌恶的地步了。尽管老舅在性生活中拼尽了全力，并且极力掩饰，可还是没有逃过舅妈的眼睛。

舅妈不像平时那样苛刻了，意识到事态严重后，舅妈不由得心疼起了老舅，主动调整姿态。舅妈调动了一个有二十多年性生活的女性的丰富经验，希望通过精心的"伺候"，唤醒老舅昔日的雄风，结果却是毫无起色。失望之余，舅妈还要揣着明白装糊涂。舅妈心里着急，又不能完全表明自己已知道事实的真相，因此，舅妈就不能表现得与平日反差太大，其中的尺度就很难拿捏了。

面对舅妈在性生活方面突然积极主动的态势，老舅开始并未理解。

"四十岁的女人如狼似虎，你是进入四十五岁才开始啊！"老舅这样调侃舅妈。

终于，在第五次性生活中，在老舅确定自己患了阳痿前的最后一次性生活中，也就是老舅明白了舅妈其实已经知道真相的那一次性生活中，舅妈精心"伺候"了老舅足足一个小时，可以说是拿出了一个女人二十多年性经验总结出的、所有的、最有效的技巧，老舅依然毫无反应。

一个小时后，老舅有些不耐烦了。

"算了，累了。"老舅说，"早点睡吧。"

"再等等，我还没来呢！"舅妈说，"快来了。"

"这样也能来？"老舅嘀咕道，"女人年纪大了，也怪了。"

"谁叫是女人呢，伺候男人是天性啊！"舅妈说，"哪像年轻的时候，遮遮掩掩的。"

"算了吧，早点睡吧。"老舅真的有点烦躁了，又重复了一遍。

"别着急，你等等！"舅妈也着急了，急促地说，"我就不信了，肯定能行的。"

老舅一听，诧异了。

舅妈意识到说秃噜嘴了，不由得低下头，一时不知道如何把话圆回来。

老舅转过身，背对着舅妈躺下了，把被子蒙到头上。舅妈愣了一会儿，然后关了灯，也躺下。

两人拉开距离，背对背躺着，一夜无话。

老舅的病在夫妻之间其实已经公开了。夫妻之间的默契，让这个问题不需要明摆在台面上，舅妈也比较自然地接受了这个现实。

夫妻俩没有为这个问题争论过，而是积极地寻找对策。相比于舅妈的积极态度，老舅显得有些消极。在安排中医大夫诊断时，老舅很配合地去了。大夫开的中药，老舅也能按点、按顿服用。当舅妈提出了要去西医男科检查时，老舅有些迟疑。舅妈清楚，老舅生怕被确诊为"不治"的阳痿。

服用了几个月的中药和四处打听来的偏方，毫无效果。老舅彻底灰心了，也就破罐子破摔了，更重要的是不想再看到舅妈发愁了，就下定了决心，去西医男科检查了。

检查结果很快出来了，不是身体上的毛病，果然是精神性阳痿。老舅松了口气，这是大家都能接受的结果。像老舅这样身强体壮、正当盛年的中年男性要是患上了"身体上"阳痿的话，倒是咄咄怪事了。欣慰的同时，老舅又开始担忧了。精神性的阳痿虽说不算严重的阳痿，却是出了名难治的阳痿，简直就是束手无策，或许只有等待奇迹出现了。这还不算是最难堪的，最让老舅不安的，不是突如其来的病，而是无法履行一个丈夫在性生活中对妻子的义务。

　　老舅为此内疚，精神也渐趋低落。老舅越是内疚，对舅妈的态度就越冷淡，脾气也就越坏。此时，已平稳运行二十多年的夫妻关系，有了微妙的变化。老舅脾气大了，心眼小了，斤斤计较了；舅妈仁厚了，大度了，包容了。无疑，这种"宽容"是来自自己的病，来自可怜，来自迁就，来自"不一般见识"……想到这些，老舅越发觉得舅妈的仁厚是怜悯的、施舍的、装模作样的。老舅的心理失衡了。

　　老舅的自尊心变得越来越脆弱了。从前老爱皱眉的舅妈，脸上每天挂着笑容。在老舅眼里，这假惺惺的笑容，不过是强颜欢笑、故作姿态罢了。情绪过后，老舅也没闲着。老舅一心想着能就性生活中的缺位，对舅妈做一些补偿。

　　老舅从"黑市"买了些盗版成人光碟，还下单了几样较为畅销的成人用具。老舅私下里把成人用具拿给舅妈看，舅妈从老远处瞥了一眼，便走开了，连拆开包装的兴致都没有。想着或许可以通过成人电影，治疗丈夫的阳痿，舅妈便勉强陪老舅看些成人电影。

　　有一天晚上，劝说多次无果后，老舅索性强迫舅妈用自己买的成人用品。舅妈背过身，态度坚决！

　　"你怎么不用！"老舅用略带嘲笑的口吻说，"你真的不需要了？"

　　"有需要也不用那个！"舅妈说道，毫不让步。

　　老舅猛地扑过来，压倒舅妈。

　　舅妈有点生气了，大喊道："你干吗！"

"我就不信你不需要。"老舅依旧笑着说道。

舅妈警告了老舅好几次，老舅还是不松手，继续强迫舅妈。

舅妈火了，狠狠地踹了老舅一脚。

"有本事你就自己来！"舅妈喊道，"用这些东西，你算什么男人！"

此时，老舅还压在舅妈身上，两人脸对着脸。老舅眼里瞬间喷出怒火，他抬手就是一巴掌，狠狠地甩在了舅妈脸上。

舅妈愣住了，盯着老舅。

老舅不住地喘息着……

舅妈侧着脸，不敢正眼看老舅，也不敢吭声，脸有些泛红，微微浮肿起来。

老舅渐渐缓过神，起身，抱了被子，拎起枕头，到客厅里去睡了。

夜晚又静下来，没有星丛，只有一只孤月在云层里穿行。

舅妈把头闷在枕头里，低声地抽泣着。

这场小磕碰是夫妻二十多年来少有的争执，并未在夫妻感情上留下一点涟漪。第二天晚上，两人又默认般同床共枕了。昨日的不愉快，两人也绝口不提。

就在忙碌的工作和有口说不出的阳痿之间没命奔波时，老舅还要为儿子的前程绞尽脑汁。

老舅的大妹夫，也就是我的大姨夫，是骆城市民政局的副局长。民政局里有一个部门叫残联，残联是政府专门为残疾人提供公共服务而设立的一个事业单位。残联最近招人了，这个单位招人的条件中有一个很明确的规定，招录的编制人员必须是残疾人。

当老舅得知儿子恰好符合残联招考的条件时，兴奋过了头，一刹那间竟产生了阳痿治愈的幻觉。

我的大姨夫提醒老舅一定要抓住这个机会，老舅点头如蒜捣。可事情并非这么简单，现在事业单位编制招考，逐步正规化，几乎是已被封死了的口子，就是作为民政局副局长的大姨夫，也是费了九牛二虎之力，才给老舅的儿子打通了这个也许能送钱的机会。

"少说也要二十万，行吗?"民政局的副局长瞪着老舅问道。

老舅毫不犹豫地答应了。

老舅不是一下子就能拿得出二十万，可为了儿子的前途，为了解开一家人的心结，老舅明白，就是背点儿债也是值得的。

"别心急，残联敢不敢接受还不一定呢!"大姨夫接着说，"笔试一定靠自己，面试我会里里外外好好打点的。"

"毕竟是我的亲外甥嘛! 我从小看着长大的。"大姨夫又动情地补充了一句。

老舅这样一个自食其力、凡事不求人的能人，也是打心眼里感动了。

一个压抑已久的心结，总算有机会解开了。

为儿子办残疾证。

到处求人。赔笑。巴结。

请客吃饭。趴在马桶上吐出胃液。

隔三差五地跑大姨夫家打听情况。

儿子参加笔试，老舅和舅妈神情恍惚，一夜未眠。

儿子跌跌撞撞通过笔试，老舅和舅妈兴奋过头，又一夜未眠。

送钱，打点局长。送钱，打点残联主任和副主任。

请主任和副主任吃饭。陪酒。赔笑。趴在马桶上吐出胃液。

儿子面试，老舅和舅妈祷告一夜，不能入眠。

儿子顺利通过面试，老舅和舅妈再次兴奋过头，又一夜未眠。

前后两个多月，总共二十八万九千二百元，老舅拿出了全部积蓄，又从银行贷了十二万元。

老舅含着泪把儿子送进了民政局残联。

为了让儿子在单位工作顺利，老舅请全体残联领导和儿子办公室的同事吃饭，又一次喝到吐出胃液。

老舅的精神性阳痿没治好，又得了胃炎。

儿子工作确定的第二天，老舅罕见地请了三天假。4S店配件中心的主管没多问就批了老舅的假，并对老舅多年的工作表示肯定。一边忙于上班，一边配合医生治疗，一边还为儿子的工作打点，近三个月来，老舅的体力严重透支。

老舅在家休息了两天，第三天，又生龙活虎地张罗着请全家人吃饭、庆祝儿子工作的事情了。

儿子找到工作的大功臣，我的大姨夫，被老舅看作了座上宾。在大姨夫的面前，老舅好像变了个人。原本大家庭聚会时"一家之主"的姿态没有了，对大姨夫，老舅言听计从，唯马首是瞻。大姨夫俨然被看作了大恩人，自觉有功的他也欣然接受了老舅的抬举，摆起了工作中的领导架势，这样，老舅的心里也才稍稍舒坦。

老舅忍受着胃炎的折磨和大姨夫一起喝高了……

送走了亲朋好友，老舅的胃炎就犯了。老舅顾不得收拾残局，吃了几粒胃药，便躺在沙发上，闭目休息。

半个小时后，老舅猛地醒来，胃炎缓解了不少，却口渴难耐。

喝完水，老舅转身走回卧室。走到卧室门口，里面传来窸窸窣窣的说话声，老舅隔着门听。

老舅一听便知，是舅妈和五姨的声音。听着听着，老舅惊呆了，舅妈和五姨在聊自己，且是在聊自己的病！

五姨在劝舅妈想开点，还零零碎碎给老舅的病提了许多建议。

老舅听不下去了，猛用力，"砰"的一声推开门。舅妈原本坐在炕沿上，一下子吓得跳下了炕。

"你疯了吧!"老舅一边说着，一边做出了要扑过去的架势，"你给五妹说这些，你不要脸了吗?"

舅妈下意识地往墙角躲，五姨站在老舅和舅妈中间。见老舅还想过来，五姨就抢先一步站到了舅妈面前，挡住老舅。

"你别怪嫂子。"五姨慌乱地说，"不是嫂子告诉我的，是我不小心看到了你的药才知道的。"

老舅看了看五姨，又看了看舅妈。

"真的不是嫂子告诉我的。"五姨又强调了一遍。

沉默片刻。

"哥，这也不是什么见不得人的事情。"五姨又说，"我知道了也好，可以帮你出出主意。我已经联系了很多医生，还有我的同学，他们都很愿意帮忙，很快就能帮你弄到管用的药方和药材呢！"

老舅愣在那里，仿佛没听到五姨的话。

"哥！除了嫂子，就我知道。"五姨说，"你放心，我不会说出去的。"

听了这话，老舅才回过神来，突然意识到了尴尬。

"这是我的事！"老舅生气地说，"不用你们想办法！"

说完，老舅转身要走。

"哥，你别置气。"五姨一把拉住老舅，说："你和嫂子过不好，我怎么能过得好呢？"

老舅甩开五姨的手，头也没回，就走了。

倒是舅妈吓着了，愣着，一时说不出话来了。

舅妈没想到五姨会说出这样的话。当舅妈细细回想五姨和老舅的关系时，更觉得五姨的这句话不可思议，但舅妈永远也不会知道其中的奥秘。

四

老舅是在女人堆里长大的，这是老舅无法选择的。老舅是家中老大，也是唯一的男孩，其余五个都是女孩，因此，全家八口人，六个女人，两个男人，老舅自然从小就活在女性的世界里。

老舅是闻着六个不同性格和气质的女人的气味长大的。老舅习惯了被女性包围的生活，所以老舅不像很多男性那样，对女性那么好奇，那么渴望。

成年后，老舅对待女性的态度似乎永远是不远不近、不亲不疏的。和老舅生活过的女人是幸福的，老舅不仅让女人们感受到男性阳刚的魅力，也让女人们感受到轻松自在，仿佛是姐妹般的知心、默契。这与成长的环境密不可分。

可有谁会想到，像老舅这样有魅力的男人，有一天竟会患上了阳痿。造化弄人，命运不可捉摸。

五个妹妹里，和老舅关系最密切的便是五妹。

老舅的五个妹妹中，除了嫁给民政局副局长，表面风光，实际情况无人知晓的大姨的婚姻还算圆满以外，其余四个妹妹的婚姻都是悲剧。

我的母亲在五个妹妹中排行老二，十六岁的时候和来自宁夏的一个贩驴青年跑了，后来丈夫死了，一直一个人过，这几年才开始每年带着已经成年的儿子（也就是我）回家探亲。三姨，嫁给了一个混社会的吸毒者，两人没离婚，可是已经分开过十多年了，到现在三姨还是经常受到三姨夫的骚扰。年轻的时候，老舅经常为三妹出气，狠狠地揍过三姨夫。至今，三姨夫一见到老舅的身影就提高警觉，随时做好撒腿就跑的准备。四姨嫁给了一个没出息的酒鬼，夫妻俩经常打架，甚至闹到过动刀子的地步，养家的责任基本落在了四姨的头上，四姨家生活困难，老舅经常接济四姨的生活。

五姨是五个妹妹中最聪明、最漂亮的，学习好，一直读到高中毕业，是五个妹妹中学历最高的。五姨高中毕业后，被分配到一所初中，当了教师，一直干到现在。可让人奇怪的是，五个妹妹中最优秀的五妹，今年已经四十岁了，还没结婚，且像是抱定终身不婚的念头了。

姥爷家的孩子，从生老舅那年开始，每年出生一个，六个孩子都相差一岁，老舅今年四十五岁，五姨四十岁。五个妹妹当中，老舅和五姨关系最要好，即便是现在，虽然五姨早已在市里买了自己的房子，但几乎每年都有好些时候住在老舅家里。舅妈有时奇怪，但时间久了，也就见怪不怪了。

五姨和老舅之间的关系，经常引起姐妹们的猜测。大姨说起五姨的时候，有一次调侃道，五妹早嫁人了。当其他妹妹们问，五妹嫁给谁了？大姨瞟了老舅一眼，笑着说，五妹对谁好就嫁给谁了。大家便都不说话了，你看看我，我看看你，面面相觑，各自心里打鼓去了。

五姨对老舅好，从小到大就是这样。老舅最疼爱五姨，从小到大也是这样。

小时候，老舅把五姨捧在手心，凡事都护着五姨。那时候，全家八口人，只有六床被子，姥姥、姥爷睡一床，老舅睡一床，其余五个妹妹就只剩下四床被子。那时候五姨还很小，姥姥就要求四个大一点的姐姐要有一个人和五妹睡一个被窝。四个姐姐都不情愿，比四个姐姐还不情愿的是五妹。不管五妹和哪个姐姐一起睡，肯定要在被窝里打架。那个年代的土窑洞，墙体厚，炕头热，异常暖和，人们睡觉总要脱个精光。也是因为那时候的人们，没有多余的换洗衣服，一穿就是好几个月，衣服上养满了虱子，穿衣服睡觉会被咬醒。姐妹们裸睡在一个被窝里，更方便相互伤害了。你拧我一把，她咬你一口，打打闹闹，告状声和喊冤声此起彼伏，不仅自己一整夜睡不好，还害了一个炕头上的全家人没法安睡。五妹顽皮，四个姐姐都被五妹弄得全身青紫，叫苦不迭，纷纷给姥姥告状。姥姥实在没辙，只好让五妹和她哥哥睡一个被窝。对此，历来大度的老舅是没有意见的，更重要的是，五妹愿意和哥哥一起睡。

　　老舅和五姨睡在一个被窝后，夜晚一下子进入了和平时期，安宁了。

　　在老舅和五姨小的时候，大概三五年的时间里，两人赤身裸体，睡在一个被窝里，不吵、不闹，五姨的脸靠在老舅的怀里，枕着老舅结实的胸膛，在均匀的呼吸声和钟摆般平稳的心跳声中，五姨度过了她一生中最温暖、最安稳的一千多个夜晚。从此以后，就我们全家人的了解，五姨没在任何一个男人的胸膛里像小时候在老舅怀里那样安睡过。就这样，五姨和老舅之间似乎有着其他兄妹没有的格外的亲密。

　　从小两人就形影不离，五姨就像跟屁虫一样跟在老舅的后面。老舅要上学，五姨也要上学。老舅语文总是得第一，有一次，五姨语文没拿第一，急得大哭。老舅和舅妈结婚的时候，五姨是最抵触的。那时候，五姨已经十六岁，进入青春期了，整天黏着老舅。老舅也有些厌烦，但总不想伤五姨的心。因此，在老舅和舅妈第一次见面的时候，结婚前出去约会、相互了解的时候，五姨都跟在老舅身边。

老舅的儿子出生后，五姨把老舅的儿子当成自己的儿子一样用心。老舅的儿子从小学、初中到高中，都是五姨安排的学校。五姨任教的学校是初中，老舅的儿子读初中时，自然也是在五姨的班上。五姨像教育亲儿子那样教育老舅的儿子，生活上对他关怀备至，学习上对他也异常严苛。老舅的儿子在学校时一直品学兼优、名列前茅，很大程度上是五姨的功劳。舅妈对此一直心存感激。就这样，五姨时常住在老舅家里，给老舅的儿子补习功课，或者照顾老舅家里的生活，俨然一副家庭成员的姿态，对此，舅妈也就能表现出分外的包容了。

相对于舅妈，最能懂得这对不同寻常的兄妹关系的，自然只有老舅这个当事人了。

五姨说出了这句让舅妈感到不可思议的话后，也意识到自己说错话了。五姨是着急哥哥的病，一时心急，太过于直白地表露出自己的想法了。

话讲出口后，五姨才想到一旁舅妈的感受，后悔不已。

唯一没对这句话感到惊讶的人，是老舅。老舅是太了解自己的妹妹了。

老舅摔门而出，其实是在逃避。逃避与舅妈、五姨三个人在一起的尴尬场面。在老舅看来，自己结婚二十多年来，一直在这样一种复杂而隐晦的尴尬处境中生活，只是各自保持着界限，克制着。这点，老舅和五姨是心知肚明的，唯一没有察觉的就是舅妈。心知肚明的人就是受煎熬的人。五姨的存在对于老舅是一种无形的折磨。从旁观者的角度看，老舅似乎也在以无底线的耐心承受着这种折磨。老舅唯一能做的就是逃避。

老舅摔门而出后，五姨自觉说错了话，巧妙地转移了话题，舅妈也借坡下驴。两人一边聊着家庭琐事，一边收拾家庭聚会留下的一片狼藉。

五姨帮舅妈整理完客厅，便匆匆离开，回自己家去了。

老舅沿着老城的旧城墙漫无目的地走着，墙根底下的角灯射在厚实的墙面上，灰白的砖头变得昏黄，灯火随着城墙一直延伸到山顶。老舅走到一棵古松旁，坐在台阶上，一转头，望见不远处伫立着一个暗影，短发，身材高挑丰满，像极了读初中时的女同桌。

老舅躲在树后面静静地观察着这个记忆里熟悉的背影。女人突然往前走，老舅跟着往前走。走到一个小吃摊旁，女人突然止步，在卖零食的小贩那里称了一袋糖果。老舅也随之止步，隐身在近旁的树下。

称好了糖果，女人又往前走了。

女人沿着城墙根走了一段，突然转进了一条黝黑的小巷子。巷子位于老城区的破旧街巷里。巷子极脏，路灯忽明忽暗，地上到处都是一脚深的坑洼。老舅一边注意脚下的坑陷和污水，一边极力隐匿自己，保证不被女人发现。

老舅沿着巷子的一侧，小心翼翼往前走。突然，身后的一条小巷子里走出一个身穿红色卫衣的人，这是一个身材肥胖的中年男人。男人脸色通红，像是有哮喘病，一边走出巷口，一边弯下腰，拼命地咳嗽。这一声轰隆隆的咳嗽惊动了女人，女人停住脚步，转过头。老舅来不及躲闪。女人盯着老舅看了一眼，老舅猛地闭上了眼睛。女人微微一笑，没做声，继续往前走。老舅睁开眼睛，仔细打量女人的身影。女人穿着黑丝袜，皮短裤，上面是一件白色高领毛衣，外加一件黑色羽绒服，透过纤细的脖颈，隐约能看到脸上涂抹的脂粉。老舅明白这个女人是干什么的了。

很快，女人转进了一条漆黑的小巷。

老舅一直跟着女人进了一所院子，上了二楼。女人穿过幽暗的走廊，老舅却有些犹豫了。女人打开了其中一间小屋，屋内的光打在女人脸上，女人转身看着老舅。老舅缓缓走过去，女人的身影消失在门后。老舅跟了进去，随即关上了门。

女人要开灯，老舅轻轻拉住了女人的手，从身后拦腰抱住女人，女人突然松开手，手里的糖果袋掉到了地上。老舅凑近女人的短发，发型略显老式，却如此亲切。老舅用力嗅了一下头发，气息熟悉又陌生。女人被唤醒了，扭动着身体，想转过身来。

"别！"老舅说，"就这么来。"

女人没抗拒。老舅从背后搂着女人，慢慢走到了窗前。

女人的身体碰到窗台下的暖气片，停住了。淡蓝色的窗纱透着一股朦胧的气氛。老舅的双手缓缓下滑，解开女人的皮带，褪下皮裤和黑丝袜，刚要脱下肉色的蕾丝边内裤。

"别急，等等。"女人突然说道。

"什么？"老舅问道。

"你不想看看我是谁吗？"女人反问道。

"不想。"老舅说。

老舅一边说着，一边解开自己的裤子。

女人喘息着，又说："你真的不想看看我是谁吗？"

"不想。"老舅说。

"这么着急。"女人抑制住越来越急促的喘息声，说，"那你能行吗？"

老舅一下子慌了。

"女同桌怎么会知道我不行呢？"老舅心想，"难道不是女同桌？"

老舅渐渐冷静下来，慢慢松开手。

"你难道认不出我了吗？"女人一边说，一边转过身。

齐楚的短发，白皙的皮肤，青葡萄般的侧脸，都是熟悉的样子。最后，一张略显苍白的泪脸，缓缓映现。

老舅被吓醒了，猛地起身，回头一看，发现自己睡在客厅的沙发上。

天还没亮，客厅里只有熹微的晨光，黑暗在渐渐散去。

老舅走到卧室门口，轻轻一推，看到舅妈睡着了，很沉，还像往常那样轻声地打鼾。

老舅回到客厅，点了一支烟，细细回想刚才的那个梦。

梦里的那张脸很清晰，是五姨的脸。虽然背影是女同桌，正脸却是五姨的模样，老舅无法否认这点。

老舅没想到会梦到五姨。

梦到自己的妹妹，不是可怕的事。真正可怕的是，这个梦，这张脸，唤醒了老舅最恐怖的记忆。

二十多年后的这一天，在一个梦境的引导下，老舅第一次鼓起勇气完整地回顾了那件可怕的往事。

　　那年老舅十八岁，五姨十二岁，正是最青春年少的时光。当时老舅还未结婚，也未认识舅妈。那时候的五姨，周岁十二，虚岁却已经十四岁了。姥姥一家的女孩，生性早熟，五姨虽说只有十四，却已渐渐褪去了稚气，有些大姑娘的模样了。

　　那时候，老舅已经初中毕业，在砖厂工作了。砖厂有生意的时候，老舅就待在砖厂工作，到了冬天或者销售的淡季，有些空闲的时间，老舅便会赶回家去，帮家里干些农活。

　　那年的秋天，大概是老舅一生中见过的最美的秋天。对于这片历来贫瘠的黄土地，那年的秋天也是少有的丰收的秋天。回想那年的秋天，最先浮现在老舅脑海的，便是那一片片随风飞舞的谷穗和一块块在阳光下闪着金黄色光芒的玉米地。

　　那年秋天，十月的某一天，老舅在砖厂上连着出了十几个小时的砖，半夜十二点多才回到砖厂的宿舍，躺在床铺上休息。第二天一早，五点钟，黎明还未苏醒，老舅就从砖厂出发，要赶回家去了。老舅知道，农忙的季节，家里是忙不过来的，尤其是自己的家庭，情况特殊，男丁稀少，更是让姥姥和姥爷叫苦连天，老舅甚至没顾得上回家休息一下，就直奔地里了。

　　那天，姥姥家开始收谷穗。姥姥家种了两大片谷子地，简直是一望无际。

　　一大早，我的母亲、姥姥、姥爷和五姨刚到地里，开始割谷子，大姨和四姨在家做饭，三姨身体不舒服，没法下地干活。不一会儿，老舅就赶到了地里。五姨看到老舅来，开心得跳了起来。两人并排割谷子，一边说笑，一边干活。老舅也很高兴，甚至忘记了一路奔波回家的辛苦。看到老舅赶来了，全家人瞬间都来了干劲，一口气忙到下午四点多，以创纪录的速度把两大块谷地割了个精光。

剩下的任务就是往家里运送谷穗了。

午后四点，正是阳光最温柔、最迷人的时候，微风拂过脸颊，暖暖的，风中夹杂着谷穗的清香，空气异常新鲜。大家把收割好的谷子抱到地里最中间的位置，堆在一起，垒成了一座小山。

姥姥、姥爷和二姨赶着装满了谷子的驴车，慢悠悠地沿着回家的路走远了。这样的运送，要好几趟，一直到天黑，才能彻底完工。老舅实在太累了，就留在地里休息，五姨坚持要和老舅一起留下来。

牛车渐渐消失在午后蜜一样的阳光里，老舅靠着谷堆睡着了。

老舅突然感到鼻子痒痒的，疲惫地睁开一只眼睛，原来是五姨正在用谷子秸秆挠着老舅的鼻子。老舅抬手拍掉了五姨手里的秸秆，吼了一声，"别闹！"五姨不听，捡起秸秆继续挠，老舅就装出了生气的样子。

老舅其实还是把五姨当作孩子看的。两人玩起了追逐游戏。

老舅和五姨绕着像小山一样的谷堆追逐着。老舅故意慢腾腾的，老舅要是放开脚步追的话，五姨早就无处可逃了。可五姨还当真了，跑个不停。最后，看见老舅不想追了，五姨便爬上了谷堆。五姨嘲笑老舅不敢上来，老舅笑了笑，随后就爬了上去。快要爬到谷堆顶上的时候，老舅猛地抓住五姨的腿，五姨摔倒在谷堆顶上。见老舅爬上来，五姨笑着踢开老舅的手，起身。

谁也没想到，谷堆是从四周堆起来的，中间留下了空隙。还没等站起来，五姨就一下子从谷堆顶上消失了，陷进了谷堆里。这时，老舅也刚好爬到谷堆顶，老舅的体重更重，紧跟着也陷进了谷堆，两个人被卡在了小山一样的谷堆中间。

　　此时的老舅和五姨已经不在一个被窝里睡好几年了。两人被卡在谷堆里的时候，又仿佛回到了一个被窝里睡觉时的那种亲密状态中了。

　　这好似命中注定的一次陷落，将逝去的一千多个夜晚的话语和呼吸、一千多个夜晚的温度、一千多个夜晚的甜美梦境，以及一千多个夜晚肌肤相亲的熟悉感，一下子全都重现在老舅和五姨的眼前。五姨的脸又一次贴在了老舅的胸膛上。老舅的呼吸还那么均匀，心跳声还像钟摆那样平稳，只是胸膛更加坚实了。可是五姨已经完全不像以前在自己怀里睡过的那个小女孩那样调皮、贪睡了。五姨的呼吸加快了，老舅闻到了五姨身上散发出的味道，一股温暖的体香，最后，五姨脸红了。

　　老舅明白了，五妹已经不再是以前那个稚气的小女娃了，五妹变成大姑娘了！

　　老舅用手臂支撑起身体，挣扎着站起来。五姨突然用双手紧紧搂住老舅。

　　"再这么躺一会吧。"五姨轻声地说。

　　一阵微风拂过老舅的额头，像是抚摸，随即又闻到新鲜谷穗的香气，热乎乎的。老舅睁大眼睛，眼前一片金黄色的强光扑过来，刹那间，什么也看不见了。

　　老舅没了知觉，昏睡了过去……

　　最可怕的事发生了，这是唯一确定的事实，也是老舅一生的秘密。事情的具体细节已经消散在记忆最深处，这让老舅减轻了许多痛苦。

事后，五姨和老舅都没再说起过这件事情，两人都装作没事人一样，只是从此不再打打闹闹了。五姨还是愿意跟在老舅后面，但是此时两人的关系不同了。相互之间多了尊重，少了亲切，表现出的样子就是态度严肃了，恭恭敬敬了。

老舅后悔当初还把五姨当成小孩子，和五姨那样闹着玩。老舅恨自己当时没能早一点看出五姨的变化和成熟。其实，五姨当时确实还是个孩子，是老舅让五姨一个下午从小女娃变成了姑娘。这点，五姨心里最清楚。五姨对待此事情的态度和老舅一样，就是沉默，二十多年的沉默。

在这个朦胧的早晨，老舅终于意识到，既然二十多年来自己都不敢面对这件事，怎么能够要求妹妹直面过去，然后忘记过去呢？想到这里，老舅觉得自己很自私。

老舅一直认为，五妹不结婚，肯定和那件可怕的往事有关；老舅觉得，五妹是放不下过去，偏执地活在过去，不愿往前走；老舅觉得，五妹不结婚，那件事就永远是自己的心结。

"五妹是用不结婚把自己也捆在这件可怕的往事上了啊！"

想到这儿，老舅不由得叹息。老舅曾经怨恨过五姨，而现在，当老舅拿出勇气，重新在脑海里梳理这件往事时，还是感到害怕。过去的沉默态度，只是一种可耻的自欺欺人。

老舅更加自责、痛苦了。

总归是要找个机会和五妹谈谈这件事的，老舅心想。

老舅点了一支烟，默默念叨着，总会有一个机会的。

老舅一直想到天亮。

天亮后，老舅便起身去上班。

接下来的日子，老舅的心里松快了许多。毕竟，儿子有了一份安稳的工作，压在全家人心上的大石头，总算是落下了。老舅和舅妈都有放长假般的感觉，夫妻之间也度过了一段难得的和睦时光。

但好景不长，该发生的总归要发生。老舅四十五岁的这年，注定还要在诸多困境中艰难前行。

这就是老舅的命运！

五

很快一个月过去了，老舅的儿子也步入正轨。

单位离家近，儿子下班就住在家里。儿子的工作时间也是朝九晚五，父子俩晚上会在家里碰面，有时候也会坐在一起吃晚饭，父子间压抑已久的紧张关系也随之烟消云散。

老舅打小异常呵护儿子，几乎是无节制地满足儿子的任何要求。多亏了舅妈和五姨的严格管教，儿子才长成了一个各方面看都没什么太大问题的"乖孩子"，所以，老舅更像是一个"坐享其成"的父亲。

有了舅妈和五姨，老舅避开了教育儿子过程中的摩擦。一心只关注儿子好的方面，打心眼里只欣赏这好的方面，从不去顾及和在意儿子的缺点。现在儿子有了一份好工作，老舅比谁都开心。

儿子在残联上班后，老舅就和舅妈商量着想给儿子买辆车。舅妈开始很反对。舅妈的理由很充分，为了儿子的工作，家里已经借了十多万了，这时候买车，负担就更重了。可是，经不住老舅软磨硬泡，舅妈也只好同意了。

很快，儿子就开着崭新的别克轿车上班了。

一天，吃过早饭后，老舅搭儿子的车去上班。像平时一样，两人都不说话。老舅看了看儿子，儿子面色凝重，看似有些压抑。

"怎么了?"老舅关切地问道。

"没什么。"儿子冷冷地答道。

老舅没好再问。

"有时候活得真没劲!"儿子自语道。

老舅看了看儿子，问:"你说谁?"

"很多人。"儿子说。

老舅像是没听懂。

"你觉得没意思?"老舅问道。

儿子不说话。

"活着就是这样，苦中作乐，哪有那么多的意义?"老舅说，"你做好你的工作就好了，其他的事有我和你妈呢，不用担心!"

"我说的不是这个!"儿子不耐烦地说。

话不投机，老舅也不便再问，把头转向窗外。

一会儿，车开到了工作地点，老舅下了车。

老舅将这段对话看作儿子初入职场的一通牢骚，没多在意。

又过了一段时间，儿子连续几天晚上不回家。每次舅妈给儿子打电话，不是和同事去吃饭了，就是去 KTV 唱歌了，儿子总有借口。舅妈有点疑心，但也没办法。

随后半个月，儿子恢复如常，每天下班准点回家。老舅和舅妈只当虚惊一场。

又过了一个星期，这天，老舅刚到公司，就接到了舅妈的电话。舅妈没说清什么事情，只是叫老舅马上回家。老舅只好请了假，匆匆赶回家。

老舅回到家，见儿子的卧室门开着，走进一看，舅妈坐在儿子的床头，埋着头。老舅走到舅妈面前，舅妈默默地递给老舅一张纸，上面写了些字。

老舅意识到是儿子写的，会意地接过纸，坐在舅妈旁边，展平，读了起来：

老爸老妈：

　　对不起！我没法当面和你们说这件事，我说不出口，只能以这样的方式告诉你们，实在对不起！这是我经过慎重考虑后做出的决定，我相信这是正确的选择。

　　我已经在单位上班两个月了，坐在办公桌前发呆也足足两个月了，我看不到一点价值，只看到了未来四十年的生活，我不愿意一辈子这样生活。感谢你们为我的工作所耗费的心力和金钱，但是这不是我想要的工作。在家乡，我找不到适合自己的工作。

　　我去浙江了，我读大学的地方。我让同学帮忙找到了一份教育培训的工作，我将从事的是我热爱的教育工作，我相信我可以找到想要的生活，希望你们不要阻止我。过些时候我会联系你们的，过年我也会回来看望你们的。希望你们也能过得幸福、快乐！

　　祝好！

儿子

老舅读完了信，没说话。

夫妻俩都沉默了很久，最后，舅妈忍不住了。

"你倒是说句话啊！"舅妈喊了声。

老舅依旧不吭声。舅妈冲出卧室。

一会儿，舅妈又冲了进来，大嚷着："都是你！平时不管教，还嫌我管教，你看他都被惯成什么样子了？想走就走，连声招呼都没有，这还有个家的样子吗？"

老舅呆呆地坐在儿子的床上，手里捏着信。

舅妈把老舅全家从上到下、从里到外的三代人，一个没落下，全都诅咒了一遍。

"他就这么走了？"舅妈最后撂了句，"他走不了！"

随即甩门而出。

"砰"的一声巨响后，门外传来了舅妈下楼时急促的脚步声。

老舅把信反复读了好几遍。面对突如其来的变局，老舅有些反应不过来了。老舅的脑子迟钝了。比脑子还迟钝的，也许就是老舅的情绪了。老舅觉得自己的情绪也跟不上现实的变化了。老舅瞬间老了。

老舅将头向后倒下，仰躺在儿子床上。老舅疲惫了，更重要的是心里接受了这种疲惫，这是从来没有过的状况。老舅不较劲了，不反抗了，认怂了，缴械般地躺着，任由疲惫将自己拉入睡眠。

老舅一直睡到了第二天中午，这是二十多年来最长久的一次睡眠，老舅怎么也不会想到这样无所顾忌的睡眠会出现在这种时候。

老舅醒来，神志稍许清醒了些。

老舅走出卧室，到处找舅妈，没有人影。老舅在厨房里烧了壶水，回到客厅为自己泡了杯茶。老舅一边取出茶叶，一边猛地想到昨天只请了当天的假，现在已经是第二天的中午了，迟到整整一个早上了。老舅拿起放在桌上的手机，想给主管打个电话，说明情况。刚打开手机通讯录，一阵眩晕袭来。老舅随手把手机扔在一旁。

这是老舅工作二十多年来的第一次旷工。老舅心想，旷工就旷工吧。

老舅抿住嘴，轻轻地吸了一小口还没有沏开的、热乎乎的茶水，外面突然传来了急促的敲门声。

老舅打开门，是五姨。老舅没有说话，转身走回客厅，五姨跟在后面。

没等坐定，五姨就急匆匆地说："事情我都知道了，嫂子坐早上的火车去浙江了，她临走的时候叫我到你这里来照应照应。"

老舅没回头，也没吭声，走到沙发旁，坐回原来的位置。

五姨也急忙坐下，正对着老舅，问道："哥，你没事吧?"

老舅又抿了一口茶，然后头朝后靠在沙发上，闭上眼睛，用手指揉了揉额头。

一会儿，老舅猛地睁开眼睛，一边看着五姨，一边有气无力地说："她去浙江干什么?"

"去把孩子找回来啊!"五姨说，"你没事吧? 哥。"

老舅又闭上眼睛，用手指揉了揉额头。

"我没事。"老舅平静地说，"就是有点累。"

"哥，你想开点。"五姨说，"嫂子和孩子很快会回来的。"

老舅没反应。

一会儿，老舅似乎清醒了点。

"和你嫂子联系一下。"老舅无力却坚定地说，"让她回来吧，别找了!"

五姨出门的时候，转过身看着老舅，说："你放心吧，哥。嫂子要是不听，我就去浙江帮你把嫂子找回来。"

五姨撂下了这句掷地有声的话后，转身离开。

突然，老舅使劲拉住了五姨的胳膊，用喉咙里发出的声音喊了声："五妹!"

老舅已经很久没用这个称呼来称呼五姨了。

"我最近老是想起咱们小时候的事。"老舅沉重地说，"很多事我忘不了，可很多事情还是忘了的好。"

"虽然我没资格说你……"老舅犹豫了一下，又说，"听我一句……别再这么一个人过了。"

五姨惊讶地看了看老舅略带忧伤的奇怪表情。

"过去的事情我早就忘了。我还没想过结婚。"五姨用轻快的语调说，"我们大家现在这样，不也挺好的吗？"

五姨看了看老舅，脸上又露出了担忧的表情。

"哥，你真的想太多了。你替所有人考虑，就是从来不替自己想想。"五姨说道，"你太累了，应该好好休息。"

说完，五姨就下楼了。

五姨的话让老舅愣住了。许久许久，老舅才缓过神来，随后轻轻关上门。

回到客厅，老舅依旧疲惫不堪，思绪如一团乱麻。

老舅喝完茶，径直回了卧室，拉好窗帘，然后像小时候那样睡觉，脱光了所有衣服，赤条条地躺下，盖好被子，很快就进入了梦乡。

老舅做了一整年来最美的一个梦。

梦的场景发生在老舅的老家。正值陕北盛夏的亮火晌午，酷热难耐，我的小老舅站在山峁上，手里提着生产队的大粪筐，头上戴着一顶破旧的大草帽，又看到上次梦中见过的那只怀了孕的褐色母驴，这次没有了鞭打母驴的生产队青年。母驴躺在地上，喘着粗气，但不挣扎，身上也没有鞭痕。老舅从粪筐里拿出一根绳子，轻轻地套在母驴脖子上，稍一用力，母驴就跟着站了起来。

老舅拉着母驴回了家。当天夜里，母驴要生产了，但胎位不正，母驴难产。姥姥请来的兽医也束手无策。看着躺在打谷场上挣扎着的、虚弱的母驴，听到母驴嘴里发出呜咽的号叫声，老舅和他的五个妹妹都哭了。夜深了，老舅和妹妹们还是不愿离开母驴，姥姥、姥爷怎么劝也无果，实在没辙，姥爷便在打谷场上打了一堆火，全家人围着火堆坐着，为母驴和她腹中的小驴驹的最后一程送行。

在这个难忘的夜晚，姥爷不断给火堆添柴，火焰升得高高的，照亮了整个打谷场。围坐在火堆旁，有种仿佛置身于世界中心的满足感。姥姥为孩子们讲述了生老病死的自然规律，等孩子们心情好点后，姥姥又为孩子们讲述了这个拥有几千年历史的小山村里的拥有几千年历史的打谷场上出现过的几百个姥姥，在打谷场上讲述过的那些最动人的故事。孩子们都听入迷了。

最后，大家互相依偎着，围着火堆睡着了。

第二天清晨，天蒙蒙亮，老舅的脸上传来湿热的气息。一会儿，皮肤也湿润了，微风吹过，凉飕飕的。小时候的老舅睁开眼，惊喜地发现，是一头浑身湿漉漉的小驴驹在舔自己的脸。

四十五周岁的老舅也就这样被舔醒了。

老舅醒了，心里出奇地平静。老舅睁开眼，深吸了一口气，缓缓呼出去。

老舅开始感受自己的身体，没等把手伸下去确认，就意识到自己勃起了。

如此坚硬的、如此突如其来的、如此不合常理的、如此不容置疑地勃起了。这是老舅生命中最顽强的一次勃起，这是老舅生命中最难忘的一次勃起，这是老舅人到中年起死回生般的一次勃起，这是老舅生命中最伟大的一次勃起。这次勃起，发生在老舅诸多磨难的四十五岁。老舅的这次勃起，不为舅妈，不为女同桌，更不为五姨，老舅的这次勃起，只为自己。随后，老舅痛哭流涕。老舅的哭泣，不为舅妈，不为儿子，不为姥姥，不为姥爷，不为五姨，不为其他四个妹妹，也不为女同桌，同样，只为自己。

追随

（2018华谊兄弟中国青年新影人
大赛小说组年度优秀奖获奖作品）

楔　子

　　骆城市人民医院是全市最好的二甲医院，也是陕、晋、蒙交界处最好的内科医院，刚迁新址，入驻了一栋拔地而起的高楼，一跃便成了地标性建筑。冷峻的现代风，标准的都市景观，置身其间，丝毫捕捉不到西北小城的影子。

　　人民医院住院部十五楼的电梯门口，一个身穿警察制服、身材高大的青年男子、刚到市刑警支队不到两年的年轻警员王警官，紧盯着电梯，时不时低头看看表。

　　不一会儿，电梯门开了，骆城市公安局刑警支队的支队长——李队长，先走出电梯，后面跟着两个下属。见李队长出来，王警官似乎松了一口气。

　　他微微点头，喊了声："李队！"

　　李队长看了王警官一眼，没多停留，便穿过宽阔明净的玻璃走廊，直奔案发现场。李队长没戴帽子，一头精干的短发，身材矮小，但目光锐利，步履匆匆。

　　李队长在前面快步走着，王警官紧随其后。

　　"送去尸检了吗？"李队长神情严肃地问道。

"还没送走，想等您先看一下。"王警官说，"法医已经来过了，初步断定是药物摄入过量致死，尸体上没有发现任何外伤，死者的口腔和指甲缝里都发现有药物残留，所以不排除自杀的可能。"

李队长步履渐缓，转头看了看王警官，说，"先不要急着下结论。"

王警官点头称是，随后正了正自己的帽子。

"现场情况怎么样？"李队长又问，"有什么新发现吗？"

"据护士说，这间病房的病人不能着风，所以窗户通常是关着的。因为近几天席卷全国的沙尘暴，窗户轨道积沙，也很难打开。可案发后，护士进入病房，发现窗户被打开了。"王警官说着准备了很久的话，"哦，还有一个发现。在楼下，这间病房窗户的正下方，发现了一个打碎的玻璃杯，刚送去化验了。"

"为什么现在才送过去？"李队长说，语气颇为严厉。

王警官抿了抿嘴唇，没敢接话。

李队长问："医院的监控调出来了吗？"

王警官说："还在调。"

"是谁先发现死者的？"李队长问道，"是护士吗？"

"不是，是死者的孙女先发现的。"王警官说，"死者的孙女发现情况后通知了护士。根据法医的初步判断，那会儿距离死者死亡，已过去将近半个小时了。"

李队长有点疑惑地自语道："这么久？"

王警官没吱声。

"除了老头以外的其他家属呢。"李队长问道。

"就只剩这个孙女了，才十几岁。"王警官说，"哦，还有老太太之前的儿媳，刚从外地回来不久。"

听到此处，李队长敏锐地察觉到案情的独特之处，疑惑的眼神里流露出些许狩猎般的兴奋。

李队长走到病房门口，突然止步，沉思片刻后，对跟在后面的两个下属说："老头的询问笔录带过来了吗?"

其中一个警察赶忙从公文包里掏出一个文件。李队长接过笔录。

"打电话通知一下队里，让他们继续好好询问老头儿!"李队长命令道，"一个细节都不要遗漏!"

后面的警察忙回了声："是!"便转身走了。

李队长随手翻了翻老陈的谈话笔录，问王警官："死者的儿媳妇在这儿吗?"

"就在外面。"王警官忙说。

"把她叫过来。"李队长说，"另外，再到化验科问一下那个杯子化验的情况。"

王警官应了一声："是!"

李队长走进案发现场。死者平躺着，全身罩着白色的被单，病房异常整洁，一丝不乱。李队长轻轻拿开死者脸上的被单。死者是一位老太太，脸上有不少褐色的老年斑。老太太双眼紧闭，面色安详，毫无惊愕之状。死亡于她，似乎是一种接纳，一种解脱。李队长朝下看，靠近死者手部的床单微微发皱，像是死者死亡之时留下的抓痕。李队长蹲下身，仔细观察死者的手，残留在指缝间的白色药沫依稀可辨，手下的床单有一小块水印。

李队长皱了皱眉，走到窗前，窗户只开了一掌宽，轨道里集满了沙尘，窗户看似不容易打开。窗户轨道边缘的铁皮轻轻翘起，铁皮刃泛着锋利的光，刃口分布着碎小的褐色印迹，李队长直觉联想到了血迹，却不敢随意判断。仔细查看轨道里的灰尘，有擦过的痕迹。窗户明显有人为动过的痕迹。

李队长伸出头，朝窗外看了看。病房位于十五楼，攀爬绝非易事，凶手越窗行凶的可能性极小。

李队长走出案发病房，见隔壁病房空旷无人，便转身进去，坐在病床上，仔细翻起了案卷资料。李队长四十出头，已在刑侦支队干了十五年，有着极丰富的刑事办案经验。虽然已是市刑侦支队的支队长，但依然投身一线，是骆城最年轻、业绩最突出的刑侦警察。

李队长埋着头，不顾"严禁吸烟"的标识牌，点了一支烟，认真思考起这起看似普通的死亡案件。

一

来拜访老陈之前，晓玉妈妈已经偷偷地去学校看过晓玉很多次了。

当晓玉告诉老陈，有个女人经常在教室外面偷偷看她的时候，老陈的第一反应竟是生气。

"胡说！"老陈原本端着碗，猛地把碗撂在桌子上，说，"不是我每天接你上下学吗？我怎么没看见？"

"不是上下学的时候，是上课的时候。"晓玉解释道，"有个女人在教室外面盯着我看。有时候上体育课，她就偷偷躲在看台上。"

"多长时间了？"老陈问。

"两三个星期。"晓玉答道。

老陈陷入了沉思。

老陈仔细询问了女人的形容外貌。

晓玉从书包里利落地拿出笔记本，拍在桌子上。打开笔记本，里面一张淡黄色对折着的速写纸飞出来，旋转着落在地上。

"前几天自习课的时候，她又来了，我把她的样子画下来了。"晓玉低头捡起纸，高高举起说，"爷爷，你看！"

老陈接过素描画，一眼就认出了画里的人。晓玉画得不错，虽然历经岁月的洗刷，记忆中的形象竟没太走样。

老陈意识到，孩子的母亲回来了！

晓玉等着老陈夸奖她聪明，夸她画得好呢，可老陈闷声不响。

"你认识她吗？"晓玉红着脸，着急地问，"爷爷，你看我画得像不像？"

正当老陈陷入沉思的时候，晓玉奶奶突然从厨房里出来。

"一大清早就吵吵嚷嚷的！"奶奶瞅了瞅桌子，抬起头看了看饭厅墙上的钟，不耐烦地说，"吃个早饭，拖拖拉拉的，都几点了！快送孩子上学去吧。"

老陈没抬头，轻轻把素描画递给晓玉奶奶。

晓玉奶奶看完画，直愣愣地盯着老陈。

"这是？"晓玉奶奶磕磕绊绊地问老陈。

"回头再说。"老陈说，"我先送晓玉上学。"

说完，老陈起身，回了卧室。

晓玉莫名察觉到些许不寻常。

难道和画里的女人有关？爷爷奶奶认识画里的女人？最近那个经常偷偷观察自己的奇怪女人会是谁呢？

"别愣了！还不快收拾东西上学去？！"奶奶这么一喊，晓玉就顾不上想了，转身回了卧室。

走进卧室，晓玉一屁股坐在床沿上，从床底下拉出一双浅绿色的迷彩小军靴，套在脚上，站起来跺了跺脚，走到桌前，把桌上的书包扯到背上，转身跑出卧室。

早饭前晓玉就换好了衣服，上学的装备也已收拾妥当。此刻爷爷还在卧室，晓玉在客厅里晃来晃去，样子有些不耐烦。

晓玉个头不高，有些消瘦，留着一头精练的短发，白嫩瘦削的脸庞，两颊有些晒过的痕迹，眼睛像小松鼠一样灵活。

晓玉的形象和老陈从小近乎军事化的教育分不开。

老陈在职业生涯的前期，曾在部队里待过十多年，从新兵蛋子起步，在军营中摸爬滚打，一步步升到副连长的位置上，后来转了业，到地方工作，身上的军人色彩并未褪去。老陈历来严格，每天清晨，不到六点钟，就把晓玉赶出被窝，到公园里晨跑。那时候晓玉还很小，跑起来跌跌撞撞，摔倒了，就撑着小手，歪歪扭扭地爬起来。老陈的独子早逝，老陈和老伴就把全部心思都放在了这个唯一的孙女身上。老陈从不顾及晓玉年纪小、身体弱，老陈的字典里也从来没有经不起折腾一说，更不会把性别差异当成一个问题。

晓玉已年满十一岁，随着多年的铁心磨炼，现在的晓玉每日清晨六点便能摸着黑自觉起床，洗脸，刷牙，收拾书包，叠好床被，把准时间和老陈在客厅会合，然后两人一起到公园里跑步。奶奶心绪敏感，经不住爷孙俩一大早进进出出地折腾，索性跟着起了床，到厨房准备早餐。等爷孙俩跑步回来，正好赶上饭点。吃完早饭，老陈便开车亲自送晓玉去上学。

日子就这么一天天流过，悄无声息……

不光督促跑步，老陈还时不时教晓玉些防身技能。对此，晓玉奶奶意见很大。奶奶觉得，一个女孩子，年纪这么小，有必要学习这些东西吗?！可她深知老陈的火爆脾气，自己的话向来被当成耳旁风。胳膊拗不过大腿，奶奶也只是时常牢骚一番，才算解气。奶奶的抱怨并非没有理由。凡事犟劲的老陈，往往把事情做过头，自己却浑然不觉。

最让奶奶反感的是，老陈每天让晓玉带着一把匕首去上学。

"晓玉才是个小学生！每天带把刀去学校，成什么样子！……"奶奶说多了，老陈还会厌烦。

"小学生才危险呢！你懂什么！"老陈回嘴道。

从此，天冷的时候，每日早起上学，穿上浅绿色的迷彩军靴，系好麻绳般粗实的鞋带，从军靴侧面的仿牛皮口袋里抽出一把明晃晃的军用小匕首，看看雪白的刀刃，不含一点杂质，晓玉满意地点点头，再把匕首敏捷地插回口袋。每天穿着厚重的军靴，还藏着一把匕首，晓玉不觉得麻烦，反而心生乐趣，仿佛闯荡江湖的侠客，时刻意识到自己比同龄的小孩更强大、更威风。

可以说，这是老陈诸多纪律当中为数不多的、让晓玉乐意遵从的规矩。

老陈的严苛随着晓玉年纪增长，成正比例增长着……

晓玉也会深感不适，继而强烈抵触。可年纪太小，晓玉的反抗太过无力。

唯一确信的是，晓玉和老陈貌离神合。晓玉简直就是一个小版的老陈，只是时间相隔了六十年，性别不同，这一点晓玉奶奶早就看在眼里。奶奶时常忧心，分不清这到底是好事还是坏事。

晓玉坐上了老陈的黑色别克小轿车，爷孙俩按平日既定的路线赶往学校。老陈虽然五十多岁才拿到驾照，但开车娴熟稳重，晓玉倍感踏实。尽管老陈上了年纪，不怎么喜欢碰车了，可家里有老有小，繁务不断，由不得老陈的性子。

早起上学的路上，是爷孙俩最轻松自在的独处时间，这天的晓玉却默默不语。老陈不由得转过头，看着满面愁容的孙女。

晓玉的心思似乎彻底被那个奇怪的女人占据了。今天又是星期一，又是那个女人出现的日子，星期一、星期三、星期五……女人出现得很规律。让晓玉隐隐担忧的是，那个女人已经不单单是在教室门外看她了，有时候在课间，晓玉和同学跑到校外的小巷子买文具和零食，也会时不时看到那个女人的身影。

"要是那个女人和我说话怎么办？爷爷。"晓玉终于忍不住了，抬头问老陈。

"她找你说过话？"老陈淡定地问道。

"没有。"晓玉低声说。

"我不是教过你遇到陌生人该怎么办吗？"老陈依旧平和地说，"你都忘记了？"

"没忘。"晓玉回道。

"有时候感觉她不像是坏人。"晓玉想了想后，支支吾吾地说。

"你怎么知道她不是坏人？"老陈问道。

"从她看我的样子，"晓玉说，"不像是坏人。"

"如果你已经有了自己的想法，那就不用问我了。"老陈干脆地说。

晓玉疑惑地看了看爷爷。

爷爷的反应竟如此冷淡，晓玉颇有些迷糊。晓玉没看明白，老陈其实只是故作镇定。

老陈把车停在了校门口，看着晓玉下车，按照惯例叮嘱了晓玉几句。晓玉拉了拉书包肩带，回头摆了摆手，匆匆钻进了校门。

看着晓玉消失的背影，老陈愣了片刻。上学时刻，正是校门口最拥堵的时候，学校临街，半条街面已被车辆塞满，排在后面司机忍不住拍了拍方向盘，喇叭声惊醒了老陈。老陈慌忙发动车子，朝着正前方的十字路口开去。老陈按照回家的惯例，把车驶进直行道。

　　等了一会儿，依旧是红灯，老陈渐渐失去耐心，突然扭动方向盘，从右转向道开过去。后面刚好驶来一辆五菱宏光面包车，司机原本在打电话，见老陈的车头横过来，吓得一哆嗦，猛地踩下刹车，差点撞到老陈的车屁股。司机是个中年壮汉，穿着灰色外套，头发油腻，从车窗伸出粗红的脖颈，搬出老陈的八辈祖宗，拼命咒骂起来。老陈没理会，沿着车道迅速右转，驶离了十字路口。

　　老陈放慢车速，沿着晓玉学校周边的街巷缓缓往前开，仔细观察着过路往来的行人，似乎晓玉妈妈就身藏其中。沿着学校外的街道转了好一会儿，毫无所获，老陈索性把车停在路边，下车步巡。

　　此时距离上课铃响已过去了半个小时，学校后门的小卖店门前空无一人，老陈突然想，这怎么能找得到呢？这才意识到自己太心急、太没理智了。

　　晓玉妈妈会偷偷把晓玉抢走，不给孩子的爷爷奶奶打声招呼吗？想到这儿，老陈笑了。晓玉也不是那么轻易就被陌生人哄骗的孩子，如果真是那样，自己这么多年的培养不都彻底失败了吗？

　　对此，老陈心里还是有谱的。

　　明晃晃的太阳已升得老高了，冬日树上枯黄的叶子晃悠着。

北方的冬日，大地一片死寂，树木枯朽衰败，尽显老态，满地的落叶随风飘荡，萧条中透露着一种迷离的氛围，惹人驻足。

盯着身前的老树，老陈发起了呆。

过了好一会儿，老陈突然回过神来，心想，该回去和老伴商量一下这事了。

老陈发动车子，朝家的方向驶去。

二

老陈未曾想过自己的儿媳妇有一天会回到这座小城，但细究起来也是可预料的事。

老陈从不考虑，但经不住老伴时常这么念叨，心里难免也会盘算一下。老陈甚至捉摸不透老伴的态度。

老伴常常念叨："晓玉妈妈总有一天会回来把晓玉带走的。"可有的时候，老伴又会突然念叨："万一晓玉妈妈不回来了，可怎么办啊？"

老陈心想，这不正好吗？便会忍不住骂晓玉奶奶变成"老糊涂"了。

"我们总有一天会老的呀！"晓玉奶奶不安地低声说，"到时候，晓玉妈妈要是不回来，晓玉可怎么办呢？"

听到这儿，老陈更生气了，说："老什么老？我看你是退休了没事干，闲出病来了！路还长着呢！到时候，我还等着你帮我一起把晓玉嫁出去呢！"

"晓玉才十一岁。"晓玉奶奶反驳道，"我们都多大岁数了……我可没你这么乐观……"

每次吵到这儿，老陈就不耐烦地转身走开了。

老伴的担忧老陈早已有所顾忌，只是老陈从不屑于把这些事放在心上。

十一年前，老陈的独子在煤矿下井检查时，意外去世。老陈的儿媳妇张瑜抛下了刚满一岁的晓玉，离开了这座城市。老陈和老伴把晓玉一手带大。

年轻的时候，老陈在部队里待了十多年，结婚时已三十出头。今年晓玉十二岁，老陈已经六十八了。以时下的观念看，也不算太老。老陈像十年前一样，用晓玉奶奶的话说，总是活蹦乱跳的，一副年轻人的劲头。

当初儿子刚过世，老陈和老伴沉浸在痛苦中。儿子去世三个月后，儿媳不愿继续困在家中，决定出去工作，就拜托老陈和晓玉奶奶暂时照管晓玉。晓玉奶奶欣然答应。老陈的态度却耐人寻味，没说赞成，也不反对，只是话音里对儿媳妇抛下晓玉的行为略带微词。晓玉妈妈心怀歉疚，却也颇多无奈，只好含泪不语，一个劲儿地拜托老陈和晓玉奶奶。晓玉被送到家里，老伴一下忙活起来，像是重获生机，不再整日盘算种种死法。面对老伴刀子般的目光，老陈仍嘴硬地表示要再考虑两天。两天后老陈才勉强默许了儿媳的请求。

老陈有自己的算盘。老陈做梦都想抚养晓玉，虽不愿说出口，可面临丧子之痛的老陈和老伴一样，都把晓玉看作继续活下去的希望。恰逢晓玉妈妈主动提出此事，正好随了老陈的心愿。老陈极力掩藏内心的兴奋，外表冷静且不近人情。可以说，老陈打一开始就玩起了心眼。

既然是晓玉妈妈主动拜托他照顾晓玉，只要自己态度冷漠些，便会为晓玉妈妈不负责任的行为留下口实。等以后儿媳妇回来要晓玉的时候，就会授人以柄，有所掣肘。老陈不算深怀城府，心思向来写在脸上，但在这件事上，老陈缜密的表现滴水不漏，让一旁的老伴都信以为真。可以说，老陈从一开始就谋划着要给这件家事打上"谈判"的印记。

一向善良慈和的奶奶满口答应了儿媳的请求，还背地里想尽法子帮儿媳妇劝说老陈。等到晓玉奶奶意识到老陈是在故作姿态之后，为时已晚，自己已在不知不觉中配合老陈演完了这出戏。晓玉奶奶气不过，但事已至此，也只好私下里斥责老陈太狠心，太不留情面。

十一年过去了，晓玉也上五年级了。对老陈来说，晓玉是他一手拉扯大的，早就是他生活里不可分割的一部分。

晌午的日头正烈，晓玉奶奶站在树影稀疏的窗前。老陈开车进了院子。

老陈进了门，晓玉奶奶转过身，老陈把车钥匙放在桌子上，缓缓坐下。

沉默的气氛持续了好一会儿。

"她要是想见孩子，该先打声招呼，到家里来。"晓玉奶奶忍不住说，"为什么要偷偷跑到学校去呢？"

"她是不好意思到家里来吧。"老陈说，"都这么多年过去了。"

"再怎么说她也是晓玉的妈妈，"晓玉奶奶说，"这是改变不了的事实。"

"那你是希望她到家里来了？"听到这话，老陈心里有点膈应，抬头问道。

晓玉奶奶坐到沙发的另一头。

"你真是老糊涂了。"老陈接着说，"她不来正好！她把晓玉抛下十一年了，我看她还怎么好意思到家里来。"

"可她毕竟是晓玉的妈妈。"晓玉奶奶重复道。

"行了！"老陈不耐烦地说，"情况还没搞清楚呢，等她来了再说吧。"

"她会到家里来的。"老陈把杯子里的水一饮而尽，随后用肯定地语气说道。

说完，老陈转身往外走。

"你去哪？"晓玉奶奶问道。

老陈当没听见，带上门出去了。

退休七八年了，老陈一直保持着规律的生活。早上送晓玉上学后，兴致来了便在家做做饭，或者跑到街头的公园里，和年轻时一起参军的老战友下棋、聊天。到了下午，便一个人躲在屋子里看看电影，有时也看看书。晚饭后，等晓玉把作业做好，便带着晓玉到河边散步……

老陈按照习惯，朝着公园的方向走去……

事情渐渐浮出水面，晓玉妈妈失踪十一年后突然神秘出现，此事绝不简单。老陈意识到来者不善，必有所图。

老陈在部队待了十多年，从新兵开始，一路以优异的表现升到士官，当班长，再到排长，最后升到了副连长。老陈服役的部队当时驻扎在内蒙古，部队的前身在抗战时期是骑兵游击队，连队保留骑马的传统，加之内蒙古马匹多，草料丰富，老陈刚入伍不久就学会了骑马。像很多新兵一样，开始老陈并不完全适应部队严苛的纪律和艰苦的生活环境，自从学会了骑马之后，老陈就迷上了部队生活，时常梦到自己挥舞着马鞭和军刀，驰骋在夕阳下一望无际的大草原上。后来，老陈转业回了老家，被安排在和自己习性差别很大的文广局。远离了部队严格的环境，来到散漫的单位，老陈极不适应。看不惯单位的作风，更不愿迎合领导，老陈工作认真负责、兢兢业业，但也我行我素，不顾及别人的看法。虽说在单位没能受到重用，但最后也升到了副局级的位置上才退休，所以作为部队副连长转业的老陈，退休的时候也算体面。

在单位不如意，但在家里，老陈拥有绝对的控制权，独断专行已成常态，这让晓玉奶奶和晓玉爸爸深受折磨。

老陈几乎是一肩挑起了全家人生活的重担，规划着家庭每个成员的生活。晓玉奶奶体弱多病，时常要他照顾；儿子中专毕业后进了大型国企，在国有煤炭公司拥有一份高薪的工作，也是他带着儿子去主动谋求的。

儿子意外罹难后，老陈和老伴陷入了绝境。老陈恍然间明白，所有的规划都比不过命运的安排，因此终日精神恍惚。正当晓玉奶奶叹着气，以为老陈也会就此消沉下去的时候，儿媳妇突然请求二老帮忙照顾晓玉。

有了晓玉后，老陈又开始了一揽子的计划。这一次，全部的心思和计划都围着晓玉。从晓玉两岁安排到十八岁。

退休后，老陈和老伴都有养老金，日子过得还算充裕。本来老头、老太太都没什么大病，不需要过多开销，可自从家里有了晓玉，就不同以往了，日子经常过得紧巴巴的。有几次，晓玉奶奶偷听到老陈在电话里向战友借钱，这让晓玉奶奶费解。一直以来，经济方面老陈比晓玉奶奶还要节俭一些。可一大把年纪的老陈花钱的手脚却越来越大，按晓玉奶奶的话说，眼睛都不眨一下就把钱花了。老陈作风老派，但在晓玉的教育开支方面，却不像别的爷爷奶奶那样守旧，更像时下年轻的父母，特别大方。

自打晓玉上学，老陈就尽可能给晓玉找最好的幼儿园，晓玉就读的小学也是骆城里最好的。不仅如此，老陈像大多数年轻的父母一样，周末给晓玉加辅导班，让晓玉学绘画。

后来晓玉奶奶渐渐明白，不是老陈爱赶时髦，而是老陈打心眼里把晓玉当成了自己的小孩。对于晓玉妈妈的存在，晓玉奶奶从不敢遗忘，所以晓玉奶奶始终牢记自己的角色，为孩子的母亲预留位置。晓玉奶奶的克制，反倒成全了老陈，以至于在培养晓玉方面，老陈获得了空前的自由。

大部分爷爷奶奶对孩子过分慈爱，是因为他们能意识到自己并非孩子的父母，无须承担教育孩子的第一责任。老陈不这样想。在老陈看来，自己是晓玉的爷爷加父母，表面是爷爷，实则是父母。有时候奶奶觉得，这无非是老陈强烈控制欲的表现，但细想下，也能体谅老陈的不易。

晓玉奶奶明白，儿子早逝，原本美满的家庭早已支离破碎，要强的老陈将痛苦都放在心里，从不向别人吐露半点儿。现在家里只剩下这个小孙女，她是家里唯一的意义和希望。孩子的母亲抛下孩子一去不回，自己体弱，时常给老陈添乱。若不是老陈精心照顾，晓玉也不能像有父母的小孩那样健康长大。老陈挖空心思，不让晓玉在缺憾中成长。想到这些，又怎能责怪老陈呢？晓玉的到来，拯救了老陈，也拯救了自己。不然，像他这样要强的人怎么能继续活下去呢……

老陈在外面晃荡了几个小时，觉得没劲了，索性回了家。

刚进门，晓玉奶奶就从厨房里跑出来，问道："晓玉呢？"

抬起头看了看顶上的挂钟，距离晓玉上午放学已过了半个钟头，老陈一愣，心想今天这是怎么了，怎么这么迷糊？连时间都忘了。

老陈一边想着，一边转身往门外走。

三

校门口的小孩陆陆续续被家长接走了，街道恢复了原有的秩序。晓玉独自站在校门一侧的松树下，四处张望着。

突然，街对面一个熟悉的人影闪过，晓玉一眼认出是那个之前偷偷观察自己的女人。女人穿过马路，朝晓玉走过来。

晓玉没犹豫，转身便跑。女人见晓玉跑远了，有些出乎预料，迟疑了片刻，随后加快脚步，朝着晓玉的方向追去。

晓玉沿着校门的左手边一直跑。跑了没多远，转身进了一条小巷子。

跑进小巷，晓玉停下来，靠在墙上，喘了喘气，让自己冷静下来，随后猛地蹲下，拉起裤腿，从军靴外面的口袋里拔出了匕首，动作流畅自然。晓玉一手拿着匕首，身体贴着墙壁，慢慢回身，屏住呼吸，朝着巷子口小心地移过去。

女人突然出现在巷子口，晓玉盯准了目标就刺过去。女人一闪身，慌忙后退几步，躲过了晓玉的匕首，却不小心崴到了脚，半蹲在地上。晓玉抓住机会，看准目标，又刺过去。

"别！"女人一手抚着脚，阻止道，"我不是坏人！"

"那你干吗跟着我？"晓玉收回匕首，大声问，"你想干吗？"

"我就是想看看你。"女人说，"我没有恶意。"

忽觉自己的话太牵强，毫无信服力，女人为难了片刻，随后犹豫着解释说，"我是你妈妈！"

"什么？"晓玉困惑地问道。

"我是你妈妈！"索性说开了，女人便又重复了一句，"你是晓玉吧，我真的是你妈妈！"

说完，女人缓缓起身。

"你胡说！我没有妈妈。"晓玉又拿起匕首，说道，"我妈妈早走了，永远不会回来了。"

"谁说的？"女人问道。

"我爷爷说的。"晓玉犹豫了一下，说。

这时候，老陈突然从巷子口走了进来。

原来，老陈也是刚到学校，车停到马路对面时，正好目睹了这一幕。老陈没有立即下车，而是隐藏在车里，偷偷观察着事态的发展。见晓玉掏出了匕首，便发觉事态不妙，慌忙下了车，朝着小巷子赶来。老陈靠在巷子口，听完了母女俩的对话。

"爷爷！"晓玉见了老陈，便喊了一声，"你怎么才来！"随后跑过去，搂住老陈。

"你没事吧？"老陈低头看了看晓玉，问道。

"我没事，爷爷！"晓玉看看她妈妈，又看看老陈说，"这个女人说她是我妈妈。"

"把东西收起来！"老陈避开问题，说道，"咱们走。"

趁着晓玉把匕首插进军靴的时候，老陈瞟了晓玉妈妈一眼。

晓玉放好匕首，刚站起来，老陈就拖着晓玉走了。

"等等！"晓玉妈妈喊了一声，磕磕绊绊地解释道，"很抱歉，我不是有意要吓唬晓玉的。我看到她一个人站在那儿，我怕没人来接她，就想过去问问情况，我没想到会吓到晓玉。真的很抱歉！"

老陈盯着儿媳妇看了看，晓玉转过头，用好奇的目光看着女人。

"我想到家里来拜访一下，我想见见晓玉。"犹豫了一下，晓玉妈妈又加了一句，"可以吗？"

老陈打量着儿媳妇，想弄清她的意图。

"爷爷，快走吧。"晓玉忽然摇了摇老陈的胳膊，说，"我好饿，我要回家吃饭。"

老陈缓过神来，拉着晓玉，转身走了。

听到晓玉的话，晓玉妈妈便没再问下去，有些不舍地走到巷口，看着老陈和晓玉穿过马路，消失在远处。

回家的路上，老陈猛踩油门，车子微微晃动。

晓玉坐在副驾驶座上，两人都默不作声，气氛有些低沉。

方才若不是晓玉搭话，自己会做何反应？如何回应儿媳妇的请求？老陈心里没谱。

晓玉妈妈为何要在事情都已败露的这个节骨眼上，才说想到家里来拜访呢？她是真的毫无心机，还是在默默下一盘大棋？据晓玉说，妈妈来学校已半月有余了，老陈始终琢磨不透，难道儿媳妇不知道这样的行为会让自己和晓玉奶奶生气吗？晓玉妈妈当然清楚这点！比起偷偷去见晓玉，到家里拜访要承担更大的风险。换句话说，会打草惊蛇，进而暴露自己。老陈幡然醒悟。与其到家里拜访，正面交锋，让对手加强警惕，不如做"出其不意，攻其不备"的长远谋划。去学校观察晓玉，既是找机会接近晓玉，了解晓玉的好法子，亦可为之后的正面较量做足准备，到时候，就不是正面较量那般简单了，而是致命一击。阴险啊！老陈忍不住抿了抿嘴唇。幸好晓玉聪明，提前报告了情况，加上爷孙俩精妙的配合，一举摧毁了儿媳妇的阴谋。毕竟是她爷爷亲自调教的，就是有她爷爷的聪明劲，临危不乱！这么一想，老陈不由得心生宽慰，心情也爽朗了。照现在的状况，晓玉妈妈必然不会再暗地里跑到学校了，下一步就该是登门拜访了。

该来的总要来！十一年过去了，晓玉妈妈突然回到骆城，这绝非偶然，一定是深思熟虑后下定了决心的！

"你认识那个女人？"正当老陈想得出神时，晓玉突然问道。

"什么？"老陈看了看晓玉。

"我给你看画的时候，你就认出那个女人了。"晓玉说，"对吧？"

老陈不知如何回答。

"她为什么说她是我妈妈？"晓玉又问。

老陈更不知道怎么说了。见晓玉低着头，神情有些低落。

"你没事吧？"老陈问道。

"我刚才差点把她刺伤了。"晓玉用自责的口吻说。

"这不怪你。"老陈说，"你不知道她是谁。"

"那她到底是谁？"晓玉转过头盯着老陈。

老陈眼神似有躲闪，随后看了看晓玉，认真地说："先回家吃饭吧。"

老陈把车开进了院子。

老陈和晓玉坐在客厅里吃饭，奶奶在厨房收拾东西，气氛异常凝重。

吃完饭，老陈放下碗筷，起身回了厨房。老伴站在灶台边，手里拿着一块抹布，见老陈进来，转过头看着老陈。两人互相递了个眼神，老伴扯起围在腰上的围裙，擦了擦手，绕过门口的老陈，出了厨房。

奶奶坐在晓玉身旁。经历了"惊心动魄"的上午，晓玉好不容易放松下来，碗里的饭很快一扫而光。奶奶拿起勺子，从旁边的汤盆里盛了一碗汤，递给晓玉。晓玉一口气吞下肚。

"吃饱了吗？"奶奶问道。

"吃饱了。"晓玉说。

奶奶轻抚着晓玉的头发。

"你想知道今天出现在学校的那个女人是谁吗？"奶奶问道。

"想。奶奶！"晓玉期待地点点头。

看奶奶有些犹豫不决，晓玉问道："她真的是我妈妈？"

奶奶点了点头。

"她真的是我妈妈吗？奶奶！"晓玉重复了一遍，又问，"我妈妈不是不要我了吗？不是永远不回来了吗？"

"她是不要你了。"奶奶说，"可她现在回来了。"

晓玉看着奶奶。

"你想见她吗？"晓玉奶奶说。

晓玉犹豫了一下，说："不想。"

"为什么？"奶奶问。

"她不要我了。"晓玉低头说，"我也不想见她。"

"可她是你妈妈啊！"奶奶说。

"那我也不想见她。"晓玉说，"我有爷爷奶奶，不需要妈妈。"

"我可怜的孩子!"奶奶声音哽咽着说,紧紧搂着晓玉,眼里闪着泪光。

目睹眼前的场景,老陈深受触动。本来想出去说点什么,此刻也木在原地了。

老陈太了解老伴的个性了。虽说常年生病,但比起总是忙里忙外的老陈,老伴操的心分毫不减。平日里,老陈自觉又当爹又当妈,可对晓玉这个年纪的小女孩,老陈的爱太严苛。与之相比,奶奶的包容和无私更加可贵。此刻,老陈多少能体味到老伴的矛盾。老伴总担心晓玉的未来。现在儿媳妇回来了,至少晓玉不会落到没人管的地步。可万一晓玉妈妈把晓玉带走,老伴又如何忍受没有晓玉的生活?可怜的孩子刚出生就失去了父亲,十多年里没有母亲,未来又该指望谁? ……在这个特定的时间点上,晓玉奶奶百感交集。

命运为何要把如此多的不确定加之于这个家庭,加在一个无辜的孩子身上……

老陈越发感到责任重大。就算为了老伴,他也一定要保护好晓玉!另一方面,原本担心老伴性格柔弱,态度摇摆不定,此刻见老伴竟这般心疼晓玉,老陈像是吃了定心丸。老陈想,到了关键时刻,晓玉奶奶应该不会动摇立场,一定会和自己站在一起吧!

老陈揉了揉有些发酸的鼻子。

接下来就要好好应对晓玉妈妈来访了,这会是一场硬仗吧?老陈自问。

或许也是最好的时机!

想到这儿,老陈倒是有点期待儿媳妇早日登门拜访了。

四

接下来几天，几乎是风平浪静。由于工作日的缘故，老陈和晓玉奶奶想着，晓玉妈妈或许会等到周末前来拜访。

果然，周六上午九点多，晓玉妈妈的身影出现在了老陈家大门外。

老陈一家住在老城区一个带院子的平房里。老陈和老伴住在这儿已有十多年。当年老陈从部队转业回到老家，住在单位分的火柴盒楼房里。后来，老陈和晓玉奶奶结了婚，没多久便有了孩子，住在单位分的房子里颇受束缚。圈子文化亦是一个重要因素。老陈军人出身，被分在"文化口"单位，很少有能聊得来的同事，在单位里一直不太顺心。下了班回家，楼上楼下、邻里邻居全是同事，出入小区要礼貌问候，互相担待，且还要忍受把工作姿态和架势带入生活的上司领导。因此，到儿子结婚时，老陈便把单位的房子腾给了儿子，在老城区买下了这个带院子的小平房，和老伴一起搬过来。晓玉几乎就是在这个院子里长大的。当年晓玉妈妈走的时候，也是在这里把晓玉托付给老陈和晓玉奶奶的。十一年过去了，再次踏入这个小院，晓玉妈妈心里亦是五味杂陈。

上次差点捅伤妈妈，晓玉由此心生芥蒂，便躲在厨房里，不愿出来，奶奶在一旁准备招待儿媳妇的茶水点心。晓玉妈妈独自坐在沙发上，四下打量着，样子有些拘谨。

奶奶走出厨房，手里端着一壶绿茶。

"别太麻烦了。"晓玉妈妈忙说。

奶奶笑着倒上茶，坐在晓玉妈妈对面。

老陈站在树影斑驳的窗前，看着天际边缘骨朵般的云团，鬓角几撮斑白的头发微微翘起，更加重了面孔的威严感。

老陈留着干练的短发，身材高挑，面容虽有老态，却不松弛，看着比同龄人年轻许多，一身黑色的休闲外装，眼里总夹杂着些忧虑的痕迹。

晓玉从厨房门后探出一个头，好奇地张望着。妈妈时不时转过头，妈妈一看，晓玉就把头缩回去。

晓玉妈妈端起茶杯，抿了一口。

"这些年过得怎么样？"见儿媳妇有些紧张，奶奶便问道。

"还好。"晓玉妈妈笑了一下。

两人聊了一会儿，晓玉妈妈渐渐放松了些。

老陈一直默默伫立窗前，逐渐淡化成了背景。

原来这些年，晓玉妈妈一直在邻省的兴城，距离老陈一家所在的骆城不算很远，但也不近。

晓玉妈妈的老家也在邻省。当初把晓玉托付给老陈的时候，老陈和晓玉奶奶都以为儿媳妇回了老家。晓玉妈妈确实回过老家，但在老家生活了没多久，便去了兴城工作，从此大部分时间生活在兴城。

当年，晓玉爸爸在公司的组织下去邻省的煤企考察学习，期间认识了晓玉妈妈。当时晓玉妈妈是当地煤企的员工，并负责了那次考察接待。初次接触以后，两人互有好感，很快便亲密起来。后来晓玉妈妈放弃了工作，跟着晓玉爸爸来到了骆城。两人很快结了婚。有了晓玉后，晓玉妈妈待在家里做起了全职家庭主妇。丈夫不幸罹难后，晓玉妈妈守着刚出生不到一年的晓玉，更觉凄凉。于是，她渴望出去工作，从工作中寻得解脱。骆城是一座资源型工业城市，人口稀疏，第三产业几近萧条，晓玉妈妈找了很久，都没找到合适的工作，实在没辙，便托邻省的父母帮忙打听。最后，在邻省亲友的帮助下，在兴城找到了一份心仪又恰当的工作。此时又面临新的问题，晓玉年幼，经不起长途颠簸，加之工作繁忙，必定腾不出时间照顾晓玉，再三考虑后，晓玉妈妈只得含着泪，托老陈代管晓玉，自己先赴兴城，安顿工作。原本晓玉妈妈计划过两三年时间，等工作妥当，晓玉也到了上幼儿园的年纪，再把晓玉接过来。这样既可保住工作，又能照顾晓玉。但由于种种变故，十一年过去了，晓玉妈妈才又一次回到了骆城。

离开晓玉的第四年，晓玉妈妈又结过一次婚，这段婚姻持续了六年多，要比和晓玉爸爸的婚姻长一些。按晓玉妈妈的话说，这段婚姻是被平淡消磨掉的。

晓玉妈妈的第二任丈夫身材不高，但仪容俊雅，举止颇有风度，两人相识不足一年便结了婚。丈夫为人老成，事业心重，经营着一个小厂房，整日忙在工作上，夫妻关系渐趋淡薄，且二人一直没有小孩，婚姻全无寄托。第二任丈夫对晓玉妈妈还算照顾。夫妻关系虽说平淡，但也坦承相见，不争、不吵、不怄气，家里始终保持和睦的氛围。第一次婚姻的意外终结，对晓玉妈妈的婚姻观念造成了颇多影响，晓玉妈妈时常流露出漠然悲伤之感。随着时间推移，丈夫的生意渐渐壮大，夫妻间的交流却越来越少。结婚第六年，突然有一天，晓玉妈妈提出离婚，两人异常平静地结束了这段婚姻。第二任丈夫心怀亏欠，离婚的时候，拟了一份协议，将自己近一半的财产留给了晓玉妈妈。第一次婚姻，晓玉妈妈净身出户，把一切财产都留给了老陈一家。这次，她在协议上签了字，由此得到了一套房子和数量可观的存款，这些东西几乎可以保障她后半生的生活。

离婚后，生活再次回到起点。

此时，回首十多年来的感情和生活，晓玉妈妈猛然间意识到，两次婚姻的失败和单调的工作并未带给自己真正的快乐和幸福。想到抛下十多年的女儿，想到自己也是一个母亲，她重新看到了希望，找到了继续活下去的动力。这个念头进入脑海的一刹那，她便哭了，并暗暗下定了决心，决定抛下一切回去找女儿，用余下的后半生好好照顾女儿、弥补女儿。于是，便毅然决然地辞掉了工作，历时十多年，再一次回到这座小城……

故事讲到此处，晓玉妈妈极力忍住情绪。

听了儿媳妇之前的遭遇，晓玉奶奶一边连声叹气，一边安慰晓玉妈妈。

晓玉奶奶回头看了看窗前的老陈，随后把头转向厨房，喊了一声"晓玉"，没有回应。奶奶又喊了一声"晓玉"，依旧没反应。

"你等一下。"晓玉奶奶对儿媳妇说。

说完，起身进了厨房。老陈发觉情况不妙，转过头看了看老伴，又看了看晓玉妈妈。

不一会儿，奶奶拉着晓玉出来。看着晓玉，晓玉妈妈激动得有些颤抖。

"给你妈妈道个歉！"奶奶搂着晓玉说，"说你错了，不应该拿刀对着妈妈，说嘛！"

晓玉埋头不语。

"不用，不用。这都怪我，不怪晓玉。"晓玉妈妈眼里闪着泪花，笑着说，"是我吓到了晓玉，是我该给晓玉道歉。"

说完，低头抹掉眼泪。

晓玉妈妈郑重地给晓玉奶奶和老陈道了歉，后悔不该不通知他们，便贸然跑去学校看晓玉。

"来了就好，来了就好。"奶奶大方地说，示意晓玉妈妈不要放在心上。

目睹眼前又哭又笑的场景，老陈心想，苦情戏演完了，眼泪攻势也用过了，接下来该要说到正题了吧。

"这次回来，是打算留在这儿了吗？"奶奶急切地问。

"以后晓玉在哪，我就在哪。"晓玉妈妈点了点头说。

晓玉奶奶唯一的隐忧就这么消除了。

晓玉妈妈还告诉奶奶，她已经决定把第二任丈夫留下的房子卖掉，把兴城那边的事情处理完后，便回骆城生活。

"这样挺好，这样就好！"晓玉奶奶彻底把心放在肚子里了，笑着说，"这样以后你也可以一起照顾晓玉了。"

晓玉妈妈笑了，感激地点了点头。

"这么多年没为晓玉尽到责任，每次想起晓玉的时候，我都特别难受。"儿媳妇满怀歉疚地说，"以后只要晓玉愿意接受我，我什么事情都愿意做。"

"不要说得这么严重。"晓玉奶奶笑着说，"不过需要点时间的嘛，慢慢就好了。"

说完，奶奶又摸了摸晓玉的头。

晓玉把头埋在奶奶怀里，

"回卧室去写作业吧。"奶奶说。

晓玉站起来，跑回卧室。

"这孩子有点怕生。"晓玉奶奶解释说，"你别在意，多见几次就好了。"

晓玉妈妈会意地听着。

"你的意思是，想让晓玉和你生活？"听到这话，两人纷纷转过头，看着老陈。奶奶不由得紧张起来。

"我不是这个意思。"晓玉妈妈笑着说。

老陈还是背对着她们，盯着窗外。

"老陈！"晓玉奶奶喊了一声，老陈没理会。

"没关系！"晓玉妈妈打断晓玉奶奶。

"我希望以后能承担起照顾晓玉的责任。"晓玉妈妈收起笑容，认真地说，"不过，现在我没这个能力。晓玉也肯定接受不了我。"

"那你的意思是，等晓玉慢慢接受你了。你想让晓玉和你一起生活？"老陈追问道。

面对老陈咄咄逼人的态势，晓玉妈妈像是早有准备。

"我是说以后。"儿媳妇笑着说，"我希望能为晓玉承担起责任。"

老陈把头转向窗外，两个腮帮子微微鼓起，鬓角的白发随之触动。

事情终于清楚了，猜得没错，晓玉妈妈是冲着抚养权来的。老陈心想，别以为一副假惺惺的笑容就能骗得了我。

可万万没想到，才这么一会儿工夫，形势竟有了如此大的转变。号角还未吹响，老伴就已经偏向了晓玉妈妈。几句花言巧语，她就被蒙蔽了双眼，太没立场！太没心眼了！回头一想，也怪自己，没提前做好防备。

形势急转直下。老伴不和自己商量便大方地接受了儿媳妇，甚至没给自己留下一点回旋的余地，真是一场破镜重圆的好戏！老陈冷笑了一下，心想，这下倒好，她倒抢先做了老好人。

这种又是眼泪，又是笑容，又是安慰，又是道歉的其乐融融的家庭氛围，多么温馨、感人。老陈还能说什么呢？老陈要是横加干涉，那就显得太没人情味了呢！

老陈仿佛变成了局外人，被彻底遗忘了。可任由这"温馨"的场面发展下去，老陈难以忍受。流几滴眼泪，找几个借口，说几声抱歉，就够了？过去的一切就可以偿清了？自私永远都是自私，不负责任就是不负责任，就要付出代价！糊涂老伴竟然还阻拦我！想到曾经对老伴怀有的期望和信任，老陈简直恨得牙痒痒。

必须要做点什么！

"既然话说到了这个分上，你的意思我大概了解了。"老陈看着窗外，坚定地说，"可丑话要说在前头。我赞成晓玉奶奶的意见，你可以参与到晓玉的生活里来，但如果你是惦记着晓玉的抚养权的话，那你趁早打消念头。"

奶奶惊呆了，抬起头看着老陈。想不到老陈竟这么直截了当地把话说了出来。

"你考虑一下吧。"老陈接着说，"你也可以不参与进来。如果你想参与进来的话，我希望在这点上，你能清楚。"

气氛再次陷入尴尬……

"我知道，这么多年我抛下晓玉，很对不起晓玉。你们抚养晓玉十一年，你们这么多年的付出，我很感激。我也不知道该说什么，才能表达我的意思。"晓玉妈妈埋头想了想，又说，"我已经不年轻了，也没什么太多的想法，我只想和晓玉一起生活，好好照顾晓玉，弥补晓玉，这是我后半辈子唯一想做的事。"

此时的晓玉无心做作业，仰躺在床上，盯着天花板，发起了呆。

"我理解你们这么多年照顾晓玉的不容易，我也明白你们和晓玉感情有多深。晓玉更离不开你们。我也是意识到了这点，才决定要回到这里。"晓玉妈妈继续说，"我肯定不会把晓玉带走的，这点你们放心。我想和晓玉一起生活，可我更希望晓玉过得幸福。没有你们，晓玉不会幸福的。"

屋子静下来，屋外传来稀疏的蝉鸣。晓玉奶奶绞着双手，低头沉思。晓玉妈妈端起桌上的茶杯，又抿了口茶。

老陈的目光有些飘忽。

第一次试水的碰头会就这样陷入僵局。原本只是初次见面、互相试探，没成想竟是荷枪实弹的交锋，屋子里弥漫着浓烈的火药味。事已至此，晓玉妈妈也没什么可说的，起身便要走。

日头已跃过中空，半个晌午过去了，晓玉也该饿了，奶奶起身准备午饭，顺便请儿媳妇留下来吃个便饭。几番邀请，晓玉妈妈都笑着谢绝了。

奶奶和晓玉妈妈互相留了电话，并告诉晓玉妈妈，往后有时间随时来见晓玉，晓玉妈妈一遍遍地表达谢意。

听到客厅的动静，晓玉从卧室门缝伸出头，奶奶挥了挥手，招呼晓玉过来，让晓玉和妈妈告别，晓玉慌忙关上卧室门。

"这孩子！"晓玉奶奶笑着说，"还不太熟。"

"没事。"晓玉妈妈微笑示意。

奶奶站在门口，目送晓玉妈妈出了院子，随后关了门，回身到客厅，瞪了老陈一眼。

"你怎么能……"晓玉奶奶刚开口，吐出半句，老陈随即快步走进晓玉卧室，"砰"的一声关上门。

晓玉奶奶一下子没了脾气，愣在原地。

老陈坐在晓玉桌旁，看上去郁气未消。

"这个女人就是你妈妈。"老陈说，"现在你知道了吧。"

"爷爷，你为什么讨厌这个阿姨？"晓玉一边写着生字，一边问老陈。

"谁说我讨厌她了？"老陈一愣，自我辩驳道，"我不讨厌她。"

"我听到你和奶奶吵架了。"晓玉说，"我觉得你不喜欢这个阿姨。"

老陈没理会晓玉的猜测，反而对晓玉把她妈妈喊作阿姨颇为在意。

"我都说了。"老陈情绪激动地说，"她是你妈妈，不是什么'阿姨'！"

"有什么区别吗？"晓玉转过头，一本正经地问道。

"没区别吗?!"老陈更生气了,大声喊道。

"吼我干吗?!"晓玉带着委屈腔调说,"我又不认识她。"

听晓玉这么一说,老陈顿觉欣慰,怒气也稍稍平复。

毕竟孙女还是很忠诚的嘛!何况孙女的忠诚才是最关键的。只要晓玉站在自己这边,那么谁也别想夺走晓玉。仔细回想,十多年来自己一把屎一把尿把晓玉拉扯大,在"忠诚"这点上,总算可以把心放在肚子里了。再说,家里出一个叛徒就已经了不得了,要是个个都成了叛徒,那不得要人命嘛!想到这儿,老陈心里又埋怨起了老伴。老陈暗暗思忖,接下来再也不能指望老伴了,必须要亲自上阵、亲力亲为了。

坐以待毙,还是主动出击?老陈毫不犹豫选择了后者,这是老陈大半生的行事风格。只有主动出击,才能抢占先机。对此,老陈深信不疑。此刻老陈绝不会想到,正是从这会儿开始,由于自己强势的作风和专横粗暴的态度,一手酿成了一系列不可挽回的局面。

老陈灵机一动,既然在这件事上,最关键的是不能丢掉晓玉的抚养权,那在晓玉和她妈妈还不熟悉的这个阶段,为何不好好利用这个优势来巩固晓玉的抚养权呢?换句话说,为何不把这种优势转换成一种资本,再和晓玉妈妈谈谈条件呢?

"就这么办!"老陈猛地拍了拍脑门,大喊一声。

条件也很清晰:如果晓玉妈妈想见到晓玉,那么就要保证不和自己争夺晓玉的抚养权!

向来自信的老陈,为自己天才般的想法兴奋不已,对老伴的怨气瞬间全消了。兴奋过后,便到了施行的阶段。老陈心想,要实施起来,晓玉那边是没问题的,只是老伴可能有些意见。谈判免不了风险，这无疑还会惹恼晓玉妈妈……难道就这么一直拖延下去，把问题搁置起来吗？

在老陈看来，抚养权问题是"主权"问题，"主权"问题便是底线问题。戎马半生的老陈自然懂得主权问题的重要性，涉及抚养权的这个底线问题，要越快解决越好，拖下去只会节外生枝、夜长梦多。一支烟过后，老陈便下定了决心，甚至做好了被晓玉妈妈告上法庭的准备。即便是上法庭，此时上法庭总比问题变复杂的时候上法庭，更有赢的把握吧。为了晓玉，再绝情的事情我老陈都干得出来，这么一想，老陈就把心里最后一丝顾虑消除了。

就这么办！

接下来最要紧的便是想办法说服老伴。

老陈设想过很多避开晓玉奶奶的方法，思前想后，取取舍舍，终究没法绕过这一关卡。老陈索性决定和晓玉奶奶面对面商议此事。

"你为什么要这么做？"老陈把这个想法告诉晓玉奶奶时，晓玉奶奶像是被猛地击中，又重复了一遍，"你为什么要这么做？"

"你想惩罚她吗？"晓玉奶奶思考了片刻，"你这么恨她吗？"

"我不恨她。"老陈解释道。

"那你为什么要这么做？"晓玉奶奶又问，"之前她扔下晓玉不管，我也很生气。可她终归是回来了，难道不该给她一个机会吗？何必再去计较之前的那些事情呢？毕竟她是晓玉的妈妈，看在晓玉的分上，也不该再计较之前的事了。"

"那你说怎么办？"老陈说，"难道把晓玉交给她不成？"

"我不是这个意思。"晓玉奶奶说，"我是说，你非要这么硬来吗?"

"那你说怎么办?"老陈反问道。

"我们大家一起照顾晓玉,不挺好吗?"晓玉奶奶说。

"一起照顾?你说得轻巧。"老陈说道,"要是没有抚养权?你能保证她不把晓玉带走吗?你能保证吗?"

"你这样做,只会把事情弄糟。"晓玉奶奶埋怨道。

"冠冕堂皇的话谁都会说,老好人谁都会做,可这能解决问题吗?"老陈突然生气地说,"这对晓玉有什么好处?!你既然这么说,那你倒是拿出一个解决办法来!"

"对你来说,抚养权就这么重要吗?"晓玉奶奶犹豫了一下,问道。

"不重要吗?"老陈反问。

"那我还能说什么呢?!这个家从来都是你说了算。"晓玉奶奶冷冷地说,"我和晓玉都是你的棋子,你爱怎么下就怎么下吧。"

说完,晓玉奶奶便起身去忙别的事。

老陈深深吐了口气。

屋外又传来稀疏的蝉鸣。

五

思考良久，老陈决定等晓玉妈妈主动上门的时候再做谈判。

很快，又到了周末。儿媳妇和晓玉奶奶约好，周六到家里来见晓玉。原本晓玉的绘画课在周日早上，为了实施既定的计划，老陈和兴趣班的老师商量，把课提前了一天，周六一大早，他就把晓玉送去了兴趣班。

天刚擦亮，路上行人稀少，一层薄雾浮在地面上。车窗上的水汽层层叠叠，模糊了视线，老陈只好打开雨刷器。晓玉缩着头，盯着雨刷器，不时地眨眨疲乏的眼睛。

"那个阿姨是不是今天来？"晓玉突然问。

"是。"老陈没回避，反问了一句，"谁告诉你的？"

"奶奶告诉我的。"晓玉说。

老陈没作声。

"爷爷！"晓玉问，"你是不是不想让她见到我？"

"不是。"老陈说，"大人之间有事商量，小孩子不方便听。"

"什么事？"晓玉好奇地问。

"都说了，大人之间的事，小孩子不方便听。"老陈敷衍地说。

"还说你不讨厌她。"晓玉低声说，"你明明就讨厌她。"

车刚好开到补习班楼下，老陈猛地踩下刹车，拉起手刹。

"听着！我再说一遍，她是你妈妈，不是什么'阿姨'，这点你要记住。"老陈严肃地盯着晓玉，说道，"另外，我不讨厌她，我从来没讨厌过她，你要是想见她，你就告诉我，你随时都可以见到她，知道了吗？"

"我知道了，爷爷。"看着老陈莫名较真的模样，晓玉语气温和了许多，"我只是说说，我不想见她。"

晓玉并不想见到妈妈，看到爷爷这么提防，心里偷着乐。爷爷总是在乎自己的。老陈如此上心此事，晓玉就不用像之前那样担心了。晓玉原本只想和老陈开个玩笑，全当一乐子，顺便逼老陈吐露心声，没想到老陈竟这般计较，晓玉也急忙收敛，不敢再造次。

老陈自觉太过严厉，挤了挤笑容，摸了摸晓玉的头，说："快去吧。"

晓玉下了车，背好书包，转身跑进了兴趣班所在的蓝色大楼。

目送晓玉下了车，老陈突然意识到，最近自己的脾气越来越暴了，几乎是一触即发，不由得自责，心疼起晓玉来。可诸事缠身，容不得老陈多停留。老陈想，等这个事情过去，再好好弥补晓玉吧！

抬起手腕，看了看时间，老陈估摸着晓玉妈妈已经到家了。是到了摊牌的时候了，老陈扭动方向盘，朝家的方向开去。

进了门，老陈把车钥匙放在柜台上。

儿媳妇和晓玉奶奶并排坐在沙发上，一切都在老陈的预料之中。

凭着之前谈话形成的"共识"，晓玉奶奶会意地站起来，回了厨房。客厅里只剩下老陈和晓玉妈妈。

　　老陈像个闷葫芦一样沉默着。

　　"妈和我说了。"晓玉妈妈开门见山地说。

　　老陈浑身发痒，像是有许多虫子在身上爬。

　　"从决定回来到现在，我还没考虑过晓玉抚养权的事。"晓玉妈妈解释道，"我只是想见见晓玉，没别的想法。"

　　老陈盯着窗外。

　　"我觉得只要能见到晓玉，抚养权这些问题都不重要。"晓玉妈妈用诚恳的语气说，"以后再慢慢商量。"

　　"那是因为你拿不到。"老陈轻描淡写地说。

　　"什么?"晓玉妈妈疑惑地问。

　　"你说抚养权不重要，只是因为你拿不到。"老陈犹豫了一下，"你所说的以后再说，只是想等有了胜算以后，再谈抚养权的问题。"

　　"胜算?"晓玉妈妈严肃地说，"我从没这么说过。"

　　"可你就是这么想的。"老陈说着，语气渐趋坚定，"从你到学校去看晓玉开始，你就是这么想的。"

　　晓玉妈妈皱了皱眉头，有些听不明白。

　　"你只是想等晓玉和你慢慢熟悉。"老陈一副解析案情的架势，"到时候，你就不会这么说了。"

　　晓玉妈妈像是有点明白老陈的意思了。

　　"我不会让这种事发生的。"老陈斩钉截铁地说。

　　"那你的意思是，不会再让我见到晓玉了?"晓玉妈妈激动地说，"我没有权利见自己的女儿吗?"

"你当然能见晓玉。"老陈说，"只要你答应不要抚养权，你随时都能见到晓玉。只要你愿意，周末晓玉也能和你一起住。"

"我原本以为我们可以商量着解决事情，毕竟是为晓玉着想。"晓玉妈妈低下头，冷笑一声，"看来我想得太简单了。"

"我们是在商量。"老陈看了看儿媳妇。

"怎么商量？"晓玉妈妈抬起头。

"你可以选择接受，也可以不接受。"老陈说。

"这就叫商量吗?!"晓玉妈妈用质问的口气说。

言尽于此，谈判再次陷入僵局。

晓玉奶奶在厨房里专注地听着，眼睛里抒写着无奈。

晓玉妈妈犹豫了片刻，拿起外套，走到门口，朝厨房看了一眼，最后尝试着问了一句，"真的没有一点商量的余地了吗？"

老陈默不作答。

晓玉妈妈算是彻悟了，老陈心意已决，不会再有回旋的余地。

"我能体会你的心情。你不愿意接受我，我也能理解。毕竟事情会变成这样，都是因为我。"晓玉妈妈颇有感触地说，"可我不会放弃晓玉。除了晓玉，我现在什么都没有了，她就是我的一切！"

晓玉妈妈轻轻关上门。

"现在你满意了吧？"老伴从厨房里走出来，冷冷地说，说完匆匆回了卧室，老陈一动不动地站在窗前。

天边浓厚的乌云漫过来，迷蒙的雨线瞬间打湿了玻璃窗。

接下来的两个月，晓玉奶奶作为中间人，多次在老陈与儿媳妇之间沟通、调解，几乎磨破了嘴皮子。

老陈毫不退让。晓玉妈妈和奶奶商量着，把见面时间定为每周一次，一次一天；或者两周一次，每次两天，都被老陈一一否决。

老陈是吃了秤砣铁了心了，不管是在家里还是别的地方，他对晓玉的一举一动、出出进进都尽可能严密监视。几天前，去学校接晓玉时，见晓玉和一个男孩在校门外搭话，老陈都要再三盘问，最后得知小男孩叫吴天琪，是晓玉的同桌，才罢休。

据晓玉"汇报"说，吴天琪算是她在学校里唯一的朋友。这孩子发型古怪，脑子特笨，功课差得要命，班主任出于"先进带后进"的管理思路，才安排晓玉和他同桌。虽说吴天琪生得一副憨憨相，整日嬉皮笑脸，满脑子奇思怪想，时常惹晓玉发火，但他脾性温顺，愿意听晓玉念叨念叨烦心事、吐露些心里话，偶尔也体己地关心晓玉，所以晓玉也愿意多给他辅导功课。

听完汇报，老陈若有所思地点点头。

当老陈忍不住好奇，问吴天琪说了什么时，晓玉不耐烦地走开了。

为了提防晓玉妈妈使出之前的法子，偷偷去见晓玉，老陈甚至把晓玉的班主任发展成眼线。拉拢、谈心、请客、送礼，能用的心思老陈都用了个干净……

事已至此，老陈已经搭建好了一道"铁幕"。除非接受自己的条件，晓玉妈妈已很难找到机会接近晓玉了。

晓玉奶奶终于承认，除了上法庭，似乎已别无他法了。真若是对簿公堂，那今后一家人见面真的要冷眼相对、如仇人见面一般了，这与晓玉奶奶想象中一家人其乐融融的场面相去甚远。奶奶的无奈只能独自吞咽，现在老陈犹如一只锁定猎物的狮子，一心只盯着晓玉，只盯着抚养权。

又过了一个月，晓玉奶奶收到了法院寄来的传票。晓玉妈妈向法院提起诉讼，起诉老陈侵犯她的探望权，并向法院申请变更晓玉的抚养权。

当晓玉奶奶把传票交给老陈时，老陈正躺在院子里的梧桐树下小憩。

老陈眯着眼扫了一遍传票，随手扔在一旁。

一切都按老陈事先打好的如意算盘有条不紊地进行着。

终于着急了！不仅告我侵犯探望权，还要申请变更抚养权，果真是想要抚养权，看来之前的策略是对的，狐狸尾巴终于露出来了！老陈冷笑一声，不让你见晓玉，就是想识破你真正的意图，没想到真的上钩了。你更适合抚养晓玉？简直可笑，晓玉不需要一个不负责任的母亲，我倒要看看你能拿出什么凭据来。

想到此处，老陈仿佛看到晓玉妈妈在法庭上哑口无言的场景，预先品尝到庆祝胜利的喜悦。

"现在怎么办？"晓玉奶奶问道。

"还能怎么办？"老陈不耐烦地说。

"非得要弄到这个地步吗？"晓玉奶奶着急地说。

"现在已经不是我可以决定的了。"老陈说。

"那你不能让一步吗？"晓玉奶奶说，

"不可能。"老陈反咬一口，"她都把我告了。"

"非得要这样吗？"说完，晓玉奶奶坐在一旁。

"我和你一样，也很苦恼。"老陈故作姿态地说，"可事情总得有个了结，长痛不如短痛，早解决早痛快。拖下去，问题只会更麻烦。"

晓玉奶奶陷入了沉思。

老陈坐起身，打算回屋。

"你真的以为我们会一直没病没痛地活着吗？"晓玉奶奶无奈地说，"争来争去有什么意义呢？等我们死了，抚养权不还是要交给晓玉妈妈吗？"

听到晓玉奶奶老调重弹的念叨，老陈忍不住挠了挠耳朵："那是很遥远的事。到那会儿，晓玉已经长大了，不需要你，也不需要我，更不需要她妈妈。现在对晓玉才是最关键的。现在晓玉需要我们，我们都要好好活着。就算等不到晓玉长大的那天，那也等我死的那天再说。只要我还能照顾晓玉，就不会改变我的态度，你也一样，不要再胡思乱想了。"

"我明白了，你不到死就不会放手。"晓玉奶奶语带讽刺地说，"你长命百岁地活着吧，活成精吧！"

老陈鄙夷地看了老伴一眼。

六

接到法院的传票，老陈琢磨着，既然晓玉妈妈主动出击，起诉了自己，反而可以放慢节奏，静观其变，再伺机而动。老陈也未放松警惕，用心选了一个民诉律师，还专门跑到骆城市中心的新华书店买了一本全新首版发行的《民法典》，夜里挑灯研读。

没多久，法院第一次开庭了。

法官了解了双方当事人的陈述和双方辩护人的辩护后，认定老陈存在阻挠晓玉妈妈探望晓玉的行为，事实清晰、确凿。

法官当庭认定老陈的行为侵犯了晓玉妈妈的探望权，要求老陈立即停止阻止晓玉妈妈见晓玉的行为。法官进一步明确，见面探望时间的约定，由双方当事人私下协商，如若不能协商处理的，将由法院依法确定并强制执行。

老陈没有异议，当庭表示不会再阻止晓玉妈妈见晓玉。

没多久，老陈侵犯探望权的诉讼就结束了。

第一项诉讼结束，时间尚早，法官没有休庭，接着听取了双方辩护人对抚养权变更诉讼的辩护意见。

原告辩护人发言的时候，老陈听得格外细心。

儿媳妇的准备超出了老陈的预想。

晓玉妈妈委托律师对晓玉这些年来的生活做了详尽细致的调

查，并以此为基础，对老陈展开了猛烈的抨击。

辩护人的意见中提到，晓玉妈妈是晓玉的亲生母亲，与晓玉有天然的、割舍不断的联系。晓玉妈妈年轻，文化素养、抚养能力等各方面都更有优势。晓玉妈妈名下的资产更多，经济力量更雄厚，能给晓玉提供更可靠的物质生活保障。

老陈丝毫不为所动。

很快，律师话锋一转，把矛头对准了老陈。

律师指责老陈有虐待小孩的倾向和行为。听到"虐待"二字，老陈冷笑一声，不由得好奇起来。

什么叫虐待小孩的倾向和行为？

律师指出，近五年来，被告每天早晨要求晓玉做长达五公里以上的跑步训练，任务不完成便要受到惩处，这分明已超出了锻炼身体的范围，这种过量的运动对晓玉这个年纪的小孩已变成一种负荷。这种残酷的纪律和过度的劳累，导致晓玉得不到充分休息，上课时常犯困，进而影响了正常的作息，无形中加重了晓玉的负担，对晓玉的身体发育亦是一种毁灭性的摧残。被告对晓玉的成绩要求极其严格，处罚机制亦十分精密，导致晓玉周末都无从喘息，长期承受着巨大压力，这种残酷的训练和教育方式，已严重影响到晓玉的健康成长……

律师还谈道，晓玉家里除了一个玩了好几年的破旧大熊娃娃之外，并无任何玩具。对于晓玉这个年纪的小孩，没有玩具等同于被剥夺了童真和快乐。被告也从未给晓玉买过零食，还明令禁止晓玉沾染这些所谓"不良"的习惯。晓玉其实很喜欢吃冰激凌，但每次提出时，都被被告无情拒绝。据晓玉的班主任说，晓玉是个很特别的孩子，不合群，不爱说话，独来独往，相较同龄的其他孩子，晓玉异常早熟，这也侧面说明晓玉生活在何等的高压之下……

律师指出，诸如此类的不正常状态，在晓玉的生活中随处可见、司空见惯。通过对晓玉生活的详细调查和了解，在咨询了相关心理咨询师的意见后，律师认为，晓玉这种孤僻甚至有些自闭倾向的性格，和被告一直以来残酷、粗暴的教育方式密不可分。

律师认为，被告缺乏抚养晓玉和教育晓玉的智识和能力，另一方面，被告对待小孩过于严苛、残忍，某种程度上造成了虐待小孩的事实。比起被告，原告才是那个更恰当的抚养者。最后，律师引用了鲁迅先生经典的"救救孩子"的呐喊，请求法庭呵护国家的下一代，拯救一个处于"教育悲剧"中的孩子，把晓玉的抚养权交还给原告，交还给一个"失去了孩子"的母亲。

陈述结束后，律师自信满满地入座，随后和晓玉妈妈交头接耳起来。

老陈死死盯着原告的辩护律师，咬牙切齿地说："卑鄙！荒谬！"

原告律师将大量的证据材料提交给了法官，法官大致翻阅了一下。

紧接着老陈的律师也做了辩护。

最后，法官认为证据过多，当庭无法看完，并表示目前还未看到非常直接而有力的证据，便宣布休庭，择日再开庭。

因为重视庭审，出门的时候，老陈特意穿了一件白衬衫和一件银灰色西服。法官宣布休庭后，老陈第一个站起来，没等法官退庭，便朝着侧门大步流星地走去，大家都把目光转向老陈，老陈全不理会，一边走，一边用力撕开脖子处的纽扣。

老陈的律师有些慌乱，把备好的文件胡乱塞进公文包，一边紧跟着，一边凑近老陈的耳朵说着什么。

律师向老陈解释道，目前法官的态度还是偏向老陈的，法官也看出对方拿出的证据缺乏说服力。法官刚才的意思就表示，原告辩护律师还需要拿出更直接有力的证据才行。老陈还是占据着绝对的优势。

见老陈一声不吭，律师又宽慰老陈，法庭审判通常是要双方辩护人全面搜集证据，充分辩论后才会下结论，审个三五次都是家常便饭，切不可为一时气势的消长影响了对整体案件的判断。

律师继续解释，法庭是最讲法理和证据的，只要对方拿不出特别有力的证据证明老陈已不具备抚养能力，结合老陈的情况和之前的案例，法院一定会驳回原告的诉讼请求，只要不出意外，这场官司是稳赢的。

老陈始终不吭声，快步往外走。

在法院门口和律师告别后，老陈回到车里。

老陈狠狠地拍了几下方向盘，想到十一年含辛茹苦的付出，简直要气炸了。

十一年来，从未承担过一点抚养小孩责任的人，竟指责我虐待小孩，还说晓玉孤僻、不合群，简直太无耻、太卑鄙、太不择手段了！老陈越想越来气，不单单生晓玉妈妈的气，连带着对发表这种论调的律师和纵容这种论调的法官也埋怨起来。

回顾戎马半生的峥嵘岁月，老陈哪受过这种气？！

部队里，军令如山，纪律为先，作为副连长的老陈永远是那个下命令的人，享受着下属的尊崇和敬仰。转业后到了单位，尽管有些冷清，也没人敢当面对自己不客气。没想到在这个小小的法庭上，竟被几个乳臭未干的小毛孩无端诋毁，这和老陈的预想反差太大。

上法庭前，老陈觉得以这个案子的情况，只要自己出场，一定会让在场所有人肃然起敬，结果肯定也是一边倒的局面，案子必然是圆满的结局。谁曾想竟会变成这般模样！

老陈是过度陶醉在自我感动的状态中了。可以说，从官司开打的那一刻起，老陈就在心里塑造出了一个伟岸的形象，一个含辛茹苦抚养孙女长大的、仁慈伟大的爷爷形象。

上法庭之前，老陈以为自己要以这样的"爷爷"形象出现在法庭，出现在公众面前。就像在部队的时候，每次出现在下属面前，迎接自己的不是鲜花，便是掌声。老陈也是带着这样的自我设定和想象坐到被告席上的，因此可以想象，老陈内心的落差得有多大。

第一次庭审的糟糕感受，让老陈越发觉得打官司并非自己想象的那样简单。

相比于老陈，晓玉妈妈要理智得多，也冷静得多。

老陈一边拧动车钥匙，一边回想着律师和晓玉妈妈交头接耳的样子。一切都是晓玉妈妈的预谋和指使，不然律师也不会用那样恶劣的方式辩护。

事情不会这么轻易结束！老陈心想，既然想玩"手段"，那就陪你玩到底！

第一次庭审结束后，老陈好几天不说话，也不出门，一个人窝在卧室里，像是受了不小的打击。

晓玉奶奶不了解法庭上发生了什么，但也能察觉出老陈在生闷气，不敢去招惹老陈。

其实老陈早就气消了。

老陈早就接受了目前的状况。

老陈是在想对策。

儿媳妇打来电话，和奶奶商量与晓玉见面的时间安排。晓玉奶奶想听听老陈的看法，便敲了敲卧室的门，询问老陈的意见。

"随便。"老陈无所谓地说，"你决定就好了。"

晓玉奶奶有点惊讶，老陈怎么突然变得通情达理了？上一次法庭竟有这样意外的效果？晓玉奶奶没多想，自己做了决定。

考虑到晓玉要上学，晓玉奶奶提出让晓玉和妈妈每周末见两天，晓玉妈妈很爽快地答应了。

晓玉奶奶把见面安排告诉老陈，老陈只回了一句："知道了。"

虽说弄不明白老陈葫芦里卖的什么药，但事情发展得如此顺利，晓玉奶奶心里也畅快了许多。

很快周末便到了，到了晓玉妈妈上门接晓玉的时间，老陈却收拾起了行李，要带晓玉外出。

晓玉奶奶盘问了半天，老陈才吞吞吐吐地说，要带晓玉回老家走一趟。晓玉奶奶寻思着，老陈家人丁稀薄，农村老家早已没了落脚之处，亲戚行里来往的，也只剩下一个表侄子。表侄陈宏一家三口也早已举家搬迁到城里，家族里的人情往来都放在了城里，老陈只有过年的时候才回老家走一趟。这才几月份？老陈怎么就突然闹着要回老家了？

想到此处，奶奶气不打一处来，老陈分明是在找借口，故意不让晓玉妈妈见晓玉。真是死性不改！

奶奶再三劝阻，老陈还是带着晓玉出发了。

路上，晓玉看了看车后座上放着的一大箱行李。

"爷爷，我们要去哪？"晓玉疑惑地问。

"去了你就知道了。"老陈神秘地说。

车子开出了骆城市区，一路北上。出了古时的"西口"，地形豁然开朗，烈日蒸腾着，高速路犹如一条响尾蛇，在躁胀的热气中扭动着身躯。

老陈抿了抿干渴的嘴唇，转头看了看晓玉。晓玉目光呆滞，蔫了一般。

"怎么了？"老陈问，"你不想和爷爷一起出去玩吗？"

晓玉突然哭起来，低声抽泣着。

老陈赶忙把车停下，转过身看着晓玉。

"爷爷！"晓玉哭着说，"你不会不要我了吧？"

"你瞎说什么呢！"老陈不解地问，"爷爷怎么会不要你呢？"

"你不会把我交给那个'阿姨'吧？"晓玉又问。

"你说你妈妈？"老陈似懂非懂地问。

"嗯。"晓玉点了点头。

"谁告诉你的？"老陈问。

"奶奶昨天告诉我，以后每个周末，我都要和那个'阿姨'一起住。"晓玉哭着说，"这是真的吗？"

"可爷爷不会把你交给你妈妈的。"老陈不知如何安慰晓玉，又说，"爷爷不会不要你的。"

"你骗人！"晓玉生气地说，"奶奶也骗人！"

"是真的！"老陈说，"爷爷不骗你。"

"我们班里好多同学从小也是和爷爷奶奶生活的，后来爷爷奶奶都不要他们了，他们都被爸爸妈妈带走了。"晓玉说，"我同桌吴天琪说了，大人们都很冷血，自私又残忍，没一个靠得住！他给我讲了家里的故事。他还说我一定会被妈妈带走的。"

老陈听明白了，想笑，却笑不出来。

"爷爷不会让你妈妈把你带走的。"老陈说。

晓玉还在哭。

"爷爷给你保证！"老陈举起手。

"我可以周末和那个'阿姨'住，我会自己去和'阿姨'说的，我会告诉她，我想和爷爷奶奶生活，我不想和她生活。"晓玉一边擦眼泪，一边说，"不要把我交给那个'阿姨'，好吗？爷爷……"

听到这里，老陈眼里不由得闪烁着泪花。

这段时间忙于应付官司，竟完全忘了考虑晓玉的感受。老陈和老伴商量过，包括官司在内的很多事情都瞒着晓玉，深怕晓玉知道后会多想。听了晓玉的话，老陈突然意识到，这段时间来，晓玉的内心经历了怎样痛苦的煎熬。对一个十一岁的小孩来说，有什么能比时刻担心自己被抛弃更可怕的呢？

想到这里，老陈心如刀绞。

"爷爷永远不会不要你的。"老陈把晓玉搂在怀里，摸着晓玉乌黑的短发，"爷爷给你保证！"

渐渐地，晓玉不哭了。

"爷爷不会把你交给你妈妈。"老陈说，"这次出来，爷爷要带你去个好地方，带你去大草原，爷爷当年当兵的地方。"

老陈再三解释，晓玉的情绪才好转起来。老陈悬着的心稍稍放下。

骆城距离老陈当兵的地方不到四个小时车程。正午刚过，老陈和晓玉便到达了目的地——鄂尔多斯。

老陈带着晓玉吃了内蒙古最正宗的羊肉大餐。新鲜的羊肉搭配特制的手抓肉酱料，鲜香酥嫩，入口即化，还有烤羊排、风味羊腰、羊杂汤、羊肺米肠、精制羊蹄……每上一道菜，老陈就给晓玉讲解菜品背后的烹饪要点和故事。饭后，爷孙俩开着车飞驰在大草原上。

夕阳西下，看着车窗外的落日，老陈有些迷醉，忘了时间，陷入当年策马飞驰的幻觉中。第一次见到草原，晓玉满眼都是新奇，忍不住把手伸出车窗，摊开手掌，让渐落的夕阳从指缝间轻轻流过。

触景生情，老陈感慨万千。一路上，从脚下的一草一木开始，老陈为晓玉讲述了许多部队里的趣事，回顾了梦一般的青春岁月。

当晚，老陈和晓玉下榻在当地老朋友家的蒙古包里。

第二天中午，爷孙俩与老友告别，收拾好东西，踏上了回家的路。

这期间，晓玉奶奶给老陈打了两个电话。第一个是昨天刚到内蒙古的时候，老陈想，老伴应该是想问自己和晓玉晚上要不要回家，不愿听老伴过多的指摘，老陈直接挂掉了电话；第二个电话是一早打来的，老陈想，十有八九是儿媳妇到家里来问晓玉的情况吧，老陈有些犹豫，考虑许久，直到电话自动挂断……

晓玉妈妈一定很生气吧。老陈这么一想，法庭上受得那些气便也渐渐消了。

当晚，想起晓玉哭了的画面，老陈翻来覆去睡不着。

回家的路上，老陈做了两个决定。第一，以后只要是有关晓玉的事情，不管是官司方面的事或是什么别的事，都不会再瞒着晓玉了，都要主动告诉晓玉；第二，按照法官的要求，允许晓玉妈妈和晓玉见面。

七

老陈和晓玉从内蒙古回来时，已是下午五点。

还没等老陈进门，老伴便紧跟在老陈屁股后面，一边埋怨老陈不接电话，一边告诉老陈，晓玉妈妈昨天早上在家等了一个多小时，没等着晓玉回来；今天早上又来了一次，又等了半个多小时才走，走的时候表情特难看。

老陈对老伴的责备置之不理。

第二天一大早，正当老陈准备让老伴给儿媳妇打个电话，通知她周末来接晓玉的时候，老陈又收到法院的传唤。

老陈拎起一件外套，匆匆赶往法院。

到了法院后老陈才知道，连续被放了两次"鸽子"后，晓玉妈妈一气之下便把情况反映到了法院。

老陈走进法官办公室，晓玉妈妈坐在法官办公桌对面的沙发上，法官桌子上堆满案卷。法官瞅了老陈一眼，示意老陈坐下。老陈走到靠近门的椅子旁，坐下。

法官大概四十出头，一张娃娃脸，齐楚的短发稍稍有些凌乱，眼里满是红血丝，看着非常疲惫。法官靠在椅背上，扶正鼻梁上的眼镜。

"探望孩子的事情，你们私下协商好了吗?"法官直奔主题。

"协商过了。"晓玉妈妈说。

"具体怎么协商的？"法官问。

"说好每个周末孩子和我见面。"晓玉妈妈说。

法官一脸严肃地看着老陈。

"情况是这样吗？"法官问道。

"是。"老陈镇定地答道。

法官又扶了扶眼镜。

"那为什么原告说你没有履行协议？"法官问道。

"上周末有点事情。"老陈解释道，"我带孙女出去了。"

"那就是没有履行协议？"法官盯着老陈。

"什么叫没有履行？"老陈说。

"原告说，你们之前协商好，周末原告去接孩子。"法官说，"可你周末却带着小孩外出，拒不履行协议，是这样吧？"

"我说过了，上周末有事带孩子出去了。"老陈说。

"那就是没有履行，不是吗？"法官不耐烦地说。

"那是个例外情况。"老陈说。

"你通知原告了吗？"法官说。

"通知？"老陈说。

"做好了约定，却不履行约定，又不通知原告，那就是没有履行协议。"法官更不耐烦了，"有什么好狡辩的！"

老陈愣了一下，瞬间来气了。

"狡辩？！"老陈喊了一句。

"不是吗？！"法官瞥了老陈一眼，说，"胡搅蛮缠，简直不可理喻！"

老陈突然站起来，猛地拍了一下桌子。法官一愣。晓玉妈妈也吓了一跳，看看法官，又看看老陈。

"胡搅蛮缠?!"老陈重复了一遍，"你的意思是说我老糊涂了吗?"

"什么?"法官说。

"你他妈怎么敢这么和我说话!"老陈咬着牙说。

"这里是法庭!"法官吼道，"你这是什么态度?"

"你什么态度?"老陈也大吼着，"老子在部队待了大半辈子，什么大风大浪没见过! 毛头小子! 你才多大，竟敢这么跟我说话!"

"你想干什么!"法官毫不示弱。

"你说老子想干什么!"老陈说。说完，又猛拍了一下桌子。

"你再拍一下试试!"法官威胁道。

"老子就拍了，怎么了!"说完，又猛拍了一下。

"岂有此理!"法官喊了一声，"法警!"

两个法警冲进来，困惑地看看法官，又看看老陈，最后目光停留在了晓玉妈妈身上。

"被告扰乱法庭秩序。"法官镇定地说，"把他带出去!"

法警还没动手，老陈往前一步，喊道，"谁敢动我试试!"

两个法警你看看我，我看看你，都不敢动。

"还愣着干吗!"法官又喊道，"带出去!"

法警慌慌张张地抓住老陈的胳膊。

"你给我听好了!"老陈使劲挣脱开，转头指着法官，"你要是敢帮别人把我孙女抢走，老子就毙了你!"

"带出去!"法官说。

法警拉住了老陈的胳膊，使劲往外拽。

"别碰我！"老陈说，"我自己会走！"

老陈甩开法警的手，捋了捋衣服，转身出去了。两个法警对视了一眼，慌忙跟在后面，出了法官办公室。

法官一屁股坐在凳子上，深深吸了口气，随后摘下眼镜，揉了揉眼睛。晓玉妈妈探出头，看着门外。

老陈没停留，快步穿过走廊。

两个法警跟在后面。

老陈被关进了法院的拘留室。拘留室被绿色的铁栅栏隔开，里面放着一个灰褐色的皮长椅，栅栏门上挂着一把大黑锁，两个法警在外面看守着。

傍晚，到了法警换班的时间，值夜班的法警饶有兴致地打量着老陈，问老陈要不要吃饭？老陈低着头，默不作声。

两个年轻的法警有一句没一句地聊起来。

"老头儿干什么了？"法警1问，"扰乱法庭秩序也不至于这样吧？"

"哪是扰乱法庭秩序那么简单！"法警2说，"老头儿还恐吓李法官呢！"

"我去！不会吧？老头胆子也忒大了吧。"法警1问，"老头啥来头？"

"听说老头之前还是副连长呢！"法警2说，"我在法院干了快十年了，啥情况没见过，这种事还真是头一回见。"

"是啊！"法警1问，"李法官很生气吧？"

"还用问吗！"法警2说，"李法官说了，按规定，该关几天就关几天，一天也不能少！别说他曾经是什么副连长就留情面，简直太猖狂了！"

正当两个法警聊得起兴时，禁闭室门口突然现出一个人影。

老陈抬起头一看，是晓玉妈妈。

经不住晓玉妈妈的再三请求，法官才勉强同意把老陈保释出来。但法官有个前提，要老陈当面给他道歉。

晓玉妈妈把法官的意思转达给老陈。

老陈气得咬了咬牙，心里愤恨不平，愤恨这世事的变化。也愤恨自己年纪大了，不在其位了。可转念一想，要是现在不出去的话，又不知道要多关几天。家里没人管怎么行？！况且已经得罪了审判自己案子的法官，对案子的发展已造成了难以估量的影响。要是不赔礼道歉，法官绝不会原谅自己，案子也不知要如何审下去……

权衡利弊之后，虽然心里不甘愿，老陈还是决定以大局为重，于是忍住了面子和脾气，答应给法官道歉。

老陈和晓玉妈妈一起去见法官。老陈挖空了大半辈子的"墨水"，为法官精心准备了一段诚挚的道歉词，并向法官深深鞠了个躬，可谓把戏做全了。

法官始终未抬起头看老陈一眼，只是摆了摆手，示意老陈和晓玉妈妈可以走了。

法院走廊里，老陈走在前，晓玉妈妈在后面不远处跟着。

"我是为了晓玉才这么做的，"晓玉妈妈冷冷地说，"不是为了你。"

老陈回身看了看儿媳妇。

"我已经把晓玉接回家交给她奶奶了。"晓玉妈妈说，"你不用去学校了。"

听完，老陈转身要走。

"原本我还想着，或许我们可以一起抚养晓玉。"晓玉妈妈摇了摇头说，"你太让我失望了。"

"既然你这么觉得，那你当初为什么不直接把晓玉带走？"老陈冷笑了笑，说，"当初我可没拦着你。"

晓玉妈妈气得捋了捋头发。

"你有什么资格来说我！"老陈不屑地说。

"我一定会把晓玉夺过来！"晓玉妈妈坚定地说，"我不能再让你来抚养晓玉。"

说完，晓玉妈妈匆匆走下台阶。

进了家门，老陈把车钥匙扔在门柜上，一屁股瘫坐在沙发上。折腾了一整天，肚子饿得厉害，却没一点吃饭的心情。

晓玉奶奶见老陈回了家，便放下心来。一边从厨房给老陈端饭，一边瞅着老陈又是一顿数落。

"幸亏晓玉妈妈帮忙，不然你怎么能这么快出来。"晓玉奶奶说，"看来找晓玉妈妈是对的！"

"是你找她的？"老陈猛地坐直，问道。

听到客厅里的动静，晓玉把头伸出卧室门。

"是晓玉。当时法院打来电话，正好赶上晓玉放学，我便给晓玉妈妈打电话，让她帮忙把晓玉接回来。回来后，晓玉问起你，说你怎么不去接她。我想横竖要露馅，也没遮掩的必要，索性把事情说了出来。晓玉听说你被法院关起来了，便求她妈妈一定要想想办法……"

没等老伴说完，老陈瞟了晓玉一眼，问道："是你说的？"

晓玉转了转眼珠，没吭声。

"以后不管有什么事，都别找她！"老陈摔下碗筷，站起来。

"人家费了多大功夫才把你弄出来。"晓玉奶奶说，"你这人怎么一点都不知道感激……"

"大不了在那儿多待几天！"老陈走到卧室门口，回过头，"我不需要她来帮我！"

"你不吃了？"晓玉奶奶问。

老陈"砰"的一声关上门。

八

被儿媳妇指摘不是最难堪的，真正难堪的是接受了儿媳妇的帮助。老陈心里不是滋味，一种前所未有的羞辱感笼罩心头，老陈甚至怀疑当初该不该把事情弄到法庭上，法律真的是解决这个问题的最好方式吗？

老陈心里打满了一堆问号。

老陈反思自己的行为，的确鲁莽冲动了些。考虑接下来的事，老陈觉得必须要学会忍耐，学着去适应法庭规则，不再轻举妄动、触怒法官了，不然案子最后不知会被审成什么样子。既然已经把问题交给法律来处理，那么适当的让步就是必然的了。官司肯定是输不了的。想到这点，老陈觉得其他的事都没什么好在意的了。

老陈也未改变从内蒙古回来的路上所做的决定，答应晓玉妈妈周末和晓玉见面。

老陈把自己的决定告诉了晓玉奶奶。

对于要不要把官司的事告诉晓玉，奶奶有些犹豫。听老陈讲起晓玉哭了的事，晓玉奶奶也颇有感触，觉得或许把事情和晓玉坦白会更好一些，便同意了老陈的决定。

出乎老陈的预料，对官司的事，晓玉没表现得很惊讶。晓玉也许还不懂得打官司的意义，但对于这段时间发生的事，已能感觉出一些眉目，正因为此，反应才会如此平静。

谈到周末和妈妈一起生活的事，晓玉竟也痛快地答应了。老陈再三保证，一定不会抛下晓玉，晓玉轻快地点了点头。老陈原本准备了一大段台词，也无用武之地了。

老陈突然想起了吴天琪，那个奇怪的、笨笨的小男孩，最近晓玉和吴天琪走得越来越近了。老陈听晓玉说起过吴天琪家里的事，两个可怜的孩子，命运如此相似，都如此不幸。或许他们真的在彼此沟通中获得了安慰。想到晓玉在学校有这么一个能说话的人，老陈心里踏实许多……

上次晓玉哭了之后，老陈反思了自己的思路，一直以来总以为最稳妥的办法就是尽可能避免晓玉和她妈妈见面，好像一旦晓玉和她妈妈见面，晓玉便会偏向她妈妈那边。

这是对晓玉没信心，还是对自己和晓玉的感情没信心？或者说，是对晓玉没信心，还是对自己没信心？

尽管晓玉还不到十二岁，却已经是一个独立的个体了，她已经有自己的想法与表达自己想法的能力了，她未必会受到妈妈的影响。晓玉的态度是偏向自己和老伴的，或许晓玉妈妈看到晓玉这样的态度便会改变主意，主动放弃。

真正能影响晓玉妈妈的人是晓玉，而非自己！

万一晓玉真的偏向她妈妈呢？想到这个万一，老陈笑了。

从决定和晓玉妈妈撕破脸谈判的那一刻起，不管老陈耍了什么手段，表现得多么残酷无情，可始终坚持着一个底线，那便是尊重晓玉的选择。如果晓玉真的选择了她妈妈，他一定会尊重晓玉的想法，一定会放手。因此，为了证明晓玉和自己的感情，老陈也要让晓玉和她妈妈见面。

稳住了晓玉后，几天来老陈悬着的心也算是落下了。

接下来干什么呢？除了之前在法庭上提出的那些鸡毛蒜皮的小事，老陈想破头都想不出对方还能拿出什么别的理由。老陈和律师商议，继续保持"积极防御"的战术，看对方会拿出什么新的所谓"证据"，再见招拆招。

静观其变要耐得住性子，这对老陈是一大考验。

两个月过去了，官司的事毫无进展。每周末，晓玉和她妈妈按约定见着面。

晓玉奶奶劝老陈像往常一样去公园里下棋，找老战友叙叙旧，老陈却提不起一点兴致。老陈静待时间一点点流过，在百无聊赖中熬过了两个月。

奶奶一门心思都放在晓玉的新生活上。每周日儿媳妇送晓玉回来，奶奶都会详细询问晓玉，细致到每一顿饭吃了什么，和妈妈说的每一句话。老陈当面从不过问，对晓玉奶奶的询问也不以为然。可每次隔着门听到时，老陈便想法子尽可能多听一会儿，把每个细节都记在脑子里，过后盘算很久。

听了晓玉的叙述，奶奶心里踏实不少。儿媳妇对晓玉很好，甚至好得有些"离谱"，几乎是无微不至、有求必应。老陈却在鸡蛋中挑出了骨头。

周日，儿媳妇载回一车的礼物。奶奶喘着气，跑进跑出好几趟，才把东西搬回家。老陈隐身在卧室，隔窗端望着。当天夜里，便找晓玉谈了一次话。老陈要晓玉保证不再和妈妈要东西。晓玉马上解释说，自己从没要过任何东西，都是妈妈带着她买的，有些甚至是提前买好了，只等着周末送过来。

"那你就告诉她，说你不需要。"老陈态度坚决。

"我说过了，我爷爷不让我随便收礼物。"晓玉说，"可'阿姨'不听。"

到目前，晓玉还是管妈妈叫"阿姨"，老陈心里有着说不出的别扭，也不好再问下去。

一次，老陈无意中听到晓玉向奶奶列举了妈妈一整天带她吃的东西，肯德基、全脂冰激凌、珍珠奶茶、川式火锅、炭火烧烤……这些几乎都是老陈明令禁止晓玉吃的垃圾食品，老陈从未带晓玉去吃过，可晓玉妈妈却把"禁忌"一一打破了。

兴许是受环境影响，晓玉也沾染了一些"新风气"，尤其是渐渐萌生了比较意识。

以前奶奶烧的菜，晓玉几乎是边"扫"边吃的，奶奶向来以看着晓玉吃饭为乐。现在晓玉的胃变"精致"了，饭菜稍不合胃口便只应付两口，奶奶脸上总有藏不住的失落。嘴上不说，但老陈揣着明白，晓玉更喜欢妈妈周末带自己去吃的那些东西。晓玉渐渐染上了挑食的毛病。

更为严重的是，晓玉变懒散了。周末和妈妈同住，往常雷打不动的晨跑自然也取消了，晓玉彻底进入无人管束的状态。周末赖床两天后，周一一大早爬起来跑步，也不像以前那样利索了，磨磨蹭蹭，怨声载道，甚至胆敢质疑早起跑步的必要性了。被老陈连续三天加罚两公里后，晓玉反抗的气焰才有所收敛。虽说"维稳"取得了胜利，老陈却深感自己的权威一天不如一天稳固了。很显然，晓玉不像之前那般听话了。

不久，老陈和晓玉之间的小摩擦就升级成了矛盾。

为了方便起见，晓玉周末的兴趣班由妈妈接送。最近两个月来，老陈好几次接到兴趣班老师打来的电话。老师们格外关心晓玉的身体状况，让老陈摸不着头脑。详细盘问后，老师们这才说明缘由。原来最近晓玉妈妈时常帮晓玉请假，理由皆是晓玉生病了，抑或是身体不适不能去上课。

挂掉电话后，老陈即刻让老伴给晓玉妈妈打电话，自己在一旁细听。晓玉妈妈在电话那头表示，晓玉只是些许发烧，并无大碍，好好休息便会痊愈，奶奶这才安心。只是老陈依然觉得奇怪。在老陈的严格培养下，晓玉的身体素质要远好于同龄的孩子。老陈扳指头一算，至少往前推三年，晓玉没得过什么病，怎么最近刚和妈妈待了几天，便频繁地生起病来呢？

当天傍晚，恰好周日，晓玉妈妈送晓玉回家。刚进门，看到晓玉活蹦乱跳的模样，没一点生过病的痕迹，老陈恍然大悟。

晓玉竟然学会撒谎了，还串通妈妈一起撒谎！

晚饭前，老陈把晓玉叫到了身边。

"早上为什么没去兴趣班？"老陈问道。

晓玉拘谨地站着。

"生病了，感冒了。"晓玉磕磕绊绊地解释说，"起不来。"

"现在好了？"老陈问。

"都好了。"晓玉说，"一点事儿也没有了。"

"这么快就好了？"老陈问道，眼里满是演出开场时的期待。

晓玉见爷爷有点怀疑，只低声答道："嗯。"

"咳嗽这么快就好了？"老陈接着问。

"什么？"晓玉一慌神，脸唰地红了，随后便反应过来，用力咳了一声，低声说，"差不多好了。"

"你根本就没生病。"老陈说，"为什么要撒谎？"

晓玉埋头不语。

"是你怂恿你妈妈帮你撒谎的吗？"沉默片刻，老陈冒火了，"不说是吧？今晚不许吃饭，到房间里去，好好反省。"

见晓玉没反应，老陈喊了一声："去啊！"

"对不起，爷爷，我错了。"晓玉见老陈生气，便说，"我以后不会再这样了。"

"为什么要撒谎？"老陈问，"为什么不去上课？"

"天太冷了，我不想那么早起。"晓玉解释道，"不关'阿姨'的事，是我让'阿姨'帮我请假的。"

听到晓玉维护她妈妈，老陈顿生醋意。

"以后请假的事情都要先告诉我，没我的同意，不许随便请假！"老陈用不容置疑的口吻说，"今晚不许吃饭，到房间里去好好反省！"

"听到没有！"老陈喊道。

晓玉点点头。

"孩子不都认错了嘛，没必要这样了。"晓玉奶奶劝老陈说，拉起晓玉到饭厅去吃饭。

"你别管！"老陈吼道，转向晓玉，"到房间里去！"

晓玉挣脱奶奶的手，回了卧室。

夜里，老陈坐在阴暗的客厅里抽闷烟。不仅气晓玉，他对儿媳妇的娇惯纵容也心生不满。晓玉妈妈对晓玉心存亏欠，种种过度的反应源自补偿晓玉的心理，实属人之常情，老陈自然懂得。但内疚是内疚，管教归管教，这是两码事，倘若混为一谈，只会适得其反，好心变坏事。任由晓玉妈妈"感情用事"，无疑是害了晓玉。

老陈只顾着心里着急，却忽略了晓玉内心的挣扎。面对突然闯入生活的妈妈，年幼的晓玉和老陈处于同样的"适应期"。

崇尚严加管教的老陈，突遇晓玉妈妈"放养式"的教育冲击，有些无力应对；习惯在爷爷严格束缚下生活的晓玉，突然获得了空前的自主权，也有些无所适从。晓玉无力改变局面，只好被动接受这样分裂的生活，周一到周五在老陈的作息表里过着循规蹈矩的生活，周末在妈妈那儿享受两天自由自在的"孩子王"生活。强势的老陈却难以坐视这样的局面。

要是再不下点硬功夫，好好整顿，晓玉势必会被惯坏。倘若真是这样，自己十多年的精心培养不就半途而废了吗？

所谓知己知彼，百战不殆。要找到应对之策，便要先对晓玉周末的生活做一个详尽的调查。

最好的调查往往是现场调查，老陈脑子里窜出一个新计划。

九

很快，又到了周六。一大早，妈妈把晓玉接走了。

"请假的事情，你爷爷知道了？"车上，妈妈问晓玉。

"你怎么知道？"晓玉惊奇地问。

"你奶奶都告诉我了。"妈妈说，"她让我以后不要再帮你请假了。"

晓玉抿了抿嘴唇。

"你爷爷真的没让你吃晚饭吗？"妈妈问。

"嗯。"晓玉无所谓地点点头，"不过后来奶奶偷偷给我送吃的了。"

"都怪我！"妈妈心疼地看着晓玉，想了想说，"下次我会告诉你爷爷，请假的事是我的意思。"

"不怪你，阿姨。"晓玉转述道，"爷爷说了，以后请假都要先告诉他。"

"你不生爷爷的气吗？"妈妈好奇地看了看晓玉，问道。

"生爷爷的气？"晓玉重复了一句。

"不管怎么说，他也不能不让你吃饭。"妈妈说，语气中颇有些埋怨。

"爷爷就是这样，以前也这样。我要是犯了什么错误，他就会很生气。"晓玉凑近妈妈，用手挡住嘴低声说，"不过奶奶都会偷偷给我送吃的。"

晓玉妈妈温柔地注视着晓玉。

"阿姨。"晓玉困惑地看着妈妈，问，"你为什么从来不生气？"

"生气？"妈妈突然笑了笑，说道，"我也会生气的。"

"你还帮我请假……"晓玉把头靠在车窗上，"要是爷爷的话，一定会很生气，也不会帮我请假。"

"好了，不要多想了。"晓玉妈妈笑着说，"今天我们去个好玩的地方，你一定会喜欢的。"

"去哪里？"晓玉期待地问。

"暂时保密。"晓玉妈妈说，"去了你就知道了。"

下午，晓玉妈妈开着白色的奔驰车，载着晓玉往城区中心新建的湖滨公园驶去。

天气晴好，从老城到新城区，前往湖滨公园的路线曲折繁复，路口接着路口，车子七拐八折地穿梭在城市的深处。一路上，身后时不时闪过一个熟悉的车影，透过后视镜，在日光下映出熟悉的颜色。晓玉好几次回头，车影恰好消失在路口。

秋日的午后，湖滨公园笼罩在金黄色的气氛中，晓玉妈妈买了些培根卷饼、海带寿司和两杯热乎乎的柠檬红茶，在岸边的船只租赁处租了一只红底白边的小皮艇，穿好救生衣，随后拉着晓玉晃晃悠悠地上了小艇。

徐风拂过，两岸的杨柳稀稀落落，小船悠闲地荡在湖面上，一望无际的蓝天如影随形。晓玉和妈妈划着漆红的木桨，划累了便放下桨，吃点东西。谈笑间，船已朝着湖的另一头缓缓漂去。

湖滨公园蓄河而建，呈狭长形，环湖区域，设置了跑道，行人步履不停。湖区四周，新建了几座仿古凉亭，不少闲来无事的老太聚集于此，聊天、说笑，音量惊人，一旁注神下棋的老头们不时投来厌烦的目光。

划了一个小时后，船停在了岸边。下船后，两人有些疲惫，转身进了凉亭。

晓玉和妈妈刚坐下来，旁边几个老太太急忙凑过来。老太太们先夸晓玉模样可亲，等聊开了，便叮嘱晓玉妈妈小心看好晓玉。没等晓玉妈妈仔细询问，热心的老太太们便忙不迭地透露了实情。原来是晓玉和妈妈刚才在湖心划船的时候，有个身穿黑色夹克、戴着墨镜的糟老头子，躲在凉亭里偷偷观察，目标极有可能是晓玉。

听到"糟老头子"，晓玉突然警惕起来，嘀咕了一句："老头？"

"鬼鬼祟祟，一看就是个老不正经！"其中一个老太太说，"拿着望远镜，脖子上挂了个照相机，设备还挺齐全！"

"是啊！见你们俩过来，便匆匆忙忙溜走了，一看就不是什么好人！"另一个戴眼镜的短发老太太说，"现在这个世道真可怕，什么人都有，可得提防着点呢！"

"就是！"旁边穿一身紫色运动服的老太太忙接话，"一把年纪了还干这种事，真不害臊，老变态！"

晓玉妈妈简略地询问了老头儿的形容外貌。

听了老奶奶们的描述，想起路上隐约闪现的那个似曾相识的车影，晓玉明白了，原来竟是爷爷！可爷爷为什么要跟踪我和妈妈呢？晓玉满脸的疑惑……

晓玉妈妈也猜出了是谁，但没把事情挑明，再三感谢了老太太们的好心提醒后，便带着晓玉匆匆离开。

回去的路上，晓玉噘着嘴，眉头紧蹙。

"你怎么了？"妈妈关切地问。

"她们说的是爷爷吧。"晓玉沉默了一会儿，突然说。

"爷爷为什么要这么做？"晓玉继续说。

"爷爷可能担心你，怕万一出什么事。"妈妈试图安慰晓玉。

天渐渐黑了，昏黄的灯光爬上夜空。车子驶入隧道，车内瞬间暗转，一层淡蓝色的光，透过车窗，洒在母女俩身上。

上周日因请假一事被罚不许吃晚饭，妈妈心有余悸，这周先带晓玉吃了晚饭，这才安心送晓玉回家。

晓玉到家的时候，已近晚上八点。刚进家门，老陈和奶奶坐在饭厅吃饭，奶奶忙招呼晓玉妈妈入座，妈妈笑着说自己吃过了，把带给晓玉的东西放在茶几上，几番推辞后，便匆匆走了。

奶奶招呼晓玉吃饭，晓玉瞅了老陈一眼，冷冷地说："吃过了。"

说完，朝卧室走去。

"等等！"老陈放下碗筷，一脸不悦地说，"如果不回来吃饭，也该打声招呼。奶奶为你准备了一下午晚饭，一直等你到现在。就算不回来吃，至少应该给家里打个电话。"

"是'阿姨'要带我去的。"晓玉不耐烦地说，"要打招呼也是'阿姨'的事，不是我的事。怎么什么事情都要怪我！"

"你说什么？"老陈问，不敢相信晓玉竟会顶撞。

晓玉噘着嘴，走到卧室门口。

"站住！"老陈喊了一声，"刚和你妈妈熟悉了，就不把这个家当回事了吗?!"

"我没有。"晓玉委屈地说。

"那你这是什么态度?!"老陈不依不饶，"你不知道奶奶等你等到现在很着急吗?"

"我知道！我只是很讨厌！"晓玉终于爆发了，大声说，"我都和你保证过了，你还是不相信我！"

老陈有些迷糊，眉头微微上翘。奶奶看看晓玉，再看看老陈……

"我说过了，我以后会好好上课的。"晓玉说，"你为什么还要跟着我，监视我呢?!"

"我什么时候监视你了？"老陈有些心虚。

"在公园的时候。"晓玉说，"还有，在路上，你开车一直跟着我，我都看见你了。"

奶奶似乎有些明白了。

"那不是我……"老陈硬撑着，语气飘忽起来，"你认错人了……"

"你还不承认?"晓玉说，"'阿姨'还说你是担心我呢，你就是不相信我！"

晓玉又提起她妈妈，且话音里的意思，分明是拿妈妈和自己比较之后，越发对自己不满了。老陈的心凉到了极点。历数晓玉最近的种种变化，老陈明白了，晓玉已彻底转向她妈妈那边了，不把这个家当回事了，一种背叛的感觉涌上心头。

"每天把你妈妈挂在嘴上。"老陈冷冷地说，"妈妈那么好，那你就去找妈妈吧，现在就去！"

晓玉咬着牙，不说话。

"看看你现在的样子，学了多少坏习惯！"老陈说，"你以前是这样的吗？你说我不相信你，我就是不相信你！"

听到老陈说不相信自己，晓玉眼睛里冒着火。

"去啊！"老陈吼道，"找你妈妈去！"

奶奶劝老陈不要再说了，老陈全不理会。

晓玉真的来气了，转身便走，奶奶忙跑过去，堵住门。

"你别拦着！"老陈又喊道，"让她去！"

"去就去！"晓玉说完，抢过门把手，拽开门，跑了出去。

"你个老糊涂！"奶奶骂了一句，"你怎么不早点去死！"

骂完，便出了门。

奶奶追上晓玉时，晓玉已经跑到大街上，一边走一边哭着。

奶奶拉住晓玉，劝晓玉回家去，晓玉死活不回去。奶奶给晓玉保证，回去就让爷爷道歉，晓玉也不听。气头上的晓玉和老陈一样，八匹马也拽不回来。

实在没辙，奶奶便在口袋里摸索手机，发现一时慌乱，手机落在了家里，只好在路边的便利店里找了个电话，拨通了晓玉妈妈的号码。

奶奶拉着晓玉到路边的长椅上坐下。晓玉躺在椅子上，头埋在奶奶怀里。连日来操劳不断，忧心难安，奶奶的头发又白了不少，面容也更憔悴了。

一会儿，晓玉妈妈开车赶了过来。

奶奶再三劝说，晓玉才勉强上了妈妈的车。

车消失在大路的尽头，奶奶伫立许久才回过神，拖着单薄瘦弱的身影，穿过朦胧的夜色，朝家的方向走去。

回到家，奶奶给晓玉妈妈打了个电话，得知晓玉已经睡下，才放心到卧室安歇。

接下来的两天，晓玉奶奶没正眼瞧过老陈。好几次，老陈主动凑过去搭话，晓玉奶奶转身便走，摆明了无视老陈的存在。

看着家里一个个都有了"异心"，胳膊肘往外拐，老陈不胜唏嘘……

第二天夜里，两人各自沿着床边，背对背躺下，中间隔了足足1米的距离。老陈憋闷了两天，一方面想打破冷战的局面，另一方面也算是表个态，主动示好。

"你别生气了。"老陈说，"我明天中午就去把晓玉接回来。"

老陈以为老伴会说点什么……

一会儿，老伴儿突然起身下了床。

老陈躺着，想等老伴回来再继续商量接晓玉回家的事，可十多分钟过去了，晓玉奶奶还是没回来。

老陈觉得奇怪，便出了卧室。

卫生间的门没关严实，留着一掌宽的缝。老陈轻轻一推，发现晓玉奶奶躺在地上，失去了知觉。

老陈赶忙扶起老伴儿，摇了好一会儿，晓玉奶奶毫无反应。

老陈一下慌了，心想，坏了！赶忙跑进客厅，打电话叫了救护车。

十

接到老陈的电话后，晓玉妈妈便匆忙赶到学校接了晓玉。

晓玉穿过医院走廊，跑进奶奶的病房，妈妈跟在身后，提着晓玉的书包。老陈坐在病床前，疲惫地眨着眼睛。晓玉走到病床前，喊了好几声"奶奶"。

"她现在睡过去了，听不到你的声音。"老陈小声地说。

晓玉妈妈给老陈递了个眼神，两人前后脚出了病房。晓玉妈妈详细地询问了当时的情况。

原来，昨晚上厕所时，晓玉奶奶突发中风。医生初步诊断是重度脑梗死，目前可以确定的是右半部分肢体偏瘫，失语。严重的话，可能会长期昏迷不醒。

"昨天晚上醒来过一次，大概半个小时，又昏迷过去。"老陈又眨了眨眼睛，"一直到现在。"

说完，老陈忍不住朝病房里看了看，晓玉还在喊着"奶奶"。

"爷爷，奶奶醒了！奶奶醒了！"晓玉突然大喊道。

听到晓玉的声音，老陈和晓玉妈妈跑到病床前。奶奶的眼睛微微睁开，无力地张合着，手指轻轻蠕动。

晓玉紧紧握住奶奶的手，喊着："奶奶！奶奶！……"

老陈站在一旁，兴奋得说不出话，额头渗出一层细汗。

奶奶这次清醒了一个多小时，还模模糊糊地吐了几个字。见老伴有了说话的意识，老陈绷紧的心弦稍稍放松了。

接下来是最难熬的几天，晓玉奶奶昏睡不醒，老陈几乎二十四小时待在医院，接送晓玉上下学的事，只好交给她妈妈。晓玉妈妈也没少操心，除了送晓玉上学，白天尽可能留在医院里搭把手。到了傍晚，老陈留在医院陪床，晓玉妈妈便带着晓玉回家。

度过了最灰心丧气、忐忑不安的几晚，老陈倍感苍凉。生活的焦点似乎突然转向。老陈不愿承认，但也忍不住害怕那"万一"的结局。没有晓玉妈妈帮忙，一切势必会乱套。老陈心里不服命运的捉弄，却也再次体会到了不得不依靠别人的滋味，或许无奈、不甘，却也有一股不得不承认的暖意悄悄流过。

昏迷几天后，奶奶的状况好了许多，清醒的时间越来越长，从半个多小时到四五个小时，且能与人进行简单的交流了。为了不打扰奶奶休养，大家都克制着，尽量不说话。奶奶醒来后，时常独自盯着天花板发呆。

很快，已经是晓玉奶奶住院的第五天了。中午，老陈带着医生开的处方，到楼下配药。儿媳妇陪着晓玉奶奶。奶奶不耐烦地挪动着身体，晓玉妈妈便把床头摇起来。

住院五天来，疾病加速了衰老，晓玉奶奶看着又苍老了许多。

"最近很累吧？"晓玉奶奶突然关切地问。

"还好。"儿媳妇腼腆地笑了笑。

"给你添了不少麻烦。"奶奶微笑着说，"累了的话，就回去休息吧。这儿有老陈呢。"

"还好。"晓玉妈妈说，"在家也待不住，晓玉晚上一回家就闹着要来医院看奶奶。"

听到晓玉的名字，奶奶眼里瞬间布满了哀愁。

"一直以来，都想和你好好聊聊。"晓玉奶奶平静地说，"一直觉得，很多方面都很对不起你……"

晓玉妈妈有点惊讶，不知如何回应。

"当时那会儿，晓玉爸爸突然走了，你又刚生下晓玉，多不容易啊！我也没好好照顾你。"晓玉奶奶埋着头说，"现在想想，我还是觉得亏欠你太多。"

"你不用自责。作为晓玉的奶奶，你已经做得很好了。"晓玉妈妈安慰说，"我从来没怪过你。"

"这次打官司的事，也怪我没能说服老陈，才给你造成这么多麻烦。"奶奶低声说，"是我的责任……"

"晓玉的事不怪你。事情变成这样，也是能预想到的结果。"晓玉妈妈动情地说，"这么多年来，你已经做得够好了。"

"我想，以我现在的身体。"晓玉奶奶断然说，"我是活不了多久了。"

"不会的。"晓玉妈妈忙说道，"你千万不要这么想。"

"我死了，就剩老陈一个人了。"奶奶无奈地说，"我知道，没有了我，老陈活得下去，可要是没有了晓玉，他肯定没法活下去了。"

沉默……

长久的沉默……

"你能不能退让一步，不要再打官司了。我给你保证，我会让老陈给你保证。等他无力照顾晓玉的时候，就把抚养权给你，行吗?"奶奶用恳求的语气说,"官司再这么打下去,这个家就要散了。晓玉不能没有你,也不能没有老陈。我们一家人和和气气地照顾晓玉,不好吗?"

"你可以退让一步吗?"奶奶又问道。

"事情已经到了这一步。"晓玉妈妈沉默良久,低声说,"晓玉就是我的一切,我不能退让。"

"对不起!"晓玉妈妈又补充了一句。

奶奶不好再说下去,把头转向窗外。

碧蓝的晴空上,几抹绸缎般的云彩匆匆溜走。

晓玉奶奶住院的第七天,老陈向主治医生询问了老伴的病情。

医生解释道,许多中风患者,到了七八天时,失去的知觉会慢慢恢复,训练一段时间后,肢体就还能重新活动。但目前为止,晓玉奶奶右半部分的肢体仍未有知觉,偏瘫恢复的希望愈加微弱。更让人担心的是,晓玉奶奶每天昏睡长达十五个小时以上,病人抗体的主动力和意志力都不强,加之晓玉奶奶年事已高……

"综合上述情况,病情极有可能再一次加重。病人暂时没法出院,医院还要做进一步的观察。"主治医生面色凝重地说,"病人家属要做好最坏的打算。"

出了医生办公室,走到老伴病房门口,老陈再也迈不动步,扶着墙壁,退到一旁的椅子上,无力地坐下。

到了傍晚,晓玉妈妈带着晓玉到医院对面的超市买了些新鲜的红提和香蕉。

两人刚走到住院部大厅，晓玉妈妈的电话突然响了。妈妈把水果交给晓玉，示意晓玉先上楼，转身到大厅一侧僻静的角落里接电话。

晓玉提着水果上了楼，刚到病房门口，听到里面传来窸窸窣窣的说话声，便蹲在门口细听。

病房本是三人间，出了重病监护室后，晓玉奶奶便一直躺在靠窗的床位上，中间的床位空着，靠门一侧的病人三天前出了院。此时的病房里，只剩下奶奶一个病人，着实清静。

"还不让我出院吗？"晓玉奶奶平躺着，问道，"医生怎么说的？"

"医生说恢复得很好，还要再等几天。"老陈安慰道，"你别着急。"

"你别骗我了。"晓玉奶奶说，"我知道，我这次是过不去了。"

"你别胡思乱想。"老陈不耐烦地说，"医生说会好的。"

"我自己的身体我清楚，我想我是再也站不起来了。"晓玉奶奶看着自己的手，"与其这样，还不如早点死了。"

"肯定会好的！"老陈反驳道。

"我岁数也不小了，我已经活够了。"老伴坦然地说，"我就是舍不得晓玉，我可怜的孩子！"

老陈的鼻子一阵阵发酸。

"不过死了也好。"晓玉奶奶又说，"死了以后，我就能见到儿子了，我想儿子了。"

"什么死不死的！"老陈听不下去了，吼道，"你别说了！"

"你永远不会懂。你比我强，比很多人都强。你只朝前看，从不回头看。"奶奶百感交集地说，像是思考了很久，"可你老是忘了，别人和你不一样，不是所有人都能像你这样。你知道一个当妈的不能怀念自己儿子的痛苦吗？每次想起儿子，我只能一个人偷偷哭，怕你看到以后会生气。你从没考虑过这种感受。你是一个好人，但让人讨厌。我讨厌了你大半辈子，也骂了你大半辈子，我不希望最后只剩下你一个人，孤零零的。"

老陈默默听着……

"你有考虑过晓玉的事吗？"晓玉奶奶话锋一转。

老陈缓缓抬头……

"以我现在的情况。"晓玉奶奶平静地说，"晓玉妈妈一定会拿到晓玉的抚养权。"

晓玉奶奶这么一说，老陈这才意识到了形势的变化。倘若老伴长期卧床，晓玉要怎么办……

"我已经和晓玉妈妈谈过了。"晓玉奶奶缓缓地说，"她不会放弃晓玉的，我知道你也不会放弃。"

老陈意识到晓玉奶奶话里有话。

"你在想什么？"老陈条件反射般问道。问完，自己也颇为惊讶。

"我已经活够了。"晓玉奶奶低下头，"我不想成为你的负担。"

"你在胡说些什么?!"老陈领会了晓玉奶奶的意思，生气地说。

"只要一点安眠药，要不，就把这些处方药混在一起。"晓玉奶奶依旧平静地说，"你就不会失去晓玉的抚养权了。"

"简直是在胡扯!"老陈难以置信地说道，"你会慢慢好起来的!"

"你不用再骗我了，"晓玉奶奶坚定地说，"我的身体我很清楚!"

老陈站起来，走到窗前。

"这是现在唯一的办法。"晓玉奶奶说。

"你别说了!"老陈沉思片刻，坚定地说，"我不会这么做的。"

晓玉屏住呼吸听着。

"你在这里干什么?"晓玉妈妈穿过走廊，见晓玉蹲在病房门口，便问，"怎么不进去?"

随后拉着晓玉一起走进病房。

深夜，人民医院住院部的灯火渐序熄灭。疲惫不堪的值班护士趴在服务台上小憩，四下里寂静无声，老陈在泛着浅绿色灯光的走廊里来回踱步。

最近真是忙坏了，要不是老伴提醒，自己竟全然忘了抚养权的官司。晓玉妈妈真的会如老伴所说，以此为由来争夺抚养权吗? 这般落井下石，是不是太残忍了点? 一旦计较起"残忍"二字，老陈顿然想起了自己之前的种种行径，即便晓玉妈妈这样做，也只是将自己的做法反加在自己身上，这就是命里所谓的"因果报应"? 越想越离谱。老陈自嘲般地冷笑一声，内心的撕扯感却是实打实的。

要是换做自己呢? 自己也会毫不犹豫这么做吧!

放下"残忍"的念头，不再埋怨，不再斗心眼。最近一段时间，经历了"危机"洗礼，抛开隔阂，老陈一家似乎也能团结一致，直面挑战。这点，与别的家庭并无二致。可一旦涉及"抚养权"，一切又顿生波折。这是由已经生发的"心结"所致，怨不得晓玉妈妈，也由不得老陈。

一切似乎都在印证老陈最初的设想。"抚养权"问题由老陈提出，随着官司一步步发展变成枷锁，最终却套在老陈自己头上。

谁能想到晓玉奶奶竟有如此匪夷所思的想法。

问题如何破解……

老陈仿佛置身孤岛，没有救援，第一次感到彻骨的绝望……

十 一

又过了三天，晓玉奶奶的病情未见起色，昏迷的时间越来越久。连日来不分日夜地折腾，老陈面容憔悴，全靠毅力硬撑着。下午的时候，老伴醒了一会儿，后来再次入睡。傍晚，暮色初上，儿媳妇劝老陈回家休息。老陈这才决定回家换身衣服。

晓玉妈妈到住院部一楼药房，给奶奶领取药品和点滴液，晓玉陪着奶奶。

晓玉穿着一件黑色的低领毛衣，坐在中间的病床上，身旁放着书包、课本和文具，手里握着铅笔，在黄褐色的生字本上认真抄写着。

奶奶问了晓玉学习上的事，晓玉一一回应。奶奶满意地点了点头。

"奶奶！"晓玉突然喊道，"你和爷爷说的话，我都听到了。"

晓玉放下手里的铅笔，揉了揉泛红的鼻子。奶奶并不惊讶，静静地看着晓玉。

"你不能死，奶奶！"晓玉突然哭了，"我不让你死！"

"可奶奶老了，总有一天会死的。"奶奶脸露微笑，"奶奶就是舍不得你。"

晓玉低下头，用袖子抹掉眼泪。

"爷爷也舍不得晓玉。"奶奶说，"你愿意和爷爷一起生活吗？"

晓玉点点头。

"那奶奶就放心了。"奶奶温柔地说，"以后要好好听爷爷和妈妈的话，知道了吗？"

晓玉一边点点头，一边轻轻握住奶奶的手。

晓玉和妈妈回家的时候，已是深夜。妈妈做了几样川式小炒，两人对坐桌旁，饭菜冒着热气，气氛却如二人的情绪一般冷清。

见晓玉全无动筷的心思，妈妈便给晓玉夹起了菜。

晓玉喊了声"妈妈"，妈妈一愣，筷子停在了空中。这是晓玉第一次喊"妈妈"，妈妈有些激动，一时不知该如何回应。

"妈妈！"晓玉又喊了一声，"你能不能答应我一件事。"

"什么事？"妈妈疑惑地问。

"能不能不要和我爷爷打官司了？"晓玉郑重其事地说。

"是你爷爷让你这么说的吧？"妈妈放下筷子，看着晓玉。

"不是的。"晓玉立马否认，"妈妈，求你不要再打官司了，好吗？"说完，便哭了……

妈妈把纸巾递给晓玉。晓玉没接。

"到底发生了什么事？"妈妈挪到晓玉身旁。

情急之下，晓玉边哭边把爷爷奶奶的对话告诉了妈妈。

妈妈百般劝解，晓玉始终哭个不停。

晓玉情绪稍稍平复……

"你爷爷不会那么做的。"妈妈摸了摸晓玉的头，"那是不对的，那样他就更没法抚养你了。"

晓玉抬头看着妈妈，似乎有些明白了……

"你现在就是妈妈的一切。"妈妈拉住晓玉的手，"妈妈不能放弃你。"

晓玉像是没听到，呆呆地坐着……

又过了三天，午后磅礴的暴雨刚结束，天未放晴，紧接着，细密的小雨淅淅沥沥一直下到深夜。

晚上八点多，老陈在楼下化验室外，等着取回老伴的化验单。晓玉妈妈接了个电话，便匆匆出去了，临走时叮嘱晓玉看好奶奶，并约定一个小时后到医院接晓玉回家。

也许是阴雨天的缘故，医院里格外凉爽。

见奶奶睡得安详，晓玉出了病房。穿过昏暗的走廊，驻窗观望。楼下不远处是医院的停车场，一辆红色轿车的车灯亮起来，车灯照射处，满是跳跃着的雨点，晓玉一眼认出是妈妈的车。

车开出医院大门，晓玉转身往病房走。

握住门把手，轻轻推开一条缝，晓玉看到奶奶用力伸向床头柜上放着的几个塑料袋，塑料袋里装着药片。奶奶使出全力，抓到药片，用嘴咬开封口，一粒粒抠出药片，随后用力吞咽下去……

吞下第三片药后，奶奶再也没了力气，疲惫地躺正，很快昏睡过去。

晓玉走进病房，轻轻合上门。

窗外月光如水，病房里洁白的床单散着银辉。晓玉走到病床前，怜爱地看着奶奶……

十　二

　　刑侦支队的李队长埋头读着案卷，病房里早已烟雾缭绕。

　　突然有人敲门，李队长合上案卷，喊了一声："进！"

　　晓玉妈妈走了进来。

　　"你是老太太的儿媳？"李队长问。

　　"之前是。"晓玉妈妈拘谨地站着。

　　"案发当时你在什么地方？"李队长问。

　　"我在老街，给我女儿买东西。"晓玉妈妈说，"听到消息之后，我就立即赶过来了。"

　　"案发之前，你有没有发现死者有什么异常？"李队长问。

　　晓玉妈妈猛然想到了前几天晓玉说起爷爷奶奶谈话的事，心不由得怦怦直跳。

　　"没有。"她极力让自己镇定下来，"不过，她奶奶生病之后，一直心情不太好。"

　　"心情不太好？"李队长反问道。

　　"突然卧病在床，谁的心情会好呢？"晓玉妈妈说。

　　"所以呢？"李队长又问。

　　"我只是这么觉得。"晓玉妈妈说，"没发现别的异常情况。"

　　"你的意思是说，你觉得老太太可能是自杀的？"李队长疑惑地看着晓玉妈妈。

"我只是说她心情不太好。"晓玉妈妈说，"只是一种猜测。"

李队长下意识翻了翻手里的案件资料，又仔细打量起了晓玉妈妈。

"你女儿从小是和她爷爷奶奶一起生活的？"李队长问。

"是。"晓玉妈妈说。

"你可以把你女儿叫过来吗？"李队长说，"我想和她谈谈。"

晓玉妈妈迟疑了一下，说："可以。"

李队长又翻开案卷资料。

晓玉走了进来。

李队长笑了笑，示意晓玉坐在自己身边，晓玉没理会。看着晓玉倔强的模样，李队长不由得来了兴致，放下手里的资料，注视着晓玉。

"你妈妈呢？"李队长问。

"在外面。"晓玉说。

"你可以让你妈妈进来陪你。"李队长说。

"不用了。"晓玉说，"你有什么问题就问吧。"

李队长又笑了笑。

"你今年多大了？"李队长问。

"十二。"

"你奶奶出事的时候只有你在场？"李队长问。

"是。"晓玉说。

"是你通知的护士？"李队长问。

"是。"晓玉说。

李队长说："你能说一下当时的情况吗？"

晓玉把妈妈有事出去，让自己照看奶奶的情况大致交代了一下，随后描述了案发经过：当时以为奶奶睡着了，没多在意。无聊之中，便在走廊里徘徊。回到病房后，以为奶奶还在睡觉。过了一会儿，察觉到不对劲，把手放在奶奶鼻子处，发现没了呼吸，嘴角亦有白沫流出，心里惊慌，打开桌旁的药袋子一看，里面的药都没了，便马上通知了护士……

李队长一边听着，一边会意地点点头。

晓玉的叙述虽不连贯，但很清晰。

"奶奶住院期间，你每天都到医院来吗？"李队长问。

"是。我放学了就过来，晚上才回去。"晓玉说。

"你奶奶最近心情不好吗？"李队长问。

"是。"晓玉应道。

"她有提到过自杀吗？"李队长问。

"没有。"晓玉犹豫了一下，"但她经常念叨说，已经活够了。"

"平时你奶奶吃的那些药都是放在桌子上的吗？"李队长问。

"是。"晓玉说。

"你奶奶自己起来吃药，还是你们喂药给她？"李队长问。

"大部分时间是爷爷给奶奶喂药。"晓玉说，"偶尔妈妈和我也会给奶奶喂药。"

"你觉得你奶奶能够得着桌子上的药吗？"李队长问。

"不知道。"晓玉若有所思地说。

"据护士说，以她的了解来看，你奶奶右半部分肢体瘫痪，是够不到桌子上的药的。"李队长说。

"我不知道。"晓玉说,"我没见奶奶自己吃过药,我不知道她能不能够得到。"

问到这里,李队长沉默片刻。一个十二岁的小女孩,竟可以如此镇定,让他顿生一种奇特的感受。

就在李队长打量着晓玉时,晓玉也在打量着李队长。

"你们把我爷爷关起来了吗?"晓玉反问李队长。

"没有。"李队长说,"你不用担心,我们只是带你爷爷去调查一下。"

"我奶奶的死和我爷爷没关系。"晓玉斩钉截铁地说。

"案件的情况我们还需要进一步调查。"李队长说。

晓玉的语气里不只是担心,更有一种断定她爷爷不是凶手的意味。李队长摸到了一丝头绪。

沉思片刻,李队长瞬间萌生了一个想法,随后转变了询问思路。

"你知道你爷爷和你妈妈打官司的事吗?"李队长试探性地问道。

"知道。"晓玉说。

李队长清楚,这个问题太敏感,且监护人不在身边,问完,他心里默默打起了鼓。

晓玉竟然没什么顾虑,直接回答了。

小女孩知道?李队长越发好奇了,小女孩对家里的情况知道多少?案件到底由何而起?老太太突然死亡,抚养权官司,第一个发现死者的竟然是一个小孩,这三点组合在一起,能产生怎样微妙的联系呢?

"你知道?"李队长故作镇定地重复了一遍。

"知道。"晓玉说。

　　"护士说案发前病房的窗户一直是关着的。案发当时，却看到窗户被打开了。"李队长站起来，走到窗前，背着身问晓玉，"是你打开的吗？"

　　"不是。"晓玉说。

　　"你回到病房的时候窗户就是开着的？"李队长问。

　　"是。"晓玉说。

　　说到这儿，李队长转过头瞥了一眼，察觉到晓玉不太自然。李队长刹那间看到晓玉左手掌露出的部分，有一道很长的伤口，看着像是全新的伤口。

　　"你的手怎么了？"李队长意味深长地问。

　　"没什么。"晓玉低下头，"削铅笔的时候不小心划破了。"

　　突然传来敲门声。李队长从沉思中缓过神来，喊道："进！"

　　"李队，有点新情况。"王警官把头伸进来，看了看晓玉，又看了看李队长。

　　李队长会意地跟出去，随手带上门。

　　病房外走廊一侧，李队长和王警官并排站着。

　　"杯子碎片化验过了，没有死者的唾液。我们把每层楼都搜索了一遍，发现破碎的玻璃杯是有人从六楼窗户扔出去的，不是死者病房的杯子。死者病房里的杯子也都化验过了，包括当时放在桌子上的杯子，都没发现死者的唾液。可死者服药后，肯定是喝过水的，不然死者嘴里怎么会只有那么一点药物残留呢？"王警官激动地说，"这里肯定有蹊跷！很可能是有人专门清洗了杯子。可是，案发后进入病房的护士都问过了，都说没动过现场的任何东西。那么问题就来了，到底是谁清理了案发现场？"

王警官兴奋地说着，唾沫横飞，李队长若有所思地听着。

"医院的监控调出来了吗？"李队长问道。

"调出来了。"王警官说，"监控显示，案发前后老头一直在化验科走廊里排队，基本可以排除老头的嫌疑了。"

李队长低着头，神思恍惚。

"李队，接下来是不是要重点关注老太太的儿媳妇了？"王警官问道。

"你觉得老太太的儿媳有作案动机？"李队长有气无力地回道。

"至少目前是最大的嫌疑人！"王警官推断道，"毕竟她和老头、老太太之间有抚养权的官司，还曾经闹过口角。"

"这个案件可能更复杂……"李队长说。

"那您是如何推断这个案件的？"王警官疑惑地问。

"这或许是任何一个警察都无法面对的案件和真相。"李队长喃喃低语道，"可遇上了，就算是命里注定了……"

王警官更迷糊了。

"还有比真相更重要的吗？"王警官问道。

"或许有吧。"李队长说道，语气有些疲乏。

"您不是总告诉我们。"王警官说道，"只有真相才是唯一有价值的东西，只有真相才是对死者最大的慰藉吗？"

"别说了！"李队长吼道，"去确认一下死者指甲缝里的药物，看看是否和嘴里的药物一致。"

"李队……您也觉得……"王警官吃惊地看着李队长，颤抖着问道，"这是自杀吗？……"

李队长没回答。

王警官木在原地。

"还愣着干吗!"李队长又喊了一声,"快去!"

"是!"王警官无奈地看着李队长,勉强吱了一声,随后灰心丧气地走了。

李队长长舒了口气,转身走回了病房。

李队长刚进门,晓玉转过身。

"你可以走了。"李队长看了看晓玉,冷冷地说。

"那我爷爷呢?"晓玉问。

"他很快就会回家了。"李队长疲惫地坐在病床上。

晓玉走到门口。

"我有一个和你一样大的女儿。"李队长看着晓玉的背影说道。

晓玉回头,注视着李队长。

"她也和爷爷奶奶一起生活吗?"晓玉问。

"她爷爷奶奶在她出生前就去世了。"

"她好可怜!"晓玉遗憾地说。

"我和她妈妈离婚了。"李队长说,"她现在和妈妈一起生活。"

"你们也打官司了?"晓玉问道,似乎有所领悟。

"没有。"李队长说,"她现在不记得我了,就算见到我,也会躲着我。"

"为什么?"晓玉问。

"我和她妈妈离婚时,大吵过一次。"李队长说,"我喝了酒,伸手拿起烟灰缸，砸了过去。女儿跑过来护着妈妈，玻璃缸砸中了她的头。"

"她没事吧?"晓玉问。

"我把她送到了医院。"李队长吸了一口烟，沉默半晌，"她脑部受了重伤，失去了记忆。她不记得我是谁，从此也害怕见到我。"

"她现在在哪里?"晓玉问。

"和她妈妈去了南方。"李队长说。

"你还能见到你女儿吗?"

"她妈妈曾给过我地址，可我不会去见她。"李队长极力忍住痛苦，冷冷地说，"我没能好好陪伴她，还伤害了她。我不是一个好父亲!"

晓玉看着李队长，神情中充满怜悯。

"我相信她会原谅你的。"晓玉说，"你一定要去看她!"

"谢谢你!"李队长温柔地看着晓玉。

"为什么要谢我?"晓玉好奇地问。

"这件事我从未对别人提起过，也不知道和谁说。"李队长坦然地说，"是你让我鼓起了勇气。"

"你会去看你女儿吗?"晓玉好奇地问道。

"也许吧。"李队长苦涩地笑了笑，"至少现在，为了女儿，我会努力活下去!"

晓玉没听明白。

"好好照顾你爷爷。"李队长说，"他现在只剩下你了。"

"我会的!"晓玉认真而坚定地说。

夜里，李队长拖着疲惫的身体，回到孤寂的家。窗外是星星点点的灯火，楼下不时传来孩子们嬉闹的喊叫声。

　　李队长脱掉警服，躺进冒着热气的浴缸里。死者的脸庞、指甲里残留的白色药物、水杯、半开的窗户、铁皮刃上的褐色印迹、伤疤……案件的每一个细节都萦绕在他脑际，往日的生活也潮水般袭来。每个警察一生中都会遇到与自己似曾相识的案件，李队长仿佛触摸到了自己内心最柔软的一面。

　　出了浴缸，躺在床上，李队长很快便沉沉睡去。这是李队长从警以来睡得最踏实、最安稳、最长久的一夜。

　　梦里都是和女儿在一起的场景……

十 三

经过数周的侦查，骆城市公安局对本案做出如下通告：

    2015 年，骆城市金阳区人民医院发生了一起死亡案件。根据尸体检验结果，本案中死者李敏瑜（女），确为药物过量致死。警方通过现场勘查、尸体化验、对邻里亲属，及有来往人士的走访笔录等，并未发现有证据表明本案存在他杀之可能。我局现已将尸体检验结果、调查情况，及结论告知其直系亲属，并获得了其直系亲属的认同。我局已为死者出具死亡证明，并妥善帮助死者家属办理火化手续。如有关于本案的其他线索，请及时与我局刑侦支队联系。如果认为办案机关办理案件存在拖拉问题，或在案件处理过程中存在违法、违规情况，可拨打 110 向警务督察部门投诉，也可通过所在辖区公安分局信访部门反映。

骆城市公安局刑侦支队

2015 年 8 月 22 日

一个月后，在骆城市官方媒体《塞上骆城》栏目上，播报了一则新闻。

"我市公安局青年干警、市刑侦支队支队长李立杰同志因工作突出，多次快速侦破重大案件，被提拔为骆城市公安局党委委员、副局长。

简历中的李队长，眼神里带着刺穿一切痛苦的锋芒。

十 四

不知不觉，晓玉奶奶已去世一个月。这期间，因老年丧偶的悲痛，加之长时间操劳，老陈身心俱疲，整整感冒了一个多星期。

自打奶奶生病起，晓玉一直与妈妈同住，老陈与晓玉的生活彻底脱轨，家里前所未有的清寂，陪伴老陈的似乎只剩下院子里那棵乳清色的梧桐树。

官司并未终结，老陈却进入了"无为"的状态，每日足不出户，孤坐窗前，之前所有的计划似乎都抛在脑后。

到了周六，老陈的身体逐渐康复。晓玉和老陈约定周末回家探望，老陈这才意识到家里的凌乱，一大早便起了床。

一个月来，因为不想触及老伴儿去世的现实，老陈一直不愿打理屋子。现在，老陈不再逃避，把晓玉奶奶的东西都收拾齐整，然后存放起来，这亦可算作面对现实的开始。

老陈在客厅收拾了一会儿，听到敲门声。

开了门，是晓玉。

"你妈送你过来的？"老陈问。

"嗯。"晓玉点点头

"你没让她进来坐坐？"老陈向门外张望着。

"问过了。"晓玉说，"她还有别的事要忙。"

说完，晓玉钻进门。

老陈转身走回客厅。

晓玉站在茶几前，手里提着一个黄褐色文件袋，以为爷爷一眼便会看到，老陈却只顾着埋头收拾东西。

"爷爷！"晓玉把文件递过去，"这是法院给你的。"

一听"法院"一词，老陈停下手里的活，接过文件。

"律师告诉我，根据法院的结果，我又可以和你一起生活了。"晓玉焦急地问，"是这样吗？爷爷！"

老陈坐在沙发上，认真翻起了文件。

看完后，陷入了沉思。

"我帮你一起收拾吧，爷爷！"晓玉见爷爷没反应，便四下看了看。

老陈缓过神，抬头看着晓玉忙活的身影。

记忆潮水般涌来……

"晓玉！"老陈用低沉的声音喊道。

晓玉转过头，看着老陈。

"你能答应爷爷一件事吗？"老陈犹豫了一下，说。

"什么事？"晓玉问。

"你愿意和妈妈一起生活吗？"老陈注视着晓玉。

"怎么了？爷爷！"晓玉好奇地看着老陈。

"爷爷老了。"老陈埋下头，"怕照顾不了你了。"

晓玉扔下手里的活。

"你是说你不要我了吗？"晓玉目不转睛地看着老陈。

"不是。"老陈用嗓子里挤出的声音说，"只是……爷爷老了……"

"你以前可从来不这么说。"晓玉说。

"那时候有你奶奶。"老陈说着，声音如刀割过一般，"没有奶奶，爷爷一个人照顾不了你。你妈妈还年轻，她对你很好，一定能照顾好你。"

"你只是在找借口。"晓玉盯着老陈，眼里闪着怒火。

"就因为奶奶不在了吗？"晓玉想了一下，轻声问道。

老陈摇了摇头。

"爷爷！"晓玉咬着牙，镇定地说，"这不是你的错。"

晓玉盯着老陈，眼里充满了恐惧和委屈。

老陈慢慢抬起头，目瞪口呆地看着晓玉。

"爷爷！"晓玉的脸涨红了，眼泪簌簌地往落下，颤抖着说，"我不能让警察把你抓起来……"

老陈木住了，一瞬间什么也听不到……

"我知道了。"晓玉抹掉眼泪，"比起我，你更爱奶奶。"

"不是这样的。"老陈犹豫片刻，低声说，"爷爷都明白，爷爷怎么会怪你呢……"

"那我们一起生活。"晓玉期待地看着老陈，"好吗？"

老陈埋下头。

"好吧。"晓玉不再乞求，冷冷地说，"既然你不要我了，那我永远也不想再见到你。"说完，摔门而去。

老陈缓缓站起来，朝窗外看去。

晓玉的身影一闪而过，消失在院门外。

十　五

三个月后，老陈收到了晓玉的来信。

亲爱的爷爷：

　　已经三个月没收到你的消息了，你也没给我打电话，不知道你现在过得怎么样。我现在很好，妈妈对我也很好。

　　妈妈好多次催促我给你打电话。有些话，不知道电话上该怎么说。我想给你写封信，告诉你我的想法。

　　每天早上我都会去跑步，只是妈妈再也不让我带着那把匕首了。我把那把匕首偷偷藏在抽屉里，每次拿出来玩的时候，都会想起你。妈妈觉得我太野了，没一点女孩的样子，不再让我留短发了，把我的头发蓄起来，还扎了个小辫。我想，你见到我以后，肯定认不出我来了。

　　我经常梦见奶奶。梦里，奶奶总是对着我笑，现在我明白了，我不只是为了你才那么做的，我那么做也是为了奶奶。我每天都在为奶奶祝福。相信你一定没有怪我，我也不再怪你把我交给妈妈。

假期马上结束了，很快我就要上六年级了。妈妈说，这边的事再有一个月就处理完了，事情办好后，就带我回去上学。我期待能早点回来，那样就能时常见到你了。

我很想你，爷爷！

此致

敬礼！

孙女：晓玉

午后的日光异常浓烈，院子里蒸腾着热气，梧桐树愈发茁壮而葱郁。老陈坐在树下读信，读完后，把信放在一旁桌上，静静躺在藤椅上。

微风拂过，梧桐树叶沙沙作响，斑驳的树影散落一地。老陈闭上眼睛，脸上露出笑容，眼角却有一滴泪，顺着脸颊滑落。

家有儿女

一

我出生在一个不完整的家庭。

从出生起，这个家和我相处最久的是姐姐。姐姐有些男孩子气，一头精干的短发，走起路来风风火火，好看的柳梢眉时不时蹙一起，一副高傲冷淡的面容，和大多数初中生一样，每天裹着拖把布一样的校服，穿行在家和学校之间。姐姐向来独行，每次在校门口等她时，总见她埋头走来，没人相跟着，也不与旁人打招呼。她似乎并不在意这些。

爸爸常年外出工作，姐姐从我出生起就一直照顾我，等我稍大一点的时候，妈妈重操旧业，又开起了理发店。店里生意热闹，妈妈没时间管我，姐姐就更操心了。

每年冬天放寒假，我们都要回妈妈的老家和外婆一起过年。每次到外婆家，我和姐姐最喜欢的就是跑到山沟里结冰的小河上去溜冰，几乎每次溜冰，我都会弄湿衣服。怕我感冒，也怕回家被妈妈责骂，姐姐就在小河边上的草丛里生一堆火，把我的衣服烘干。等衣服干了，暮色凝重起来，姐姐拉起我的手，匆匆赶回家。

想到这些，我仿佛又闻到了一股新鲜的烧柴火味，这充满记忆的味道一直残留在裤子里，刚进门就能被妈妈灵敏的鼻子捕捉到。妈妈知道我们又跑去溜冰，一生气，就竖拿起外婆家拳头粗的擀面杖，这时候姐姐就挡在我面前，拿出一套老调重弹的谎话帮我蒙混过关，有时候过不了关，姐姐就闭上眼睛，英雄就义般仰起头，等着擀面杖落下，可擀面杖从来没落下过。

姐姐撒谎技术差，但在打人方面可不是谦虚的。

姐姐个性之刁蛮，在小区里也排得上号，院子里平日敢和保安叫嚣的恶犬，见了姐姐也得放慢脚步绕道走。姐姐刚上初三，对学习依然不怎么上心，但是个性收敛了些，不像小时候那样一生气就跑回家了，她变乖了，不主动找麻烦，可也不在乎该干啥，依旧我行我素。

我叫吴天琪，今年十一岁，鼻子上有雀斑，留着爆炸头，是一个身体倍儿棒，喜欢杂耍蹦跳，心思细腻的男孩。

我是妈妈二婚生下来的孩子，和姐姐不是一个爸爸。

姐姐每天和妈妈斗嘴、吵闹，可从来没想过要去找自己的爸爸。我的爸爸常年在外，我难得见到爸爸，姐姐也很少见到自己的亲生父亲。我现在的处境和姐姐小时候很相像，兴许这就是姐姐时常温柔地看着我发愣的原因吧。

妈妈似乎过得不快乐。

妈妈说，我的爸爸是地质工程师，在全世界都很强的国企工作，大部分时间都在野外，好几个月才回一趟家。爸爸常年奔波在外，妈妈也不示弱。爸爸好多次劝妈妈别出去工作，安心在家里待着，可妈妈从来不听，家里、店里两头跑，每天没得空隙。我想妈妈是闲着难受。

我马上要升小学五年级了，还记得幼儿园的时候，我的学校离姐姐的学校很近，每天放学姐姐都来接我，时间久了，妈妈也不过多担心我，很多事都放心地交给姐姐。

我上幼儿园后，妈妈重新开起了理发店，直到现在。理发是妈妈唯一干过的职业。

妈妈年轻的时候曾经在北京有名的美发学校进修过两年。我不敢说妈妈的美发技术是我家这边最好的，但妈妈的洗头技术肯定是一流的。店里顾客不多的时候，我总喜欢拉着妈妈给我洗头。躺在松软的洗头床上，闭上眼，好多次，我洗着洗着便睡着了。

妈妈的手纤长、白皙、柔软，手指触到头皮，力道恰好，指腹饱满有力，指片轻盈有弹性，滑过我的头皮，让我的毛孔被打开，每一根神经都随着泡沫舞动起来，带我驰入数不清的美妙梦境！

这样的经历姐姐肯定也有过。

妈妈和爸爸的工作是两副完全相反的模样。

开理发店意味着要时时刻刻待在城市的角落，大门不出，二门不迈，形成口碑，才好赚钱。要守着，要经营，不单是理发，还要经营人脉，经营圈子。会员卡上的名字，是生意，也是束缚。

爸爸的工作不同。搞工程建设就注定了漂泊，一个项目完工后，就得一刻不停地出发，从一个没人烟的地方去到另一个没人烟的地方，永远在城市外围打圈子。

如果说爸爸的工作是绕着一个圈子走，那妈妈的工作就是圆圈里的圆心，永远停在原地。

爸爸从没抱怨过这份漂泊的工作。细想，抱怨也没有意义，或许他在做最适合自己的工作。

印象里，爸爸又高又瘦，留着短发，总穿着黑色系的衣服，颇有几分神秘。

我想妈妈决定和爸爸结婚是仰慕爸爸的才华。妈妈好多次提到，爸爸马上就要升到高级工程师了。

我想妈妈和爸爸结婚的时候，肯定考虑到了这段婚姻的不易，可他们还是选择了在一起。

妈妈之前说过，她和爸爸认识，是因为爸爸经常到店里理发。我不知道爸爸喜欢妈妈哪一点，可我敢保证他们结婚的念头一定是从妈妈给爸爸洗头开始的。

谁能拒绝妈妈洗头时那双柔软的手呢？那种触感，会植入脑海。

爸爸和妈妈结婚前，也有过一段婚姻，有个男孩，也就是我的哥哥。哥哥马上高中毕业了，三年前他搬出家，之后就一直一个人住，很少回来。哥哥极少和我说话，也极少和家里其他人说话（尤其是爸爸），他像是活在自己的世界里。

姐姐今年读初三，每次家长会结束，妈妈都是最后一个离开的。各科的老师排着队，轮番上阵，都和妈妈谈好久。姐姐聪敏，有潜力，老师们都感觉得到，只是都担心姐姐对学习不上心。

家长会结束后，回到家，妈妈就和姐姐斗嘴、争吵、冷战，直至最后不欢而散。

平淡的日子就这么一天天过着。

最近，妈妈和姐姐的争吵突然消失了。

一天晚上，我和妈妈睡一起。半夜醒来，听到妈妈在和爸爸讲电话。

"这个小学环境、师资，各方面都还不错，职工家属的孩子们都在这里读。"爸爸说，"这次项目工期长，少说也得三年，项目部离小学不远，正好是一个机会，你过来吧。"

妈妈犹豫了好半天，无奈地说："那小梅怎么办？"

小梅是姐姐的名字。

"小梅才上初三，我怎么能抛下她不管？"妈妈说完，叹了口气。

电话两头都静默了。

不一会儿，妈妈轻轻挂掉了电话。妈妈睡眠本就不好，听了爸爸的话，翻来覆去更睡不着了。

我一动不动地躺着。我是被尿憋醒的，怕惊扰到妈妈，使劲忍住尿意，憋着憋着，不知不觉又睡着了。

早上五点钟妈妈就醒了，伸手一摸，床单全湿了，睡衣也被尿泡湿了，还惹了一身的尿骚味。

一大早，妈妈把睡梦中的我抱进浴缸，上了香皂，一边骂我，一边使劲给我搓身子。

"妈妈，童子尿不是解百毒的吗？"我问。

妈妈说："放屁！"

爸爸的态度像是深思熟虑过的，可妈妈怎么会丢下姐姐一个人不管？

姐姐不是爸爸亲生的小孩，要是爸爸太急于催促妈妈做决定，难免会惹上怀有私心的嫌疑。

爸爸后来的电话里都没再提起这个计划，想必他也意识到了这点。

妈妈每天在镜子前洗头，在镜子前剪发，在镜子前烫发、染发，每天面对镜子，却没时间好好看看自己。

妈妈每天照旧在理发店里忙到很晚，回家后也一直不说什么话。

我不知道妈妈有没有打算把爸爸的提议告诉姐姐。看妈妈的表现，至少有些想要推脱的意思。

姐姐是我的死党，可我又不能透露妈妈不愿让人知道的秘密。我纠结了好久。我想姐姐应该知道这件事，但不应该从我口中知道，最好是从妈妈那里。

几天后，放学回家的路上，我没忍住，把事情告诉了姐姐。

听我说完，姐姐一声不吭地走回家。我从没见过姐姐这么久不说话，心里有些害怕。

又过了好几天，又是在回家的路上。

姐姐突然问我："你想和妈妈去找爸爸吗？"

"不想。"我说，丝毫没犹豫。

"你不想爸爸吗？"姐姐问。

"我想和姐姐、妈妈在一起。"我说。

"你想让妈妈去找爸爸吗？"姐姐问，表情像是考虑了很久。

"我不知道。"我有些犹豫地说。

"这样的话，我们就要分开了，你愿意和姐姐分开吗？"姐姐想了想，又问。

"不愿意。"我坚决地回答。

姐姐拉起我的手，默默往前走。

姐姐知道这事后，就不和妈妈争吵了。不管发生什么事，不管妈妈说什么，姐姐都不顶嘴，也不反驳了。

对此，妈妈丝毫没察觉。我想，妈妈要是知道我把事情告诉姐姐，一定会责怪我。况且这还只是一个提议，还没成型就被我捅了出来。

我不知道为什么要把事情告诉姐姐，可能是出于本能的厌恶。我讨厌妈妈和姐姐互相提防，小心翼翼藏着秘密的样子。虚假的脸色，躲闪的对话，遮遮掩掩的电话，若隐若现的猜忌，就像一个越吹越胀的气球，让人忍不住想要恶作剧般地捅爆。听到秘密爆裂的巨响，那股兴奋劲儿就像在游乐场的蹦床上一跃而起。

情况悄然改变。我和姐姐本来是计划中被动的、被规划的一部分，现在却成了主动策划的人。

事后的第二个周末，初三两周一次的模考成绩公布了，姐姐的成绩从后三十名一下跳到了前二十名的行列。姐姐突然脑子开窍了，妈妈很高兴。午后休息的时候，妈妈关了一会儿店，专门为我和姐姐洗头。

妈妈给我洗头的时候，嘴里一直哼着歌。洗完后，我走下躺椅，轮到姐姐了，妈妈突然不唱了。

姐姐静静躺下，闭上眼睛，妈妈的动作不知不觉放慢了。姐姐的头发不长，却异常浓密，妈妈洗得格外细心。两人平时吵吵闹闹惯了，此刻成了她们不多的、亲密接触的机会。妈妈的手代替了她的嘴，用温柔的手法说出了平时说不出口的温柔话。

姐姐紧绷着嘴巴，鼻子微微触动，心思全然不在感受妈妈洗头的爱意上。

妈妈用热水浸湿了姐姐的头发，上了洗发水，白色的泡沫瞬间溢出来。

"你放心去找爸爸吧。"姐姐平静地说，"不用管我，我能照顾好自己。"

妈妈停住了。

"我认真学了一个星期。"姐姐说，"你也看到了，只要我想学习，我就能学好。你不用为我担心。"

妈妈又动起来，温柔地抚弄着姐姐的头发。

"我知道。"妈妈轻声说。

"哥哥不是也一个人住吗？"姐姐说，"哥哥可以，我也可以。"

"我知道。"妈妈说，"可我还是想照顾你。"

"你的考虑都是多余的。"姐姐说。

妈妈一时说不出话。

"你放心去吧。"姐姐说。

我想姐姐一定考虑了好久，才决定要说出口。

姐姐怎么会想不到妈妈的难处呢？妈妈虽然还年轻，一晃也快四十了，守着一个理发店，从日出到深夜，种种酸甜苦辣、各般滋味，只能独自吞咽。眼前的工作变成了漫长的苦役，青春渐渐熬尽。一个快四十岁的二婚女人，除了眼前的婚姻，还能有什么别的依靠和幸福可言呢？

"你能答应我一件事吗？"姐姐试探性地问。

"什么事？"妈妈问。

"把弟弟留下来。"姐姐说，"你放心去找爸爸，我来照顾弟弟。"

妈妈愣住了，手背上的泡沫渐渐滑落。姐姐伸手从旁边的桌子上探了一块毛巾，起身，把头发擦干净。

妈妈转过头，用略带怀疑的眼色看了看我。

我坐在墙角的小凳上，双手一摊，脸上一副无辜的表情。

二

时间好快，周末刚过就到了寒假。

一大早，姐姐预谋般地带着我出现在哥哥门前。

哥哥搬出去已近三年了，很少回家，我们对他的情况所知甚少，他似乎很习惯一个人的生活。

哥哥搬出去后，姐姐几乎没和哥哥联络过。姐姐不确定哥哥在不在家，心想，提前打电话通知反而别扭，不如直接登门拜访。

拜访哥哥的那天，我和姐姐仔细打扮了一下，有点盛装出席的意思。姐姐给我挑了一件纯黑色羽绒服，一条牛仔质地的背带裤，一双黑白条纹的帆布鞋，一个黑色套头帽。姐姐没怎么打扮，穿了平时常穿的衣服，洗了把脸，把头发梳了好几遍。

出门的时候，姐姐回过头仔细打量我，那样子像是看着一个陌生人。

我问："干吗？"

姐姐说："我记不得哥哥长什么样子了。"

我突然意识到，自己也很久没见到哥哥了。

哥哥和姐姐没有血缘关系，我和哥哥是同一个父亲，所以姐姐会盯着我看。可就算是同一个父亲，我和哥哥又有什么共同点呢？我们几乎不了解对方。

我使劲踮起脚尖，轻轻按了按哥哥家的门铃。

没一会儿，门开了，哥哥请我们进去。

姐姐没打招呼，像是回自己家一样，径直走到沙发旁，坐下，低着头，一言不发。

哥哥从冰箱里拿出两罐雪碧，放在桌子上，看着我和姐姐发了发愣，然后坐在沙发旁。

我习惯性蜷缩起身子，紧挨姐姐坐着。

哥哥在全市最好的高中读书。读高中开始，哥哥就在校外不远处一个安静的小区里租下了这套房子。学校在山顶上，哥哥住的小区位于半山腰，周边的绿化很用心。虽是寒冬，但山上始终缭绕着一股远离尘嚣的寂静。受全市最有实力的高中的辐射效应，周边的小区住满了人。这种满，不是熙熙攘攘的闹市的满，是秩序井然、宁静充实的满。

我抬起头仔细打量了哥哥的住处，客厅不大，陈设简易，但布局典雅，也敞亮、干净，一点不像是高中生的住处。哥哥的房子就如同他超出年龄的内心，没有波动，对生活如此，对学业如此，对未来也如此。

哥哥不爱交际，也不常被人打扰，一时间不知道说什么好，安静地看着我和姐姐。姐姐一直沉默着。

"你们没回老家？"哥哥突然问，想打破僵局。

"年底回去。"姐姐答道。

每次想起哥哥，我脑袋里都会浮现出一个少年倔强而孤独的背影。在我的印象里，哥哥一直是一个独行侠。初三刚读完，哥哥就搬出去一个人住了。当时爸爸坚决反对，哥哥始终没反驳，但每天一个人去找房子。妈妈很多次提出要帮忙，都被哥哥拒绝了。最后，哥哥一个人孤单地离开了，只留下一个倔强的背影。我想哥哥肯定经历过一段艰难的时期，可哥哥从未表现出脆弱的一面。

姐姐忍不住惊讶，哥哥竟然记得我们每年寒假回外婆家的事。

"家里出什么事了吗？"哥哥问。

"你听说什么了？"姐姐问。

"听说什么？"哥哥说完，看了看我。

姐姐不说话。

"是关于弟弟的事吗？"哥哥说，"我听我妈说起过一些。"

"你有什么想法？"姐姐说。

"想法？关于弟弟吗？"哥哥说。

姐姐抬起头，瞪大眼睛看着哥哥。

姐姐突然拿起茶几上的雪碧，喝了一大口，随即站起来。我本来盯着姐姐的雪碧，看得出神。姐姐抓紧我的手，转身往外走。

"你们要去哪？"哥哥疑惑地问。

"回家。"姐姐直截了当地说。

"回家？"哥哥疑惑说，"你还没说来找我什么事呢？"

"没什么，就是来看看你。"姐姐说。

"看看我？"哥哥若有所思地问。

姐姐低头想了想。

"妈妈要带着弟弟去找爸爸了，我想把弟弟留下来，妈妈不答应。我把弟弟带来让你再见一见。"姐姐说完，定睛看了一眼哥哥。

"既然你都已经知道了，也没其他的事了。"姐姐说。

"弟弟什么时候走？"哥哥挡在姐姐前面问。

"时间还没定，不过快了。"姐姐说。

说完，姐姐拉着我快步出门，下了楼。

"喂！等等。"哥哥说。

姐姐没理会。

哥哥紧随其后，一直跟到楼下，停在楼道门口。

我好几次回过头看哥哥，都被姐姐摁住头，硬给转了回来。

回到家后，姐姐更坐立不安了。她好多次想和妈妈说点什么，可妈妈总能找到理由回避。

姐姐的行为令我费解。

我知道姐姐不想和我分开，但姐姐为什么要去找哥哥呢？这是有点病急乱投医的意思吗？可去找哥哥又能解决什么问题？总不至于真的想让哥哥在我临走之前见我一面吧？哥哥好不容易才从家中逃离，他对我和我们这个家能有多少兴趣呢？他何必见我。

哥哥是爸爸第一次婚姻带来的孩子，在哥哥没搬出去住之前，据妈妈说，哥哥和姐姐两人关系还算不错。哥哥从小学习好，从小学、初中到高中都在市里最好的学校读书。那会儿，妈妈刚和爸爸结婚，哥哥还住在家里，妈妈就经常拿哥哥做姐姐学习上的榜样，时常叮嘱姐姐多向哥哥请教，可姐姐从来没主动找过哥哥，哥哥也不会主动给姐姐辅导。两人不怎么说话，也不生争执，始终和平相处。听妈妈讲，不像现在，那段时间姐姐学习很上心，成绩也总是名列前茅。不得不说，这某种程度上是受了哥哥的影响。妈妈说，那段时间姐姐各方面都会暗中和哥哥较劲，或许在竞争中不知不觉就受到了哥哥影响。

姐姐习惯了独来独往，或许当她遇到困难的时候，也需要一个合适的人来倾诉。哥哥确实是她为数不多的熟人，曾经的熟人，且恰与此事密切相关。可哥哥是这样一个合适的倾诉者吗？

姐姐有没有意识到，把哥哥扯进这件事里妈妈会做何反应？爸爸会怎么想？事情会不会就此变得复杂起来？

妈妈总是遮遮掩掩，一副故意回避的样子，这种不愿直面问题的态度，委实让人难受。对此，姐姐一定很气愤。这样一想，就算姐姐存心闹事，也在情理之中了。

可这么做能有什么结果呢？

又过了一周，哥哥突然回来了。

寒假已经开始一个多星期，由于上次悬而未决的对话，家里的气氛持续恶化。妈妈和姐姐各怀心思，没空搭理我，日子越发烦闷起来。我正考虑着漫长的假期要怎么过，哥哥突然回来了。

说是拜访，太见外，毕竟是亲哥；说是回家，可哥哥回家的频率实在算不上家人回家。可他总归是我哥，总归是回家来了，回到他在这座城市唯一的家。

哥哥突然回来，实属反常。我不知道是不是因为那天我和姐姐贸然到访，以及姐姐留下的一系列令人费解的举动。我猜想八成是有关联的。

那天下午，我和姐姐在理发店里吃了妈妈点的外卖，一大盘香辣酥嫩的麻婆豆腐，一份鱼香肉丝，还配了几样小菜。吃完饭，天渐渐黑下来，店里还有一些顾客，我和姐姐先回了家。

上了楼，走到门口，门内传来平缓均匀的呼噜声。打开门，我和姐姐都愣住了，立在门口。门里正对面就是客厅的沙发，沙发上躺着一个陌生又熟悉的人，面朝下趴着，睡得很安详。我一眼就认出是哥哥。哥哥看上去累得不轻。姐姐轻轻踏着门垫，弯腰换了拖鞋，我也跟着走进去。外面风势很大，我一松手，防盗铁门砰的一声关上了，震天响。姐姐转过头，把手放在嘴边，"嘘"了一声，可惜为时已晚。哥哥醒了，朝我和姐姐眨了眨眼，眼神有些疲乏。我尴尬地看着哥哥，龇牙一笑。

"我等了一个小时，没人回来，我就自己开门进来了。"哥哥一边说着，一边慵懒地爬起来，挠了挠自己的头发。

姐姐没搭话，默默地收拾起凌乱的茶几。

哥哥伸了个懒腰，起身，在屋子里四处转悠着，走到自己房间门口，打开房门，探头看了看。

哥哥的房间一直空着，里边的陈设还是原来的样子。

"平时打理得挺好嘛。"哥哥用赞赏的口气说，随后轻描淡写地补充了一句，"刚刚好！我正打算搬回家来住。"

姐姐有些意外，哥哥看着我，我又龇牙一笑，哥哥也笑了。

"妈妈知道吗？"姐姐问，脸上写满了问号。

"她见到我不就知道了？"哥哥微笑着说，说完走回客厅，一下子瘫在沙发上，闭上眼睛，很快又睡着了。

我和姐姐站在客厅里，呆呆地看着哥哥。

哥哥就这么搬回家了。个中缘由，我们都没再问过，妈妈也没问。妈妈说过，家人之间，从来不用问为什么回家。回家就是人之本能，人之本性，不需要理由，不需要说法。

由于离家太久，我几乎不记得哥哥和妈妈是如何相处的了。

没有尴尬，甚至没有过渡。哥哥回来后，很快就重新变成了家里的一分子，他的拘束，他的局外人的身份，仅仅保持了他刚回来的时候在门口等待的那一个小时，那个小时过后，他就恢复了家人的身份。妈妈没任何表态，自然而然地接受了哥哥回来的事实。

只有一点特别，哥哥从来不去妈妈的理发店，妈妈也不主动邀请。

理发店仿佛变成了两人之间的禁忌场所，这个场所为我和姐姐无限开放，却被哥哥主动关上了大门。哥哥或许是想用理发店这个场所来划清他们只是"半路家人"的界限。记得有一次姐姐说，之前妈妈好多次主动给哥哥洗头，开始哥哥还愿意，洗了几次后哥哥就不肯了，甚至再也不去妈妈的理发店了。妈妈也就不再提起洗头的事了。

不是吹牛，理发时的样子，是妈妈最温柔、最动人的模样。现在的我和小时候的姐姐都喜欢坐在角落的小凳上看妈妈理发。特别是到了午后，阳光从窗外飘洒进来，妈妈穿着一件黑色的高领毛衣，身影变成半剪影，长发顺着侧脸滑落，动作轻柔、娴熟、优雅，我和姐姐并排坐在小凳上，双手托着腮帮子，一动不动欣赏着，直到夜幕降临。

哥哥或许也无法抗拒这种美？恰恰是无法抗拒，所以更要拒绝。从拒绝妈妈为自己理发开始，哥哥就决定要和妈妈保持距离了，妈妈也不好过多勉强。尽管有距离，但两人还是保持着基本的尊重和客气。

这次回家，哥哥和妈妈的关系和之前一样，没有实质的改变，反而随着哥哥长大，两人似乎更客套、更冷淡了。

哥哥和姐姐的关系却不如之前那般和谐了。过去两人总是彬彬有礼，不怎么讲话，现在却会为了各种鸡毛蒜皮的小事吵个没完。

哥哥和姐姐像是要把从前没说过的话、没吵过的架都找补回来。两人之间的对话变得连珠炮似的，平日家里凝滞的气氛也突然聒噪起来，浓浓的火药味每天从我的鼻尖飘过。

这种变化，从哥哥回来后不久就开始了。每次吵架，都是哥哥主动挑事，且牢牢霸占着话题主动权，这种姿态甚至有些刻意的痕迹。哥哥嘲讽姐姐穿衣服样式宽大，邋遢没品位，姐姐就抱怨哥哥洗澡占用浴室太长时间，洁癖又龟毛；哥哥嘲讽姐姐看综艺傻笑，没内涵，姐姐就嘲笑哥哥看难懂闲书，假深沉；哥哥想给我申请一个社交网络账号，姐姐坚决反对，怕我接触网络有害信息，过早发育影响身心健康（其实我生来就比同龄孩子早熟）……现在两人看同一档电视剧都会因主人公产生分歧，进而发展成争执。

我时常坐在角落里看着他们斗嘴，却摸不着头脑。说他们是兄妹吧，他们性格迥异，也没血缘关系；说他们是仇人吧，他们毫无过节。我清楚自己身在局外，也从未参与他们的争执，却总无法置身事外。真是古怪！

妈妈和姐姐争吵，是家长训斥小孩，一方说话一方听；哥哥和姐姐争吵，你一言我一语，有来有往，有趣得多。后来一琢磨，我忽然觉得他们吵来吵去的架势，越看越像电视剧里常出现的夫妻。

我对夫妻关系几乎一无所知。爸爸极少回家，我很难设想爸爸妈妈每天在一起会如何相处。班上的同学里，除了同桌陈晓玉和我，其他人都有爸爸妈妈陪在身边。我只能从他们口中探听夫妻吵架的样子。此刻我为什么会有这种夫妻关系的想象？我突然意识到，或许这种"成人关系"的演出，正是我成长中所缺失的。

每次爸爸回家，妈妈就拉着爸爸到卧室里，关上门，两人一整天不出来。晚上，我还要被发配到姐姐的卧室去睡。第二天一大早，妈妈在厨房里忙碌着，亲自下厨给爸爸做饭，熬美味的粥饭。我很馋，踮起脚尖，凑近桌子，伸出舌头舔一下，妈妈不许，要先端给爸爸喝，爸爸喝完才盛给我和姐姐。每次爸爸生龙活虎地回来，第二天走出卧室就瘫在沙发上不起来，吩咐我给他做这做那。我就想，爸爸在家好像比工作的时候还要辛苦。可是，想到爸爸能喝到那么美味的汤，我便羡慕不已。

有一次，我告诉姐姐："爸爸在家好辛苦啊！可要是能喝到这么好的汤，我愿意替爸爸干活。"

姐姐还没听完，冲着我的屁股就是一脚，力道十足，火辣辣地疼。我揉着又翘又 Q 弹的小屁股，眼泪汪汪地看着姐姐说，"人家就是想喝汤嘛，怎么了？"

姐姐脸一红，说："你个傻子！"

说完就不理我了。

可是，这样的日子也屈指可数。除了过年，每次爸爸回家，都不超过三天。

哥哥不单单和姐姐斗嘴，还时不时表现出想要拉拢我的意思，这让姐姐心存戒备。

这次回家，哥哥像是突然横插到我和姐姐中间，我和姐姐的关系也不同以往了。

我想，道理没错的话，男孩子与男孩子之间更容易建立亲密关系，毕竟有性别相近的优势。我和姐姐的感情依旧很好，只是姐姐不能像之前那样吸引我了。现在姐姐只有拿出女性才有的温柔与关爱才能吸引我。哥哥则不同，对我这个年纪的男孩子，哥哥比我年纪大，比我强壮，是我的榜样、我的领航员，是我幻想中充满男子汉气概的人，我需要这样一个年长的男性，充当我的导师，引导我快速成长。这些方面，姐姐无法替代。

渐渐地，哥哥成了我最好的玩伴，姐姐的分量一降再降，逐渐边缘化了。像是失宠一般，姐姐的脸色一天天难看起来。看到姐姐这样，我心里难免有些心疼。

"你为什么要搬回家住？"有一次，姐姐实在忍不住问哥哥。

"为什么？因为这也是我家。"哥哥用敌对的腔调说，姐姐很生气，但是强忍着。

那天我们一起在客厅里吃饭，正好妈妈也在。

哥哥转过头去看了看妈妈，问道："你们今年还回老家过年吗？"

"回呀！"妈妈说。

"我可以和你们一起回去吗？"哥哥问。

"你想和我们一起回老家？"妈妈有些疑惑地问。

"嗯，可以吗？"哥哥又礼貌地问了一遍。

"好呀！那正好全家人一起回去。"妈妈说完，笑了笑。

妈妈似乎察觉到哥哥有些想要和她亲近的意思，下意识里友好地笑了笑。

姐姐死死盯着哥哥，气得一言不发。哥哥忍不住坏笑了一下。

最高兴的是我了。

终于有人和我一起回外婆家疯玩了。

三

寒假过得飞快，年关将近，妈妈终于决定关掉理发店好好休息一下。阴历春节的最后两个星期，理发的人特别多，妈妈其实还不想关门，可外婆在电话里一直催促、念叨，妈妈也有些筋疲力尽了，索性就不再拖延，把店关了。

我们都费解妈妈为什么这么拼命工作。爸爸挣的钱足够我们全家开销，况且哥哥的母亲和爸爸离婚时留下一笔不菲的存款，哥哥早已经济独立，从不和爸爸伸手要钱。妈妈的操劳像是一种本性。

妈妈似乎很矛盾，有时像个工作狂，有时却一个人孤寂地发呆。

妈妈和爸爸都把工作看得很重，或许正是这一点让他们走到一起，这是他们共同的价值观，也是他们的"夫妻相"。

我们终于要出发去外婆家了。

外婆家在山里，路很远，怎么去呢？

大家商量了一下，决定开车去。

妈妈从车库里拖出许久没开过的白色别克轿车，发现自己的驾照过期了，大家又开始发愁，这时候哥哥突然从包里拿出了驾照。哥哥今年刚满十八周岁，就迫不及待地考了驾照。

"你真的可以吗？"妈妈试探着问。

"放心吧。"哥哥信心爆棚地说。

妈妈有些拿不准，又不好质疑哥哥的驾驶技术。

考虑到去外婆家的路以乡村公路为主，路线相对简单，来往车辆也少，妈妈觉得，不妨让哥哥试试，自己在一旁看着，随时指导，对哥哥而言，也算一种锻炼。

妈妈没再多问，把自己车的状况、特点介绍了一下，然后让哥哥开出去，在不远处的一块空地上绕绕弯，熟练一下。看着车稳稳地开回来，以标准的侧方停车技术将车停在车位上，妈妈悬着的心落在了地上。

我们准备好了要带给外婆的礼物，假期必备的换洗衣服，几套冬装、帽子、手套、靴子、牙刷、毛巾，一切就绪后，就朝着外婆家进发了。

哥哥新手上路，难免紧张，妈妈坐在副驾上，耐心指导着，时不时给哥哥打气。我原本以为妈妈和哥哥坐那么近会别扭。可是驾驶技术与经验方面的互动，拉近了两人的距离。

这是哥哥搬回家以来，两人最亲密的一次接触。

很快，车子开出了拥堵的闹市区，朝着开阔的乡村道路驶去。

狂野外的天边，几朵又白又结实的蘑菇云飘来飘去，时而撞一起，时而分开，若即若离地纠缠着，久久不愿散去。

哥哥和妈妈看上去很放松，两人的话题始终围绕车子。从油耗、颜色到车型，最后聊起了各自开车时的感受，每当驾驶体验一致时，两人的关系就拉近一些。

妈妈对汽车的理解是工具式的，来自出行需要，实用主义，妈妈只了解自己的车，对经典车型、汽车文化、驾驶体验、受众这些东西完全陌生；哥哥的了解全然不同，哥哥没多少驾驶体验，他的理解源自天性感应、意气相投，对速度与控制的渴望，对自由与逃离的向往，集合了诗意与浪漫，洋溢着对汽车的拟人化想象。

自搬回家以来，哥哥还没和妈妈说过这么多话。这趟老家之行，让二人放下了很多拘束，不再只是例行公事的打个招呼，而是以平等的姿态探寻了对方的内心。

我和姐姐被遗忘在后座，各自靠着玻璃，无聊地盯着窗外的风景。

我转过头看着姐姐，姐姐把头靠在车玻璃上，耳朵里塞着耳机，神色凝重，脸上时不时泛起忧郁的波澜。

自搬回家以来，哥哥毫不相让地和姐姐斗嘴，且明里暗里使劲儿，试图拉拢我。虽然我和哥哥没有从小相依相伴，没有与姐姐那般不分你我的一体感，但我们现在建立了一种大哥与小弟般的团伙关系，导师与学生间的师徒情谊，哥哥一步步引导着我和他的关系，对此，姐姐不会没有察觉。现在，哥哥又和妈妈逐渐放下了客套与隔阂，逐渐亲近起来，姐姐心里会是什么滋味呢？

姐姐会不会有点后悔当初带着我去找哥哥呢？我不敢肯定，我甚至搞不清楚姐姐为什么带我去找哥哥，难道真是为了让哥哥再见我一面？当时姐姐怎么会确定哥哥就愿意见我呢？当初带着我去见哥哥的时候，姐姐有没有预料到事情会发展到这样的地步？哥哥突然搬回家，他自己没做解释，大家也没多问，搬出去住的那段日子，哥哥经历了什么？他一个人是如何生活的？……这些我们都不得而知。现在哥哥又决定和我们一起回妈妈的老家过春节，哥哥试图改善他和妈妈的关系，主动融入这个家，这又是为什么？或许家人之间真的有一种剪不断的纽带，会不知不觉命定般走到一起？可我们只是半路拼凑的家庭，不同于那些同一个起点、一起出发的家庭，我们来自不同的地方，暂时相聚在一起，不久又会各奔东西。

这一个多月来围绕我发生的种种事，我完全理不出头绪。我才十一岁，我这个年纪只会做一些简单的推断，很难做深入的系统化思考和推论，我只能不断观察，不断倾听，从种种现象中找出线索，顺藤摸瓜，最后抵达谜底。或许根本就不存在所谓的谜底。

到了外婆家，妈妈没比在理发店清闲多少，外婆家里里外外所有的事妈妈都要亲自上手，反而更忙碌了。

外婆生了三个女孩，没有男孩，这在那个年代算是特例。妈妈是家中老二，姐姐远嫁外地，很少回来，妹妹家里有个刚出生的小孩，脱不开身。外公在两年前就去世了，家里只剩下外婆一个人。外婆今年七十多，身体不如从前利索了，妈妈平日没时间照顾外婆，难免心怀亏欠，所以每逢过年，妈妈就把外婆家所有的事都包揽在自己身上。

黄土高原上生活的人们，历经数千年的繁衍生息。这里历史上长期处于边关交界，战火不断，文化清理与融合的特点很鲜明，农村过年传统习俗留存得并不多，但很多必要且实际的事务都要在年关口这紧迫的时间里弄好。

蒸饺子、炸黄米馍、做肉丸、炸薯条、刷粉条、炸豆腐等等各色小吃，以及传统老三鲜汤的食材、底料，一样也不能落下。从除夕到正月十五，招待亲友的年饭都要提前准备好，放到库房里冷藏起来，等到亲戚到访后，屋子里人头攒动，提前有了准备，吃起来就方便很多。北方的冬天，库房里不插电就是一个巨型冷藏室，异常方便。与巨型冷库相呼应的便是庞大的家族及随之而来的繁重接待任务。此外，还要换洗床单被套、收拾屋子、清扫院子，每一个角角落落、细枝末节都要注意到，这样才能以最整洁齐楚的样子迎接新年。

妈妈一个人忙不过来，我们只好全都上手。大家各管一块，分头行动，即使这样，还是应付不过来。

外婆家是传统样式的砖瓦房，坐北朝南的三间大屋子并排而立，中间有两个门通连在一起，第一间屋子是门厅与厨房的混合间，第二间是一个客厅加一盘小炕，靠里的屋子算是个主卧，有一盘大炕，妈妈、姐姐和外婆住在最里边的屋子，我和哥哥住中间的屋子。我们俩睡在通铺的小炕上，即便是小炕，也十分宽敞。床单下面垫着好几层软垫子，我在上面又是翻跟斗，又是打滚，简直不能更自在。

春节马上到了，大家有些急迫，都想早点把事情做完。

哥哥一大早就起床，扛着扫帚，把院子彻底清扫了一遍，接着把窗玻璃擦了一遍，忙活了半个上午，也没顾得上吃点东西，又跑到镇子上的集市里买了灯笼和对联，回来后把院门上旧灯笼和旧对联通通拿下来，换上新的。

我醒来的时候，太阳已经晒到我的脑门。我下了床，走到外屋，见外婆、妈妈和姐姐在厨房里包饺子。姐姐看见我，就喊我过去帮忙。我洗了洗手，从里屋搬了个小凳子。姐姐负责擀面，弄饺子皮，妈妈和外婆负责包饺子。我拿起饺子皮，手感真好，又嫩又黏糊，像是捏着一块棉花糖，我就随手把饺子皮揉成一团。突然想到白色的兔子，我捏呀捏，想用饺子皮捏出兔子的形状。

正当我玩得不亦乐乎时，啪的一声，姐姐的巴掌落到了我头上。

"能不能好好干活！"姐姐喊了一声。

我抬起头，见妈妈坐在一旁，心里委屈，立马使出了撒娇的伎俩。

我鼻子一酸，带着哭腔说："人家不会包饺子嘛！"

"那就学！"姐姐又喊了一声。

我埋头酝酿了会儿情绪，根据之前的经验，琢磨着到达委屈的临界点，接着就该哭了，我哇的一声大哭起来。

妈妈顿时心疼了，摸着我的头，轻声地说："别哭了，不用你帮忙了，出去玩吧。"

我的哭声马上转变成了抽搭声，用沾满面粉的手揉了揉干枯的眼睛，对妈妈龇牙一笑，然后转过头恶狠狠地瞥了姐姐一眼，使劲哼了一声，蹦蹦跳跳地跑出去，像是啥事也没发生过。

跑到大门口时，哥哥正站在梯子上，摆弄着新灯笼。大红的灯笼一下子把过年的气氛搞活了，我蹲在地上看着，心里那股过年的兴奋劲儿跑了出来。

我想，毕竟是独立生活的，哥哥好像什么都会，什么都难不倒他。哥哥力气大、个子高，往年擦玻璃、贴对联这些事让妈妈费尽力气，现在不需要交代，哥哥一个人就完成了。哥哥成了妈妈最得力的助手。

"灯笼真好看！"我站在地上喊了一声。

"还没到晚上，到时候开了灯更好看。"哥哥笑着说。

"你忙完了吗?"我问哥哥。

"差不多了。"哥哥说。

"咱们去玩吧。"我跳起来说。

"去哪里玩?"哥哥问。

"去河上滑冰!"我边跳边喊着。

哥哥爽快地答应了。

哥哥之前没怎么滑过冰。不像平时,这一路上他话不多,也没嘱咐我该注意的事情。我明白了,这次活动,哥哥成了新人,我却是实打实的老手。按我的经验,滑冰不需要什么技术,只要你踏上宽阔的冰面,去触碰、去感受就行了。不怕受伤地疯跑、疯闹,放飞自我的大吼大叫,便是滑冰游戏的精髓。在冰上滑行、摔跤、打滚,自由地旋转,下坡时的冲刺,凿开冰洞时翻飞的冰花,观赏冰层下游动的小鱼……这些都是乐趣。可我不会表达,不能指导哥哥,只好一路傻笑,把滑冰的快乐映在脸上。

我和哥哥顺着山坡上的一条小径,下到沟里,外婆村里的小河就从这里经过。每年冬天,河面整个儿冻结,上游水库开闸放水,水量增大,冰块迅速积聚,冰体朝河的两岸不断延伸,相比于夏天,河体的面积会增长好几倍,像一条白色绸带,飘洒在山谷间。

我们顺着小河的上游一路溜冰上去,滑冰之余,顺道欣赏沿途的风光。

一路上,时而遇上冰坡,哥哥便拉着我,晃晃悠悠爬到坡顶,随后顺坡滑下,溜滑梯一般来回溜一会儿,等热情过了,就继续前行,寻找下一个目标。哥哥第一次滑冰,脸上布满了抑制不住的新奇感。

和我在一起时，哥哥总有些严肃，这种严肃是指导者的严肃，不像姐姐那般居高临下。哥哥参与我的游戏，从我的立场和视角出发，自然更能赢得我的欢心。哥哥刚满十八岁，身上还残留着些许青春期稚嫩的模样，甚至还有些孩子的影子，却收敛得很好，他在认真扮演着自己的角色。

哥哥小的时候比我和姐姐孤单。

我和姐姐有妈妈陪在身边，哥哥小时候只有奶奶陪在身边。那时候爸爸还未结束第一段婚姻，母亲忙于工作，没时间照顾哥哥，哥哥便从小和奶奶生活。不幸的是，哥哥读初中时，奶奶突然离世，哥哥只好搬回家住。到了初中三年级，母亲终于做通了哥哥的思想工作，哥哥跟着母亲去外地生活了，可也就是两个月的时间。两个月后的一天夜里，哥哥突然一个人回来了，回来后不久便执意搬出去住了。

奶奶去世后，爸爸和哥哥的亲生母亲争起了哥哥的抚养权，最后闹上了法庭。案件进展得很不顺利，哥哥夹在中间备受煎熬。法庭宣判前，法官询问哥哥的意向，哥哥没回答，一副漠然的态度。官司持续了两年，哥哥像皮球一样被争抢了两年。从外地回来后，哥哥似乎铁了心不再和大人们一起生活了。

从决定搬出去住的那一刻开始，哥哥便准备好要接手自己的生活了。初三读完后，哥哥离开家庭，接手自己的生活。现在哥哥十八岁，马上高中毕业，他已足够独立，这个家没人能管得住他。这次哥哥主动搬回家，不是简单的回归家庭，不是浪子回头，同样是接手自己的生活。

我和哥哥走了很久，终于撞上了一个期待已久的挑战，一个巨型冰谷。

我们围着冰谷打圈子，寻找攀登冰谷的最佳路线。冰谷靠山的一面背阴，日照不足，覆盖着一脚深的积雪，踩上去"咯吱咯吱"响。我和哥哥决定顺着这一侧上到谷顶。

　　我晃晃悠悠地朝冰坡走上去，费了好一会儿工夫才爬到坡顶。

　　站在冰谷顶，便不觉得冰坡那么陡，顺着河流的方向朝坡下看去，足足三十米长，阳光铺洒在冰面上，白得刺眼。看着长长的坡道，我按捺不住心里的兴奋劲儿，龇牙咧嘴地笑了笑，蹲下，把双手放在两侧，调整好姿势，打算冲下坡。准备动作刚完毕，哥哥一把拉住我。哥哥担心冰坡太长，还有强光碍着视线，安全起见，决定自己先滑，探探路。

　　我把位置腾给哥哥，哥哥双手撑在两侧，稍一用力就滑了出去，霎时间消失在一片白光里。

　　下到坡底，哥哥身体重，一脚踩进了冰里，冰面现出一个冰窟窿。哥哥敲碎冰缘，把脚拽出来。他意识到冰面薄，有危险，慌忙起身。

　　"等等！"哥哥喊了一句，可惜为时已晚，我已经大吼着冲下冰坡。

　　哥哥跑过来，想半路截住我。可速度太快，没等哥哥靠近，我一溜烟窜到了坡底，只听"咔嚓、咔嚓"一片响声，冰面瞬间碎裂，我扑通一声掉进水里。

　　冰面瞬间恢复了平静。

　　哥哥朝我飞奔过来。

四

沉在水里的时候，我的触觉似乎麻木了，没有一丝冰冷的感觉，我使劲睁开眼睛，几条铅笔粗细的褐色小鱼从面前游过。我的头发像海草一样漂浮在水里。我想这河要是没底的话，我就可以一直这样沉下去。

突然，一双大手伸进来，拦腰抱住我，一把拽了出去。

我全身都湿透了，嘴里含着一条褐色的小鲶鱼。哥哥揪住鱼尾巴，轻轻一扯，随手扔在冰面上。

躺在河岸边枯黄的草丛里，我突然感到冷起来，浑身发抖。哥哥在我的腮帮子上拍了几下，使劲拧我的衣服。

谁能想到姐姐会突然出现在河对岸。

看到姐姐跑过来，我心想，这下完了，又没干活，又偷偷跑去滑冰，指定被骂死。

姐姐没骂我，站在一旁看了看，转身跑进树林。看我睁开了眼睛，哥哥没那么紧张了。哥哥脱掉我身上的衣服，我哆嗦得更厉害了，身体在一点点变僵硬。哥哥把羽绒服脱下来裹在我身上，然后扶我起来。

我穿好羽绒服，在哥哥的催促下，沿着河畔往回跑。

姐姐捡来一堆柴火，生起火，这一系列动作她做起来驾轻就熟。

滑冰，生火，烘烤衣服，这几乎成了在外婆家过年的固定程式。

我和哥哥围着火堆坐下。

哥哥的羽绒服宽大厚实，我把头缩进领口，捏住袖口，把自己密封起来。火堆的热气扑面而来。姐姐在一旁忙活着，搭起树杈，把我的衣服拧干，摊开，使劲甩一甩，挂在树枝上，时不时翻翻衣服，防止被烤出褶皱……

黄昏将尽，天空被染成深蓝色，我们仨静静地坐着。

姐姐握着一根树枝在地上划来划去，哥哥一动不动盯着火堆看，我坐在中间，缩在羽绒服里，歪着头，有点犯困。

"我知道你是怎么想的。"哥哥注视着火堆说。

姐姐转过头看着哥哥。

"我也不想让妈妈把弟弟带走。"哥哥说，"我会帮你的。"

"你为什么要这么做？"姐姐问。

"这不也是你希望的吗？"哥哥说。

姐姐没回答。

"我只知道，如果妈妈带着弟弟去找爸爸，我们以后也不会有多少见面的机会了，"哥哥说，"这个家也就不存在了。"

"我以为你不在乎这些。"姐姐用略带埋怨的语气说。

"我不在乎。"哥哥说，"当我是一颗棋子，任人摆布的时候，我不在乎。我也不想待在那里，那不属于我。"

"那你干吗要回来？"姐姐问。

"现在不一样了，我们都不是小孩子了。"哥哥说，"爸妈再也不能按照他们的方式随意支配我们了。"

"你的意思是，妈妈带弟弟去找爸爸是错误的？"姐姐问。

"我没这么想。"哥哥说。

"妈妈也有获得幸福的权利啊！"姐姐说。

"当然有！妈妈应该去找爸爸。"哥哥说。"可不一定非要把弟弟带走。就算要把弟弟带走，也要征求我们的意见。我们都不是小孩子了。"

姐姐低下头。

"我不想看着我们一家人分开。我想把这个家维持下去，按照你、我和弟弟想要的方式维持下去。"哥哥看了看姐姐，说，"但我一个人做不到，我需要你的帮助。"

姐姐沉默了。

"这不也是你想要的吗？"哥哥又问了一遍，眼里闪着焰火。

姐姐心里说不出的惊讶。哥哥的想法竟和自己如此一致，难道这就是她冥冥之中去找哥哥的原因吗？她预先便知道哥哥会帮她？现在这样的状况，是她真正想要的吗？

想到这里，姐姐倒是有点疑惑了。

姐姐想留住我，想在家里的事情上获得话语权，可妈妈总是一副回避的态度，好像这一切都和姐姐无关。两人平时吵来吵去，学习上的事、家务活的事、我和姐姐闹不愉快的事……那么多鸡毛蒜皮的小事都会吵个没完，唯独在这件事情上躲躲闪闪。或许在妈妈看来，涉及我的事，就是父母之间的事，大人之间的事，姐姐就应该像我一样，安静地待在角落里，听候发落。

姐姐的不满只能独自吞咽。

现在来了一个帮手，姐姐反而不知所措。

哥哥打算怎么办？姐姐不想多问。过多的揣测，让姐姐萌生了一种共犯的感觉，姐姐并不好受。此刻，姐姐明白了，哥哥早就有了一揽子的计划。哥哥是下定决心了，事情不会轻易收场。

我坐在中间，一会儿看看哥哥，一会儿看看姐姐。

我们一直坐到夜幕降临，才动身回家。

换上烘干的衣服，新鲜浓烈的柴火味扑面而来，我贪恋地吸了几口。

等我们回到外婆家，已经入夜了。和往常一样，妈妈一眼就看到我裤子上留下的泥巴点，我和姐姐都以为又要挨骂了，妈妈竟没发一点脾气。或许是因为有哥哥在，妈妈不便发火，只是随口问了几句。

外婆拿出热在锅里的三鲜汤和烙饼，让我们快点吃。

那天晚上，得知我掉进冰窟窿里，妈妈不放心，担心我染上风寒，便让我和她一起睡。

我睡在妈妈和姐姐中间，外婆睡另一侧。四个人一起，炕一下子被占得满满当当的。没有多余的空间，不能翻跟斗、打滚了，我只能乖乖躺着。

忙活了一天太疲惫，半夜，姐姐打起了呼噜，我却被吵醒了。之前和姐姐一起睡，我也被这样的呼噜声吵醒过。我使劲捏了捏姐姐的鼻子，但姐姐的呼噜声更大了，我只好把头缩进被子里。

睡在烧了一整天的热火炕上，我蒙着头睡一会儿，就如处在加盖的蒸炉里一般，满身是汗。我钻出被子，想透透气，隐约听到外婆和妈妈说话的声音。

"时间定了吗?"外婆问。

"等年后吧，年后入学的时候再过去。"妈妈说。

"小梅怎么办?"外婆问。

"我想安排她和姑姑住。如果她不想去,去住校也可以。"妈妈说,"她马上上高中了,这样我也能放心些。"

"你和小梅说过了吗?"外婆问。

"还没正式聊过。小梅的性格我了解,肯定会不适应。"妈妈说,"真对不起这孩子。"

"你别想太多了,这未必是坏事。"外婆问,"你打算什么时候告诉她?"

"年后吧,我不想太早和她谈这事儿。"妈妈说。

"那个小孩为什么突然回来了?"外婆问,外婆指的是哥哥。

"不知道,他想回来就回来吧,这儿也是他的家。"妈妈说,"我们现在相处得挺好,他是个好孩子。"

"他回来多久了?"外婆问。

"快一个月了。"妈妈说。

外婆问得这么细致,妈妈觉得古怪。

"怎么了?"妈妈问。

"这事挺奇怪。"外婆说。

"哪里奇怪?"妈妈又问。

"如果他一直住下去的话,那他也是家里的一分子。"外婆说。

"是啊,我也没把他当外人。"妈妈说。

"我知道。"外婆解释说,"我的意思是,如果他一直住在家里,你是不是也要和他谈谈这件事?"

"我出面谈不合适,他爸会和他谈。"妈妈想了想,说,"一直以来,他的事情都是他们父子自己沟通的,我从来不干涉。"

"那是之前，他现在和你生活在一起，你就是当妈的。"外婆说。

"什么意思？"妈妈问。

"你仔细想想，他现在待在家里，就是接受了你们的关系。他爸和他说，是一码事，当妈的和孩子沟通，是另一码事。他现在承认了你们的关系，你就得多一份责任。你走的时候，怎么可能不给他一个说法。"外婆说，"这事挺复杂，我不想你有太大压力。"

"妈，你放心吧。"妈妈用安抚的语气说，"我会处理好的。"

说完，妈妈陷入了沉思。

外婆的话已经说到窗户纸边了，背后的意思，妈妈不会不懂。

之前，妈妈要带我走，只要做好姐姐的思想工作就够了，不必给哥哥解释。现在哥哥回家了，重新拾起了家庭成员的身份。尽管有爸爸出面做哥哥的思想工作，但出于尊重哥哥的考虑，出于家庭成员的责任，妈妈也应找机会和哥哥谈谈此事。

诚然，哥哥对此事没有决定权，可哥哥在家里生活得越久，妈妈就越不能说走就走。现在哥哥成了妈妈的心结，两人走得越近，越亲密，这个结就愈紧。想到去找爸爸的计划，想到和哥哥谈这件事，想到两人这些天好不容易处好的关系，妈妈更睡不着了。

这次哥哥突然回来，事有蹊跷，妈妈也有预感。

妈妈不知道哥哥回来有何目的。

妈妈更不会想到，哥哥已经开始拉拢姐姐了。

听着妈妈和外婆的对话，我突然很想把哥哥姐姐在河岸边的对话告诉妈妈，就像当初把爸爸妈妈的计划偷偷告诉姐姐那样。可我怕姐姐知道了会揍我，哥哥要是知道了，更不会带我一起玩了，想到这些，我便打了退堂鼓。看着妈妈一个人苦恼，什么忙也帮不上，我觉得自己好自私。

细想，我似乎更愿意和哥哥姐姐在一起。

爸爸妈妈总是在工作、工作、工作，永远有做不完的工作。要是去爸爸工作的地方上学，以后就见不到哥哥姐姐了，再也没人陪我玩了。我害怕孤单，想大家都陪着我，不离开我。

哥哥和姐姐好可怜，他们小的时候都是一个人玩，比我还要孤单。假如哥哥和姐姐结成同盟，与爸爸妈妈分裂成敌对的两派，非要我在他们中间做个选择的话，我想我或许会选择哥哥姐姐，可我又舍不得离开妈妈。

我的心情和妈妈一样复杂了。

想到最后终归要和哥哥摊牌，妈妈就不得不考虑如何做好铺垫。无论如何掩藏，这种微妙的心思总会以某种方式浮出水面。

上次和外婆谈话后，妈妈对哥哥的态度变得谨慎起来。

终于要过年了。

除夕这天的年夜饭吃得闷声不响。

看着这惨淡的跨年气氛，我实在受不了，寻思着给大家讲个笑话，却死活编不出来，又想，要不给大家唱个歌吧，便咿咿呀呀地哼起来，结果全不在调上……

气氛瞬间凝固……

外婆站出来为我救场……

外婆讲起了妈妈小时候的故事，大家一下提起了兴致。讲到妈妈小时候的糗事，大家听了都笑了，妈妈也忍不住笑了。讲到好多细节处，妈妈都惊讶，像是第一次听到，脸唰地红了，不好意思地低下头。讲到那些艰苦的年代，妈妈刚生下来，因为早产，特别瘦弱，差点夭折，后来又奇迹般活下来。讲述这件事的时候，外婆的语气显得很惊讶，像是在讲述刚发生过的事，讲述一个不可思议的奇迹。还讲到妈妈小时候除了白天拼命干农活外，还要照顾年幼的妹妹，半夜醒来哄妹妹睡觉……

我们听了很受触动。我心想，妈妈真的太不容易了，想着想着就哇的一声大哭起来。

全家人都吓了一跳，转过头看我，看了一会儿，便哄堂大笑起来。

过年的气氛一下子活了。

我绕过桌子，在每个人身边稍稍停留。外婆笑着亲了一下我的脸颊；妈妈摸了摸我的头；姐姐咬着牙，揪住我的耳朵；哥哥用手指弹了一下我的脑门……

饭后，大家把椅子搬到卧室的地板上，排成一排坐下来，等着看我的演出。

我把炕上的帘子拉开，这就算是舞台大幕了。回到舞台一侧，隐身在帘子后面，突然一个大空翻，跳到炕中间，为大家表演起了我最拿手的翻跟头绝技。大家一边乐，一边给我鼓掌。

有了我的卖力演出，这个除夕夜算是丰富多彩了。

当然，也不能忘了外婆讲故事的功劳。

外婆讲到妈妈的故事时，我看到姐姐偷偷抹眼泪。

我想，就算我们这个家并不完整，就算我们不久后就要各奔东西，此刻我们也算是幸福吧……

我不敢想下去，怕自己也会掉眼泪。

五

晚上，我和哥哥按照外婆家的习俗，点亮大红的灯笼，给院子里供奉的土神敬香、敬酒、放鞭炮……

正当我们忙活的时候，姐姐把哥哥叫到了院外。

二人走到大门外的灯笼旁，面对面，分站在灯影两侧。

我走到墙角，把鞭炮挂在墙上，拿出打火机，擦出火。见他们神神秘秘的样子，便灭掉手里的火，凑过去，仔细听着。

"你打算怎么做？"姐姐问。

"什么？"哥哥说。

"你不是说你要把这个家维持下去吗？"姐姐问，"你打算怎么做？"

哥哥脸上映着灯笼的红光。

"我想让弟弟搬去和我住，我有足够的钱，我妈给我的钱。"哥哥说，"如果你愿意的话，也可以搬来住，我们一起生活。"

"你觉得这样做对吗？"姐姐问。

"什么意思？"哥哥说。

"让弟弟和妈妈去吧。我可以让步，我不想争了。"姐姐哽咽地说着，眼里闪着泪花，"妈妈太不容易了。现在好不容易有个机会，可以和爸爸团聚。我可以一个人住，一个人生活。"

"你心软了?"哥哥说。

"到时候,爸爸和妈妈会照顾弟弟,他们也算是一家团聚了。"姐姐说,"这不也挺好的吗?"

"一家人?难道我们不是一家人吗?我们就应该因为他们的决定而分开吗?凭什么!"哥哥用斩钉截铁地口气说,"你、我,还有弟弟,我们也是一家人。"

"可是……"姐姐说。

"如果弟弟和妈妈走了,你以后能有多少机会见到弟弟?你们还能拥有现在这样的感情吗?"哥哥说,"你难道要白白放弃这一切?"

"弟弟更需要妈妈。"姐姐说,"只要弟弟能幸福……"

还没等姐姐说完,哥哥冷笑了一声。

"你怎么知道?你怎么知道弟弟更需要爸爸和妈妈,而不是我们?幸福?幸福只是虚无缥缈的东西,我不相信这些!"哥哥说,"我只知道弟弟和我们在一起很快乐。我每天和弟弟在一起,我确信这点。"

"那该怎么办?……"姐姐边说,边擦掉眼角的泪珠。

"你要帮我。没有你,我一个人做不成。"哥哥说完,从兜里拿出纸巾递给姐姐。

哥哥走进院子,见我一动不动立在墙角,又看了看墙头上挂着的那串鞭炮。

"连个鞭炮都不敢点?"哥哥说,"把火给我!"

我把打火机递给哥哥。

哥哥很随意地伸手一点,火苗嗖嗖地蹿到墙头,鞭炮噼里啪啦地响起来,哥哥赶紧跑开。

我愣在原地，像是没听见炮声。

我不知道哥哥已经规划得这么详细了。

看来哥哥真的下定决心了。

从回家那天起，哥哥就有这样的打算了吗？如果当初姐姐没带我去找哥哥，哥哥是不是就不会有这样的想法？

哥哥的态度如此决然，到底为了什么？为了报复爸爸妈妈吗？可妈妈对他一直都是很尊重、很包容的啊！是为了报复爸爸吗？爸爸伤害过哥哥吗？除了没在哥哥的成长过程中尽到责任，爸爸和哥哥还有其他纠葛吗？他们之间到底是怎样的关系？……这些，我全然不知。

哥哥会怎么行动？

此刻的我，像是被绳子捆住了手脚，由四匹马从四个方向拼命拽着跑。

我现在有点害怕哥哥了。

姐姐和哥哥谈完话，便默默回了屋里。我跟在后面，想和她说说话，可她全不理会。姐姐情绪不好，我也不便再惹她厌烦。

我决定去找妈妈。

妈妈除夕夜还在忙活，用针线给换洗好的被套封口，有半句没半句地搭着话，拼命跑题，压根没认真听我说。

实在无聊！

我独自溜达到外屋，坐在角落里的小凳上发呆。一只黑白相间的小猫跑过来，躺在我脚下，我轻轻摸着小猫咪柔亮的毛发和暖宝宝般的肚腹，小猫咪发出"呼噜、呼噜"的声响。此刻，我觉得自己就像这只小猫咪一样，没人理会，也没人理解……

见我独自发呆，外婆走过来，坐在身旁，摸着我的头。

"谁惹你生气了?"外婆温柔地问。

"没有。"我说,说完擦了一下鼻涕。

外婆笑起来,搂住我。

"开心点!外婆的'老命儿',外婆最爱你了。"

外婆这么一说,我更委屈了,把头埋在外婆怀里,没一会儿,我便睡着了。

我听到外婆说了最后一句话。

"不管外面的世界变成什么样子,都要做最开心的宝贝。"

我睡了过去,很沉,像是很久没休息一样。

除夕夜就这样落下帷幕,晃晃悠悠又一个年头过去了,遗憾好多,收获太少。也许仅有的收获就是又长了一岁,又长高了点。

大年初三,妈妈接到了爸爸打来的电话。

妈妈告诉我们,爸爸后天到外婆家找我们,随后和我们一起回城。

在外婆家过春节的计划,要提前结束了。

我们都劝外婆和我们一起返城。外婆想了想,便笑着拒绝了。外婆住不惯城里,说什么也不肯去。

我们一心期待着爸爸到外婆家来。可想到和爸爸见面,心里又有些忐忑。我从哥哥的脸上看得出,哥哥也有同感。

爸爸在我的生活里,是一个概念化的存在。一个瘦瘦高高的人,一个不善言辞、不爱笑的人,一个总穿着牛仔裤搭配衬衫的人,一个供给我们生活的人,一个技术精湛、快要评上高级工程师的人,一个总在忙碌却难得抱怨的人……爸爸就活在这些概念里。

爸爸这次回来，不同以往，大家都能感受到。假期结束后，我和妈妈就要离开，和爸爸一起生活，哥哥和姐姐也会开启新的生活。这将是我们全家过去几年来少有的团聚时刻，也是我们全家未来几年内少有的团聚时刻。

　　每个人都在忐忑中期待着。

　　当爸爸一只脚打着石膏，拄着拐杖，从同事的汽车上下来的时候，谁都没想到，爸爸会以这样的方式出现。

　　一直以来，在大家的印象里，爸爸是钢铁般的男人，从不休息，也几乎不生病。这样的场面反差太大。

　　爸爸下了车，婉拒了同事的搀扶，拄着拐杖慢慢走来。到了大门口，我们才看清楚。爸爸脸色泛黄，头发又长又乱，整个人憔悴不堪。

　　爸爸在医院躺了整整一星期，加之营养不足，爸爸的身体很虚弱，可爸爸的样子并不消沉，只是一下子不能适应拄着拐杖的状态。

　　同事把爸爸的行李箱搬进外婆家，和妈妈到卧室说了会儿话，出来后和爸爸告了别，便匆匆离开了。

　　原来，爸爸负责的项目从腊月二十八开始排班，而除夕和春节是阖家团圆的日子，同事们都着急在这几天回家，爸爸是项目部主任，便主动把自己的值班时间提到前面。爸爸原本打算正月初六回家，谁成想，值班的第一天，在检查施工现场时，一根粗重的钢管从斜坡滑下来，撞到了爸爸的小腿和脚踝，爸爸当场倒地，其他值班的人把爸爸抬出了施工现场，送进了附近镇子上的医院里。爸爸小腿骨折，脚踝也受了伤，怕妈妈知道后担心，便没告诉妈妈。直到正月初三，爸爸能扶着拐杖站起来了，就立即办理了出院手续，这才给妈妈打了电话。

爸爸独自一人坐在沙发上，我和哥哥姐姐站在院子外面，隔窗看着。

哥哥和姐姐面面相觑，我不知道他们此刻在想些什么。

气氛变得很微妙……

爸爸突然以这样的方式出现，反而消除了我心里忐忐忑忑、反反复复担心的那种尴尬气氛。

晚上，妈妈给我们讲述了当时的事故和爸爸的伤势，我们都当作是自然而然的事，一下子就接受了，就好像是注定要发生的事一样。事已至此，再多的考虑又有什么意义呢？

我意识到，爸爸的计划、妈妈的计划、哥哥和姐姐的计划，一切计划都将被打乱。事情会如何发展，所有人都是一头雾水。

想到妈妈的经历，从外婆讲述的妈妈的出生、成长，到后来的婚姻破裂，再到爸爸意外受伤。妈妈的烦心事只增不减，妈妈该如何面对这数不尽的烦恼呢？

哥哥如何看待受伤后的爸爸？爸爸的伤会影响他的计划和行动吗？姐姐呢？她会作何选择？……

这些都变成了我的新困惑。

为了让爸爸充分休养，我们在外婆家多待了两天。

两天后，我们依依不舍地和外婆告别。

上车前，外婆亲了亲我的脸颊，凑近我的耳边说："宝贝，不要忘了外婆上次说过的话，听到了吗？"

"什么？"我完全记不清了，疑惑地问外婆。

外婆没说话，笑着和我们挥手告别。

我把头伸出车窗，看着外婆孤单伫立的身影。

车子越开越远，渐渐消失在路的尽头……

我真的好舍不得外婆。

我心里默默计划着，今年暑假一定要到外婆家好好陪伴外婆。

六

出发的时候，妈妈让哥哥开车，哥哥拒绝了。或许是因为爸爸坐到副驾驶座上，哥哥觉得别扭。

爸爸腿上有伤，坐副驾最合适。我、哥哥和姐姐，坐在后座。

回家的路上，城区笼罩在一大片细密阴沉的乌云下，格外压抑，时而一阵风疾驰而过，像是在积聚雨水，却始终没看到雨点落下。

车里的气氛和车外一样沉郁。

妈妈眼圈深陷，时而疲倦地眨眨眼睛。

妈妈原本回外婆家是想休息几天，可从回去到现在，没有一天消停日子，劳累了这么多天，有些体力不支。哥哥和姐姐把头靠在两侧的窗玻璃上，我一个人坐在后座中间，都能躺下摆出个"大"字了。

"事故要怎么处理？"哥哥突然抛出一句。

爸爸原本在想着什么，转过头看了看哥哥。

"什么？"爸爸问。

"后续要怎么处理？"哥哥问。

"按规定来就好了，公司有公司的规定。"爸爸说。

哥哥不问了。

这是爸爸回来后，两人第一次对话。哥哥的问题直截了当，爸爸的回答也是荷枪实弹。

一旁开车的妈妈，原本疲乏的眼睛突然变亮了，有些担心地看了看爸爸和哥哥。

我不知道爸爸有没有仔细考虑过，这次受伤带来的后续效应。爸爸把这件事当成了自然而然的事，并没有因此埋怨公司。外婆说得对，人在江湖走，谁还能不受点伤呢？难免的。可是，考虑到爸爸至少也得小一年时间才能摆脱拐杖，我们都很担心。

爸爸会以怎样的心态面对这个伤病呢？一年的时间很漫长，牵一发而动全身，现在爸爸需要人照顾，妈妈的工作也要停下来了。

爸爸妈妈带我离开的计划要泡汤了，妈妈也不能开店了。我们全家整个儿的生活节奏都被打乱了。

情况没朝着预定的方向发展，哥哥会不会就此心软？毕竟爸爸现在的样子，让人既难过，又心疼。

我瞅了一眼哥哥的表情，好严肃，甚至有点吓人。我想，哥哥不是那么容易心软的人。

不知道哥哥内心有没有困惑与纠结，但姐姐心里的大石头总该落下来了吧。

我和妈妈离开的计划要延期了，至少一年。姐姐不用独自生活了，也不用再考虑是否与哥哥联手，我也不会失去姐姐了。想到这儿，真是说不出的开心。

哥哥的计划会怎么实施？我百思不得其解，我想哥哥自有打算。我只是害怕哥哥改变计划，不再陪我玩了。我多希望我们一家人能像现在这样在一起，哪怕爸爸受了伤。我可以照顾爸爸，只要我们能时常像现在这样，一股脑塞进妈妈的车里，全家人一起行动，那该多好！可现实的发展总不能尽人意。

回到家后，爸爸表现得很拘谨，坐立不安的样子，像个客人。之前每次回来都是计划内的事，这次回家，没有了期限，没有了计划，爸爸要如何度过这漫长的时光？

我以为爸爸回来后，哥哥会搬回自己的住处，可哥哥还是待在家里，我想哥哥是不达目的誓不罢休。

我和姐姐都清楚哥哥的计划，当初也是姐姐带着我去找哥哥的，姐姐的行为似乎是这一系列事件的导火索，可事情的发展已不由姐姐掌控了。

从外婆家返城后，又过了一星期，哥哥和妈妈带着爸爸去复查了腿伤。

爸爸说，他刚检查过，再加上行动不便，不愿去。可经不住妈妈一再坚持，爸爸也不好推辞，只能跟着去了。

妈妈开车，哥哥坐副驾，爸爸一个人坐在后座上。一路上哥哥的注意力都放在了妈妈开车的动作上，爸爸看着窗外，一副百无聊赖的样子。

到了医院，爸爸进了 CT 室，哥哥和妈妈并排站在窗前。

"最近真是太辛苦你了。"妈妈突然说。

"我没事。"哥哥说。

"爸爸变成这样，家里还有那么多的事情，你也要多注意身体。"哥哥又说。

"我会的。"妈妈说。

"不要太难为自己。"哥哥说，"要是家里忙不过来的话，理发店可以迟些再开。"

"我会考虑的。"妈妈说。

"有什么需要帮忙，就告诉我一声。"哥哥微笑着说。

妈妈有些感动，好像家里的一根支柱倒下去，又一根新的支柱立了起来。

"这段时间多亏你照顾弟弟妹妹。你真的长大了，也成熟了。"妈妈有些动情地说，"你妈妈要是看到了，一定会为你高兴的。"

妈妈说的都是事实，尤其是照顾我，哥哥真是不遗余力。不管出于什么目的，哥哥总是爱我的，哥哥陪我玩、陪我闹，还教会了我许多东西。我开始依赖哥哥了，就像依赖姐姐和妈妈那样。

坏事一桩连着一桩，妈妈心里却宽松了许多。

爸爸的计划搁浅了，妈妈终于能喘一口气，不用再纠结怎么和哥哥谈这个计划，也不用抛下姐姐不管了。爸爸突然受伤，我们一家人暂时不用分开了，全家团聚的愿望竟这么出人意料地实现了，尽管是以这样"揪心"的方式。更重要的变化是，妈妈终于有了一个支撑，不用凡事都自己扛了。这个支撑就是哥哥。过去这段日子里与哥哥朝夕相处，尤其是哥哥在外婆家的表现，让妈妈对哥哥有了彻底不同以往的认识。

在外婆家，哥哥每天忙前忙后，打扫院子、换灯泡、修电路、接网线、包饺子、做炸丸子……按照外婆家过年的习俗，把各种烦琐的事务处理得有条不紊，这些妈妈都看在眼里。

虽然哥哥回家给妈妈带来很大压力，妈妈因此变得谨慎，可这种谨慎很大程度上是对自己的谨慎。妈妈一点也没有讨厌哥哥，反而更在意哥哥了。哥哥身上有一种强硬的特质，这种特质不断向外辐射，我们每个人都受到影响。哥哥的出现，把所有人都搅动起来，我们的生活不再是一潭死水。

复查的结果和初次诊断一致，伤势没有恶化的迹象。如果恢复得好，爸爸可能一年后就不用拄拐了。

回家这几天，爸爸总是翻来覆去睡不着，妈妈本来还担心爸爸的脚伤是不是恶化了，现在终于能松一口气了。

经历了这段时间的折腾，妈妈犹如惊弓之鸟。现在，对妈妈来说，真可谓没有坏消息就是最好的消息。

看了复查结果，爸爸没啥反应，一副事不关己的模样。

刚到家的那段日子，爸爸每天都想出门走走，考虑到才受伤没几天，脚上还裹着厚重的石膏，妈妈不同意。爸爸就只能待在客厅里，一坐便是一整天。

从医院回来后，爸爸不要求出门了，把自己关在卧室，吃饭的时候也不出来。

爸爸的心态明显变了，情绪起伏不定，家里的气氛也异常敏感了。我们回家后，都不自觉小心起来。爸爸虽然不发脾气，可那种情绪场，我们都能嗅到。

一天下午，妈妈告诉我要开饭了，让我去叫醒爸爸。

我走进卧室，看到爸爸眯着眼睛，斜躺在床上。

"爸爸，饭好了。"我靠着卧室门上说。

爸爸看了看我，没说话。

"起来吃饭吧。"妈妈围着围裙走进来，手里端着一个托盘，里面放着两个菜，一份炒肉丝，一份柿子（西红柿）炒豆腐，一碗米饭和一双筷子。

"不想吃。"爸爸轻描淡写地说。

妈妈端着盘子出去了。

看到妈妈出去，我也跟出去。

"等等。"我刚转身，爸爸突然喊道。

"你过来。"爸爸说。

我慢慢挪到爸爸床前。

爸爸看着我，伸手捏住我的脸。

"长高了，也结实了。"爸爸打量着我说，"就是晒得黑了点。"

我龇着牙，眼睛挤成眯缝状，任由爸爸捏着我的包子脸。

"怎么晒这么黑？"爸爸故作严肃地问。

我被捏住脸，说不出话。

"每天和谁一起玩？"爸爸放开手，问。

我的肉包子脸突然松懈下来，有点发麻。

我没说话。

"你不想和爸爸说？"爸爸问我，脸色从严肃变成了苦笑。

"和哥哥姐姐玩。"我说，样子像是正在被老师训话的学生。

"你喜欢和哥哥姐姐玩吗？"爸爸问。

"喜欢。"我说。

爸爸释放了我。

"出去吧。"爸爸说。说完，转过头忧郁地看着窗外。

我一溜烟消失了。

爸爸回家养伤的日子里，妈妈忙里忙外，没空搭理我和姐姐。

哥哥成了我和姐姐的代管人。

哥哥带着我们看电影、逛古街、爬城墙、去游乐场、逛图书馆、逛博物馆、去广场喂鸽子……哥哥的驾驶技术越来越娴熟，这次索性载着我们到稍远处的旅游景点去玩。

出门后，远离了家里阴沉沉的氛围，我们仨一下子恢复了在外婆家爬坡上山时的那股子野性。路上，我把头伸出天窗，兴奋地大吼大叫，窗外冬末残留的冷风嗖嗖地钻进来，车内温度骤降，让人不由得直打哆嗦，姐姐揪住我的衣服，一把将我拽回来，随手关上了天窗。情绪来的时候，我真的控制不住自己。我想我上辈子铁定是个野人，光着屁股，只裹几片树叶，带着动物羽毛做的头饰，手拿长矛，在南美洲的密林深处狂奔……

又是一段难得的快乐时光！

我未曾想过，从外婆家回来后，还能有这样一段自由疯癫的时光。我就是这么一路疯玩疯闹才晒黑的。

哥哥不再提和姐姐联手的事，两人都当作没事发生一样。姐姐还像从前那样，不怎么说话，哥哥也不再招惹姐姐了，不再故意找姐姐斗嘴、吵闹，一切重归平静。时光仿佛倒流回了几年前，两人之间的关系又变得和和睦睦了。家里一下子少了好多争吵和喧闹，我坐在沙发中间，左看看，右看看，却没戏可看了，心里空落落的，总觉得缺了点啥。

这明显是哥哥有意为之。

形势已然改变，姐姐的危机感暂时解除了。当拉拢姐姐变成了无用功，继续像之前那样惹姐姐厌烦，让她心存戒备，就得不偿失了。

每年的正月二十三，骆城香火最旺盛、最热闹的庙会要举行隆重的焰火晚会。这天晚上，哥哥决定带着我和姐姐去庙会看烟花秀。

没等哥哥说完，我匆匆忙忙跑进卧室，抱出一整箱烟花。

"是去看烟花，不是放烟花！"姐姐喊了一句，"你个傻子！"

我转了转黑黝黝的眼珠子，挠了挠头发，喊了一声："对哦！"随后不好意思地龇起我的小白牙，嘿嘿一笑。

那天晚上，我们开车一路上山，来到位于老城山顶的庙会，这里也是古城墙遗址所在地，充满了历史凿斧过的痕迹。我们仨沿着幽暗僻静的小道，爬上老旧的城墙。放眼望去，老城的全貌就伏在我们脚下。

正月还没过去，年味尚存，整个城墙都安了彩灯，墙脚下是一排排各色灯饰编织的光树，古城化作一只裹上华服的异兽，恢宏的城墙与现代质地的色彩汇聚如流，驳杂而有序，细数着小城的兴衰变迁，我想我家的故事也只能算作小城历史长河中的一段小插曲吧，或许是最默默无闻的插曲，但这不会阻止我继续讲述它。

哥哥姐姐坐在墙头上，低着头，屏气凝视着，深怕扰动了这绝美的气氛。

为了坐得和哥哥一样高，我爬下城墙，从墙根底搬了几块砖，想给自己摆个小凳子。正当我忙活的时候，突然听到姐姐的声音。

"你还想让弟弟和你一起去生活吗？"姐姐注视着哥哥，轻声说。

昏黄的灯光打在姐姐脸上，一股朦胧的气氛不断往上升，姐姐美得有些忧郁。

哥哥没回应，俯瞰着脚下的古城。

"现在爸爸回来了，妈妈和弟弟也不会走了，没什么好争的了。"姐姐说。

"我知道你会这么说。"哥哥不动声色地说。

姐姐看着哥哥。

"我知道你改变想法了。"哥哥说,"这件事和你没关系了,以后不需要你帮忙了,我自己做决定。"

"你不用想太多。"哥哥继续说着,眼里闪着光,"我们现在不是盟友了,我对你没有别的要求。"

"我知道了,哥!"姐姐低声说。

这是姐姐第一次以"哥"这个称呼叫哥哥。

哥哥却毫无反应。

二人的对话里,哥哥并未透露自己的想法和下一步的打算。不过,这的确已不关姐姐的事了。

哥哥刚说完,一支烟花窜入夜空,随即悄无声息地滑落。庙会的烟花秀正式拉开了大幕,夜空骚动起来。

跟随着古城楼上的钟声与节拍,激光、投影、烟花、音乐,一瞬间爆出来。烟火、古城、天空,连成一体,幻化成花火的城堡森林。连响带升高的"三级浪",直射夜空的"流星",就地打转儿的"地老鼠",星火并溅的"花筒",光电如球的"三花弹"……满天的繁星都化作流星,这场景只有童话世界里才会出现。

我扔掉了手里的砖块,不顾生疮的危险,一屁股坐在冰凉的城墙上,目瞪口呆地看着,瞳孔里都是翻飞的烟花星子。

哥哥姐姐和我一样,也看呆了。

我突然想到和哥哥在外婆家院子里放的那些鞭炮和烟花,和这里的烟花秀比起来,那简直太不值一提了。爸爸和妈妈从来没带我和姐姐看过烟花秀，要不是哥哥，我想我也没机会看到这么美的景致。

哥哥一定费了不少心思。

我想，不需要再说什么，哥哥和姐姐就能彼此理解。这梦一般的烟火，会消融全部的心事、全部的秘密、全部的话语，让两颗心，不！三颗心连在一起。

我刹那间明白了哥哥之前说的"我们仨也是一家人，我们仨也不该因为任何人分开……"的那些话。我终于懂得了哥哥，不由得朝着哥哥的立场倾斜了。

哥哥说得对！我们也是一家人，不该为了爸爸妈妈的想法就分开。就像爸爸和妈妈不能分开一样，我也不能和哥哥姐姐分开。

可是，我该怎么做呢？

此刻，我唯一的愿望就是，我们仨能一直这么静静地坐着，坐在这古老的城墙上，挣开时空束缚，停留在历史与现实的交界，欣赏这永不会消散的烟火。

一直在一起，永远在一起。

七

正月一不留神就要过去了，春节的气氛越来越淡。

我们仨马上要开学了。

最近爸爸活跃起来，身体逐渐恢复了力量，可以自己拄着拐杖下地走路了。每天早上起床后，爸爸一手扶着拐杖站着，一手刷牙、洗脸、梳头，起初还要妈妈搭把手，现在连最恼人的上厕所都可以自理了。爸爸撑着拐杖从马桶上起身，一手扶住墙壁，一手灵活地系好腰带，抬起手腕看看表，速度和正常人没差多少。生活自理后，爸爸的情绪也稳定多了，到了饭点，主动拄着拐杖到客厅里和大家一起吃饭。

妈妈的气色也好起来。妈妈身体本就很好，只要适当休息，精力迅速恢复到了年前的状态。家里的气氛不再是铁板一块，我们吃饭的时候，也能放开嘴说话了。

正当大家有一句没一句聊着的时候，妈妈突然说起了理发店重新开张的事，妈妈打算等我们仨开学后开张营业。说完计划后，妈妈环顾四周，捕捉着大家的反应。

爸爸低头吃饭，没发表任何意见。

妈妈用期待的眼神看了看哥哥，等着哥哥说些什么，哥哥不吭声。

"这么快？"姐姐有些惊讶地问，"家里的事忙得过来吗？"

"你爸身体好起来了，不用人照顾了。"妈妈说，"总不能全家人都不出去工作，都待在家里吧。"

"咱们家缺钱吗？"姐姐疑惑地问。

妈妈有点惊讶，转过头看了看爸爸。爸爸看了看姐姐，没说话，低下头继续吃饭。

"家里缺钱吗？"哥哥看了看妈妈，疑惑地重复了一遍姐姐的话。

"家里暂时还不缺钱。"妈妈认真地说，"可总不能一家人都在家待着吧。"

"那谁给我们做饭吃？"我抬起头看了看哥哥，有些担忧地问道。

"闭嘴！"姐姐吼了我一句。

我委屈地瞥了姐姐一眼。

之前妈妈开店的时候，没空给我们做晚饭。放学回家，我和姐姐只能吃外卖应付。春节这些天，我好不容易才吃到妈妈亲手做的可口饭菜。

"你们有什么意见都可以说出来，不用藏在心里。"妈妈说。

"我没意见。"哥哥说，语气很果断。

姐姐沉默应对，也算是没意见的姿态。

大家把目光聚焦到了爸爸身上。

爸爸放下手里的碗筷，想了想，说："你想做就做吧，家里的事有我呢。"

爸爸的话，像一颗定心丸，妈妈心里一下子有底了。

我仔细瞅了瞅爸爸的表情，有些异样。爸爸的反应像是刚刚知道这件事。显然，妈妈没和爸爸私下商量过。

仔细想想，妈妈这么做也在预料之中。妈妈是个闲不住的人。

最近爸爸不像之前那样依赖妈妈了，妈妈每天除了做饭、洗碗，偶尔给爸爸搭把手以外，没什么其他事可干。姐姐自己的事一直都是自己做，最近还包办了拖地、收拾屋子、给我和爸爸洗衣服的活儿，妈妈就更清闲了。

晚上，爸爸翻来覆去睡不着。妈妈不耐烦地挪动了一下身子。

"你也睡不着？"爸爸问。

"别动弹了，快睡吧。"妈妈抱怨道。

爸爸又翻了个身。

"你为什么不和我商量一下？"爸爸忍不住说。

"什么？"妈妈问。

"开店的事儿啊。"爸爸说。

"你不是同意了吗？"妈妈好奇地问。

"可你至少应该提前给我说一声啊。"爸爸不耐烦地说。

"那不是一样嘛！"妈妈理直气壮地问。

"怎么会一样呢？"爸爸反驳道。

"哪里不一样？"妈妈问。

"我现在身体这样了。你出去工作，孩子们怎么办？"爸爸担忧地说，"我连自己都照顾不了，我怎么照顾得了他们？"

"你这么多年没管没顾，孩子们不还是好好的？"妈妈用有些埋怨的口气说，"孩子们都很懂事，不用你照顾！"

"那现在怎么办？"爸爸问。

"你没回来之前，我不是照样开店做生意？"妈妈说，"现在也一样，你不在的时候怎么样，现在就怎么样！"

"那你当我是不存在的？"爸爸有点郁闷地说，"当我是空气?!"

妈妈没回答。

"我……"爸爸卡住了，一时半会儿说不出话来。

"你什么你？你这么个大活人，不就是多双筷子？"妈妈真的不耐烦了，又加了一句，"饿不死你的！"

爸爸不说话了，背过身躺着，生起了闷气。

两人背对背躺着，一夜无话。

一直以来，爸爸和妈妈保持着各自独立的个性和相处模式。我不清楚是长期分居让他们形成了这样的个性和相处模式，还是因为这样的个性和相处模式才让他们在长期分居中还能把婚姻维持下去。现在爸爸受了伤，他们重新生活在一起，情况全然不同了，这种相处模式还能继续吗？

妈妈做事不拖延，说干就干。

距离我们开学只剩三天，妈妈带领我们仨为理发店重新开业做最后的冲刺。

新年换新颜，首要的事情就是把理发店里里外外收拾一遍。我负责擦玻璃，为了把窗户擦干净，先水洗一遍，用抹布擦干，然后把热气哈到难缠的斑点上，用报纸反复擦拭，看着玻璃上的斑点一个个消失，清晰地映出我脸上的雀斑，我感到说不出的高兴。哥哥姐姐和我一样，心思全放在店里。妈妈更不用说，一会儿和哥哥开车去进货，购买各种洗发膏、护发素、活氧露，以及烫发用的药水、卷杠、锡纸……一会儿去税务局交税，去工商局办理过期的手续，联系广告公司，为理发店设计新招牌……

开业的前一天晚上，我们四个人并排站在店门前。几天来，我们没顾得上梳洗打扮，没顾得上换洗衣服，一个个疲惫不堪，满身是汗，样子邋里邋遢，像是四个辗转街头的流浪汉。看到理发店焕然一新的模样，我双手抱胸，满意地点了点头。大家都眼含笑意，像是看着自己的孩子。

开张本是件值得庆祝的事，大家却高兴不起来。我们仨心里清楚，开学后便没这么多时间在一起了，哪怕是一起忙活。

原来一起忙活也是这么快乐的事啊！

扫尾工作一直持续到晚上十点，我们一起手拉着手回了家。

那天晚上，我做了一个梦。

梦里，我们一家人变成了爱斯基摩人，整日穿着海象肠做的防水服，坐在狗拉雪橇上，在冰天雪地的北极圈四处凿冰、拿鱼叉叉鱼，到了晚上，用冰块盖好房子，钻进去，大家挤在一起睡……

全靠大家的辛勤付出，妈妈的理发店在开学的前一天顺利开业了。

这天，姐姐默默地为我去小学报到做好了准备。

开业了就不能随便关门，周末也得守着，这是生意的艰辛，这也意味着今后我们全家人不能一起吃午饭了。这顿午饭是我们这个假期的最后一顿午饭。

"我打算搬回家去住。"哥哥猛不丁地说。

我没想到哥哥会突然做出这样的决定。

哥哥说的家，指的是他自己租的那个房子。哥哥要是不提起自己的家，我几乎忘记了哥哥在外面还有一个住处。

"为什么要搬回去呢？"妈妈惊讶地问，"家里住着不舒服吗？"

"明天就开学了。"哥哥说，"住那边离学校近，方便些。"

姐姐似乎有不祥的预感，神情紧张起来。

"我想把弟弟带过去。"哥哥接着说。

爸爸抬起头。

姐姐意识到，该来的终归来了，默默低下头。

"弟弟上小学了，学习上要多上心点。"哥哥停顿了一下，继续说，"妈妈开店这么忙，我想把弟弟带过去，这样放学后，我还可以给弟弟辅导辅导作业。"

说完，哥哥瞟了姐姐一眼。

妈妈看着我，若有所思。

"大家有什么意见？"哥哥问，目光全场扫视了一遍。

"你住在家里也可以给弟弟辅导作业呀。"妈妈抬起头，用解释的口吻说，"家里住得下，大家在一起，也能互相有个照应。"

"大家住在一起是挺好。"哥哥解释说，"不过马上开学了，我想有个安静的环境。"

妈妈不知怎么说下去。

"我也想试试看，能不能凭自己的能力照顾好弟弟。"哥哥不动声色地说。

"你觉得我和你妈照顾不好你弟弟吗？"爸爸突然说。

全家人的目光一下子转移到了爸爸身上。

"我不是这个意思。"哥哥注视爸爸，强硬地说，"只是考虑到现在的情况，我觉得由我来照顾弟弟比较合适。"

"什么情况？我这样残废的情况吗？"爸爸问道，语气锋利起来。

"孩子说的不是这个意思。"妈妈帮哥哥解释道。

爸爸没理会。

"我没说这是最后决定，我想听听大家的意见。"哥哥平和地说，显然没受到爸爸影响。

"我的意见就是没得商量。你要搬出去住是你的事，反正我知道你迟早会搬出去。可要带你弟弟走，这不可能!"爸爸说，"你真想得出来!"

"我的意思是听听大家的意见。"哥哥说，"既然是一家人，那么每个人都有话语权。"

说完，哥哥看了看妈妈。

"什么话语权?! 你想都别想，这事没商量的余地!"爸爸急躁地说，有点来气了。

"家里不只有你一个人。"哥哥回应道，语气被爸爸激起来了。

"这还需要问吗?! 大家肯定也是这样的意见。"爸爸说，说完，看着妈妈。

妈妈低下头，沉默不语。

"你告诉他，让他打消这种念头!"爸爸看着妈妈说。

妈妈依旧沉默着。

"不只是妈妈。还有妹妹。"哥哥说，"或者，大家可以投票决定。"

"投票? 投什么票?"爸爸质问道。

"投票决定弟弟是否和我一起住。"哥哥说。

"荒谬!"爸爸使劲拍了一下桌子。

整个屋子沉默了，足足一分钟，连一根针掉在地上的声响都没有。

"你把我和你妈当成什么了！"爸爸说，"这个家还轮不到你来做决定！"

"不要再说了！"妈妈喊了一声。

爸爸转过头看着妈妈。

"投票决定吧。"妈妈低声说。

爸爸愣住了，姐姐也诧异地盯着妈妈。

哥哥的表情像是早有预料。

"你的意见呢？"哥哥问姐姐，姐姐突然缓过神来。

沉默了片刻。

"我没意见。"姐姐低声说。

哥哥把目光从姐姐身上移开，转过头注视着爸爸，眼神丝毫没有躲闪。

"三比一，我们投票决定。"哥哥最后用总结式的口吻说。

说完，全场扫视了一遍。

八

根据哥哥的提议和大家商议的结果，大家决定在三天后投票，投票的结果将决定我的去留。

哥哥和妈妈已牢牢把握住了家里的话语权，且这两个人，爸爸最难管束。爸爸逐渐认清了自己在家中的地位，不得不沉默应对。

自搬回家以来，一系列的接触、交流与合作，磨合了哥哥和妈妈的脾性，二人的想法不断擦出火花，在碰撞中走向合拍。此时我才猛然意识到，哥哥不仅拉拢了我和姐姐，他在不知不觉中也拉拢了妈妈。

哥哥似乎取代了爸爸在家中的地位，和妈妈一起成了家里的主人。

在爸爸与哥哥的争吵中，妈妈的角色至关重要。正是妈妈放话，才避免了更激烈的纷争，投票才得以成行。

妈妈为什么同意投票表决呢？因为妈妈相信哥哥能照顾好我？或者只是为了和哥哥打好关系？妈妈何必这么放低姿态迁就哥哥呢？妈妈清楚哥哥的意图吗？

我并不在意和谁生活，哥哥或妈妈，姐姐或爸爸。我不愿我们全家刚刚融洽的关系再度紧张起来。我清楚，我们这个"复杂的家庭"注定还要经历很多很多事，一切终归要发生。莫名的窝火，不知该往哪儿发泄。哥哥和爸爸都有各自的苦衷。我不生他们的气，我气不过自己，种种事情都是因我而起。可我不喜欢生自己的气。我想，都怪开学这档子事情，不然哥哥也不用搬回自己家，不会提出带我走，就不会因此与爸爸发生争执，就不会发生这一切……想到之前和哥哥姐姐在一起的快乐时光，我更讨厌上学了。真是万恶的学校！它毁掉了一切！

吃饭的时候，爸爸偷偷看了我好久，神情低落。我想，爸爸现在和我一样无助了。

爸爸失去了决定权，而我甚至没有发言权。

哥哥长大了，翅膀硬了，彻底摆脱了别人的控制，不再是一个被踢来踢去的皮球了。他可以开始踢别人了，那个别人就是我。

睡觉的时候，爸爸和妈妈也不说话。爸爸没埋怨妈妈，也没纠缠此事。从擅自主张理发店开张，到我的归属权问题，面对一拳重于一拳的打击，爸爸不再信任妈妈了，爸爸的心凉透了。

爸爸大势已去，投票势在必行了。

接下来的时间算是拉票环节，爸爸还有机会争取一下。

我以为妈妈会和我聊聊这件事，妈妈却什么都不说。

爸爸想了一夜，第二天情绪突然好转了，没事人儿一样，唯独和妈妈怄气，二人保持着沉默的僵局。

与其沉浸在抱怨的情绪里坐以待毙，倒不如想想办法。历经几番打击后，终于醒悟了的爸爸，决定先找姐姐探探口风。

周末的早晨，姐姐帮爸爸打扫卧室，爸爸终于找到了机会。

"这段时间又是洗衣服，又是收拾家，又是照顾弟弟，真是太辛苦你了。"爸爸一脸认真地说。

"没什么，一直以来都是这样的。"姐姐有点拘束地说。

"我听你妈妈说，你想把弟弟留下来，自己照顾。"爸爸温柔地说。

姐姐没回答。

"当时听到这事儿，我想了整整一宿。"爸爸动情地说，"能看到你们姐弟这么好，这么互相照顾，我打心眼里高兴。"

姐姐仔细听着。

"作为父亲，我有太多亏欠，我对家人照顾得太少，尤其是对你。"爸爸停顿了一下，观察姐姐的反应，接着补充道，"我现在这副样子，什么也做不了。等病好了，我会尽量弥补你们，好好照顾你们。"

姐姐抿了抿嘴唇。

爸爸绕了个大圈，终于插入正题了。

"你也不想和弟弟分开吧？"爸爸问。

姐姐低着头。

"我懂你妈的心思，她是不想和你哥哥闹僵。她打死都不会让你哥哥把弟弟带走。"爸爸说，"她是当妈的，不会这么做。"

姐姐慢慢抬起头。

"重要的是你的那一票。"爸爸用近乎恳求的眼神看着姐姐说，"只要你愿意让弟弟留下来，就算妈妈不想惹哥哥生气，投了弃权票，弟弟还是会留下来。"

姐姐眉头微蹙。

"不要在意你哥哥的话，他只是一时兴起，他完全不知道自己在做什么。"爸爸叹了口气，用沉重的腔调说，"他一直和我生分，当然，这有我的责任，所以我理解。我不怪他，也不怪你妈妈。"

爸爸沉默了好一会儿。

"那你觉得这事该怪谁？"姐姐突然问。

"怪我，有我的责任。"爸爸想了想，又说，"可我也有难处。"

"这不是借口。"姐姐反驳说，"你可以选择，你也做了选择。"

"你说得对！是我的责任就是我的责任，不该拿难处当借口。"爸爸干脆利索地说，语气里没丝毫辩驳的意味。

爸爸的坦诚出乎姐姐预料，姐姐本就不安稳的心境更凌乱了。

"没其他事的话，我先出去了。"姐姐说完，转身要走。

"等等！"爸爸喊了一声。

姐姐停住了。

"我知道你会慎重考虑的。不管结果如何，我都不会怪你。"爸爸说，声音低沉却异常坚定，"我相信你！"

听完，姐姐默默出去了。

姐姐的态度有些摇摆，爸爸不是很放心。可就算不放心，爸爸也不能过分要求姐姐，毕竟姐姐不是他的亲生孩子。

爸爸拄着拐杖回家的那天，怎么也想不到自己会落到这样的地步。此刻，爸爸终于意识到，家里没有一个人会完全听他的话，妈妈不会，哥哥不会，姐姐更没必要，他成了那个真正的边缘人。除了我，其他人都不属于他管辖的对象，可现在被争抢的，恰恰又是我。

爸爸的最后一张底牌是妈妈。爸爸不相信妈妈，只是相信作为母亲的本能和天性——不会让孩子离开自己。

哥哥回家以来，姐姐也变了许多。

当初姐姐想把我留下来，看上去是她一时兴起的感情冲动，很明显，她其实承担不起这个责任。不像哥哥，姐姐没有物质资本，没有明确的计划，没有步步为营的行动。

姐姐为什么还要这么做？是她自不量力？事实真的这么简单？

爸爸妈妈的计划刺痛了姐姐，姐姐不想一个人生活，因此心存埋怨。姐姐不想我和妈妈去找爸爸，去找一个对她来说陌生的爸爸。姐姐敏感，自尊心强，不会哀求妈妈留下来，但这不代表姐姐没有主意。

哥哥回家后，尽管事情逐渐朝着姐姐不愿看到的态势发展，可姐姐没阻止哥哥。当姐姐意识到我更愿意和哥哥玩，日渐冷落了她，尽管心里难过，可姐姐仍未限制我和哥哥接触，也没把哥哥的计划捅到妈妈那儿。姐姐的煎熬我都看在眼里，比起我，姐姐才是那个真正夹在中间的人。作为整个事件的始作俑者，事件每一步的发展都逃不过姐姐的目光，可姐姐一再地纵容了哥哥的行动，这是为什么？

答案只有一个！

姐姐害怕孤身一人！

当初，姐姐劝说妈妈留下我，结果没等到妈妈的回应。慌乱中，姐姐想到了哥哥。姐姐害怕落到一个人的地步，又无力阻止爸爸妈妈的计划，只能借助哥哥的力量。哥哥成熟稳重，物质上亦有保障，把哥哥拉入争夺战，便足以和妈妈抗衡。也就是说，姐姐利用了哥哥，来打破当时"一边倒"的局势。姐姐拉哥哥入局，为了达到目的，就得凡事顺着哥哥的意思。换句话说，姐姐不得不纵容哥哥，也只有哥哥有能力阻止爸爸妈妈的计划。为此，面对强势的哥哥和急转直下的事态，姐姐成了这场纷争中的隐忍者与牺牲者。

姐姐和我一样害怕孤单，害怕失去。想到当时姐姐那种孤立无援的状态，我的心刀绞般难受。我想，当初姐姐肯定做过权衡。考虑到只要能留下我，只要不落到孤身一人，哪怕是极端的方式，她也愿意尝试。

我渐渐明白，姐姐和哥哥其实是同一类人。他们认准了目标，就会一直追下去，不妥协，不罢休。他们用坚硬的外壳裹住柔软的内心，迫使自己不断前行。

事情发展到这般地步，尽管不赞同哥哥的行为，尽管总是忍气吞声，姐姐也不知不觉受了哥哥的影响。

姐姐清楚哥哥的想法，哥哥争夺我的计划，姐姐也若即若离地参与着。面对哥哥的计划，姐姐始终在犹豫，在犹豫中纵容。

姐姐和我一样，希望家人团聚，而非四分五裂。哥哥的计划却从一开始就偏离了这一目的。姐姐意识到了这点，却无可奈何，这自酿的苦酒，也只能由姐姐独自品尝。

爸爸意外受伤，我们一家人终于团聚，姐姐的目的已然达到。除了爸爸受伤这一点，这样的结局已远远超出她的预想。

现在形势又出现了戏剧般的转机，姐姐有了一张至关重要的选票，有了阻止哥哥计划的致命一击，她是否愿意保持目前拥有的这一切？她是否会为哥哥这一路来的努力和执着而动摇？

她会怎么做？

投票前的三天，哥哥和姐姐有好多次独处的机会，哥哥却丝毫没表露出想要谈一谈的意向。

姐姐奇怪，难道哥哥不想和她谈谈此事？好几次姐姐忍不住主动搭话，哥哥都刻意避开投票的事。

想到一起去庙会看烟花秀的那次对话，姐姐忽然明白了。那次对话中，哥哥说过，不再需要她帮忙了。那次对话中，哥哥已把想说的都说了。

哥哥并非不晓得姐姐那一票的重要性，只是更懂得，这时候去拉票，只是自己打脸。

既然已经解散了"联盟"，就要一以贯之。哥哥不会示弱，更不会主动求援。哪怕是孤军奋战，哥哥也要用一以贯之的不妥协姿态，去赢得这场争夺战。

哥哥的沉默起了作用，哥哥给姐姐的自由越多，姐姐就越是犹豫，越难以抉择。

在这之前，哥哥一直是舞台上的主角，镁光灯下的焦点。姐姐只是一个旁观者，旁观事态发展，旁观哥哥施展自己的计划。现在反过来了，姐姐要表现给哥哥看了。

姐姐不知该怎么表现……

姐姐想和妈妈谈一谈这件事。

大家都想和妈妈谈谈，妈妈却突然消失了。

妈妈消失的这几天，姐姐默默地代替妈妈做起了饭。

看着姐姐端上桌的麻婆豆腐和酸辣土豆丝，我有些怀疑，再看姐姐，一张命令式的苦瓜脸。我哪敢犹豫，狼吞虎咽地吃起来。水豆腐入口即化，酥香麻辣的热乎劲儿爬上额头，我鼓起腮帮子，呼呼地喘着气，真够味！姐姐什么时候偷偷学会了做饭，做得还真不赖呢！我伸出手，给姐姐竖了个大拇指，算作一种鼓励，也算是感谢姐姐最近这些天辛苦的付出，可姐姐还是苦着个脸。

我早习惯了姐姐的臭脸，她不高兴，我也不在意，我不怕她，我使出了我包子脸的特长，使劲朝她做了个鬼脸。这次姐姐没打我，只是瞪了我一眼。

真没劲儿！

投票前的三天，是我经历过最无聊的三天。没人和我说话，没人陪我玩，每个人都摆臭脸。学校的老师和同学们摆臭脸，爸爸摆臭脸，就连哥哥也给我摆臭脸，妈妈更狠心，直接躲着不见我们……

我也摆出了一副臭脸。

这真是全世界都摆臭脸的三天。

决定投票的第二天晚上，妈妈在理发店里搭了一张折叠椅，下班后就睡在店里。

哥哥和姐姐都去店里找过妈妈。

姐姐去的时候，店里客人很多，妈妈一直忙活着。姐姐坐在椅子上等着，终于送走了最后一位客人，妈妈疲倦地坐在理发椅上，背对着姐姐。

姐姐摔门而出，一阵夜风从门外灌进来，亚麻色的线帘在空中飘散着，妈妈抬起头，姐姐的背影消失在镜子深处。

投票前一天晚上，哥哥拜访了妈妈的理发店。

哥哥悄无声息地进了理发店，坐在角落里我时常坐的那个小凳子上。

晚上十一点，客人们陆陆续续走了，终于做完了最后一个烫卷，妈妈揉了揉有些僵硬的脖颈。哥哥的脸映现在镜子里。

"能帮我洗个头吗？"哥哥看着镜子里的妈妈，问。

说完，哥哥走到洗头椅旁，躺下。

不一会儿，妈妈转过身，从架子上抽了条毛巾，走到洗头椅旁。

妈妈的手碰到哥哥的头发，哥哥闭上眼睛。妈妈动作很松弛，按照正常的步骤有条不紊地洗起来。

妈妈洗得很慢，手法也比平常轻柔些。像我经常洗着洗着就睡着一样，很快哥哥就睡着了。

洗完后，妈妈拍了拍哥哥的肩膀。

哥哥醒了，坐在理发椅上，妈妈帮哥哥吹头发。哥哥留着一头精干的短发，不一会儿便吹干了。

哥哥穿好衣服，走到门口，转身说了一句："谢谢！"

尽管没有百分百的把握能在投票中获胜，哥哥还是愿意赌一把。

哥哥不怕输。哥哥用一个假期的表现证明了自己，这种证明都刻在我们眼睛里。哥哥已不是当年那个一心要搬出家独自生活的男孩了。那时候，哥哥一心想要逃离家庭，逃离一个被设定的角色，一个被人踢来踢去的皮球的角色。他有不满，但无能为力。现在他长大了，成了一个家长。

这次投票，看似是哥哥和爸爸之间的博弈，实则是哥哥和妈妈之间的博弈。爸爸的想法，只是一个想法，而妈妈的态度将决定整个事件的走向。换句话说，只要妈妈不让步，哥哥就很难夺走我。妈妈才是这场博弈真正的对手，是哥哥真正要越过的那座大山。

我是否搬去和哥哥住，已不是最重要的事了。就算我不搬去和哥哥住，他也能随时见到我。既然如此，哥哥为何如此在意这件事？这件事对哥哥有着怎样重要的意义呢？

　　梳理这几个月发生的种种故事，再回顾哥哥的经历，我一下明白了。

　　哥哥对过去的生活存有心结。

　　哥哥想要完成一种转变，从被踢的皮球转变成踢皮球的人，以此解开心结。

　　哥哥真正要踢的人不是我，他要踢的是曾经像踢皮球一样踢他的爸爸和妈妈，作为家长的爸爸妈妈。哥哥要争夺的人也不是我，而是过去的自己。对他而言，得到我，是一种象征，角色转变得以完成的象征，解开心结的象征。

　　我不仅是被人踢来踢去的皮球，还成了一个象征。

　　我和献祭的羔羊没什么两样了。

九

投票的这天终于到了。

因为是周内，我们仨白天都在学校。妈妈早就想好了，在我们放学的时间点上，关掉店门，回了家。

到家后，大家聚在客厅里等爸爸，气氛一片死寂。

妈妈和姐姐让我回卧室去，我死活不肯。我不害怕，我要目睹自己的命运与归属。最后还是哥哥站出来支持我，妈妈才勉强同意我留下来。

等了半个小时，爸爸终于拄着拐杖出来了。

刚进客厅，爸爸就站定了。

我们坐在沙发上，眼睛齐刷刷地朝向爸爸。

爸爸扶了扶拐杖站稳。我们都明白了，爸爸想最后再拉一次票。

"我受伤了，不过生活还能自理。你们不要在意，这不会成为束缚你们的理由。"爸爸说，"这段时间，我时常想，为什么我们会变得这么生分？不光是你们三个，也包括你（爸爸看了看妈妈）。我不常回家。我想你们也知道，我不是有意这样，我的工作如此。我以为我的家人会理解我，看来我想得太简单了。我不怪你们，我没尽到责任，不应该怪任何人。你们都长大了，翅膀硬了，我无从干涉你们的想法。哪怕你们都离开了，还有你们的妈妈陪着我，我也不会有什么不满意。一个做父亲的，应该努力赢得孩子们的尊重，而不是乞求孩子们留在自己身边，更不应该乞求孩子们的爱。"

说到这儿，爸爸停住了，喘了口气。

"我不生你们的气了。但是你们记住，不只是你们的哥哥，还有你们俩（爸爸看了看我和姐姐），你们三个串通一气，想要甩掉我和妈妈！"

"不是这样的！"我和姐姐异口同声地反驳道。

"不要否认！事实就是这样。"爸爸大声吼道，"妈妈为什么会同意投票这种事？妈妈在意你们的想法，看到你们这么亲密，妈妈想要尊重你们的意见。不管是谁带的头，不管出于什么目的，要不是你们三个结成这样不分你我的小团体，妈妈不会同意投票这种事！"

"现在我不计较是谁带的头，这不重要。一个做父亲的，去追究这些事，是做父亲最彻底的失败！"说到这儿，爸爸停顿了一下，喘了口气，"发生这样的事，我有责任。可我们是一家人，不能分开。我想，你们的妈妈会做她应该做的决定，我相信她！我也相信，每一个家庭都有着血浓于水的感情，他们永远不会分开。这就是我想说的。"

爸爸的演讲满怀激情，很有煽动性。演讲结束后，我的耳朵还在嗡嗡作响，我几乎从未听到过爸爸这么大声讲话。

爸爸用力很猛，可大家似乎不为所动。爸爸的话主要是说给妈妈和哥哥听的，毕竟他们才是手握最终决定权的人。

大家稍缓了缓情绪，把心思集中在了投票上。

投票开始了。姐姐裁了四张大小一致的纸条，分发给大家。

投票采取无记名方式，规则很简单，赞同我和爸爸妈妈一起生活的，在纸条里写一个大写字母"A"；赞同我和哥哥的，在纸条里写一个"B"；也可以弃权，弃权的什么都不用写。

大家各找一个地方去填写纸条。

很快大家就填写好了，折起纸条，放入茶几上的纸盒中。

哥哥拿起纸盒，捂住口，摇了摇。

开始唱票，大家仔细盯着票数。

总共只有四张票。

打开第一张纸条，一个 A，大家都没什么反应。

第二张，是个 B，大家警觉起来。

哥哥小心翼翼地打开第三张纸条。

妈妈和姐姐都把脸凑过来看，爸爸一手托着拐杖，伸长脖子。

第三张纸条慢慢展开，一片空白。

气氛一下子降到冰点。

出现一个新情况，如果最后一张票也是弃权票，那么就是赞成一票，反对一票，这样就是平局的局面。当时考虑到了这样的情况，哥哥明确表示，如果票数一样，他的提议就取消，对此大家没什么异议。

第四张票是最后一张票，亦是决定性的一票。悬念被留到了最后。

妈妈轻轻展开第四张纸条。

姐姐闭上眼睛。

哥哥目不转睛地盯着。

爸爸板着面孔。

看到了纸条上的字母，哥哥眨了一下眼睛。

大家同时看到了。

纸条上写着一个"B"。

哥哥赢了。

我一下子蒙了，瞬间忘了 A 和 B 分别代表什么，抬起头，左看看，右看看。

大家都愣着，没人理会我。

我心里着急，没别的办法，低下头把纸条翻开仔细看了看，然后扳起手指头，认真推算起来……

嘭的一声，大家猛一哆嗦。是爸爸的拐杖敲在地上的声音。

"这票是你投的?!"爸爸对着姐姐喊了一声。

"是，我投的。"姐姐斩钉截铁地说。

哥哥疑惑地注视着姐姐。

"你为什么要这么做?"爸爸不解地问。

姐姐的眼泪簌簌地往下流。

哥哥从桌子上拿出纸巾，递给姐姐。

姐姐没接。

爸爸沉默了，慢慢转过头。

看到姐姐哭了，我也有点想哭了，我走到姐姐身边，抓住姐姐的手。

"姐姐，你别哭了。"我难过地说。

原本想安慰姐姐，可我刚一开口，姐姐的情绪更不好了，眼泪直往下掉，我也跟着哭了起来。

哥哥有些急了，一会儿看看我，一会儿看看姐姐。

我边擦眼泪，边抬头看妈妈。

"都别吵了。"妈妈喊了声。

视线转移到了妈妈身上。

我们都忽略了妈妈。刚才妈妈一直没说话，冷静地看着这一切，不为所动。

"我知道你的用心。"妈妈看着姐姐说，"可你何必揽在自己身上。"

姐姐擦了擦眼泪。

"那是谁投的？"爸爸问。

"谁投的不重要。"妈妈说，"何况那张票也不是她写的。"

大家都愣住了，脸上写满了问号。

"那是谁写的？"哥哥问。

"我写的。"妈妈说。

说完，摸了摸我的头。

爸爸像是听蒙了。

哥哥转过头看着妈妈，抑制不住脸上的惊讶。

"没错，是我写的。"妈妈强调了一遍。

"简直胡闹！"爸爸喊道。

"我知道自己在做什么！"妈妈立马回嘴道。

"最近我考虑了很多。我这么做，不是害怕争执，也不是为了家庭和睦，只是不想再逃避问题。"妈妈停顿了一下，继续说，"之前我做了太多事，我觉得那都是我该做的，我也理所应当地做着。我想尝试做些改变，尝试不同的生活，为我自己。我想，只要一家人有感情，不管他们是否在一起，都能团结一心，这些永远不会改变。我想多给孩子们空间，也给自己充分的时间，重新考虑自己的生活。"妈妈看了看哥哥，说，"最近这段时间来，你做了很多，也做得很好。你为这个家做了很多事，这本不是你的责任，我很感谢你。我相信你一定能照顾好弟弟妹妹。"

大家安静听着。

"至于爸爸，你们不用为他担心，他好着呢！"妈妈看着爸爸说，"这儿有我，我会照顾他的。"

客厅里一片死寂，足足有半晌儿。

爸爸抬起头看着哥哥，语重心长地说："我就想问一句，你今年下半年上了大学，弟弟怎么办？"

"我不打算读大学了。"哥哥干脆地回应道，像是早有预料。

"你不读大学了？"爸爸惊愕地重复了一遍，不敢相信自己的耳朵。

"妈妈给了我一笔钱，我想做点自己喜欢的事。"哥哥回答道。

似乎一切都在他的计划里。

爸爸听不下去了，扶着拐杖起身，浑身打着战，晃晃悠悠地回了卧室，砰的一声关上门。

晚上，大家很早就各自回了卧室。

哥哥敲了敲姐姐卧室的门，姐姐开了门，哥哥给姐姐递了个眼神。

姐姐跟着哥哥走到阳台上。

"你也和我们一起搬过去吧。"哥哥注视着姐姐说，"妈妈同意了，咱们可以一起学习，一起照顾弟弟。"

姐姐低着头。

"你不想去？"哥哥问。

姐姐还是沉默。

"好吧，我能理解。"哥哥微笑着说，"你留下照顾爸妈也好。"

"我不想待在家里了。"姐姐轻声说，"我打算搬出去住。"

"搬到哪里？"哥哥惊讶地问。

"我打算去住校。"姐姐说。

"为什么？"哥哥问。

"我想和你一样。"姐姐说，"我想变得像你一样强大，像你那样，自由地做自己想做的事，过自己想过的生活。"

哥哥沉思片刻。

"我明白了，我替你高兴。"哥哥微笑着说，"你一定会做得比我好。"

说完，哥哥转身要走。

"可我不会变成你那样。"姐姐说，"不会像你那么冷酷。"

哥哥站定了，转过头看着姐姐。

"我知道。"哥哥微笑着说，"我们回去吧。"

我站在客厅窗前，偷听着，看到哥哥姐姐进来，慌忙跑回卧室，钻进被窝。

我猛然想起，哥哥也是初三那年一个人搬出去的。

姐姐似乎走了哥哥的老路。

姐姐说她不会变成哥哥那样，姐姐要走自己的路。

仔细思考姐姐最近一段日子来的种种行为，我恍然间明白了。事情因姐姐而起，起初姐姐出拉哥哥入局，是想与哥哥联手，阻挠妈妈的计划。事情发展到现在，哥哥的行动已彻底偏离了姐姐最初的设想，姐姐不由得转向了妈妈的立场，为此举棋不定、左右为难。在姐姐眼里，妈妈和哥哥好似河的两岸。姐姐成了那个忽左忽右、不知游向何处的涉水者。姐姐疲惫了，不愿再挣扎、抉择。倘若继续留在家里，势必还要经受溺水般的煎熬。

姐姐想到了退出。

在投下弃权票的那一刻，姐姐不再纠结了，她要从家庭事务中退出，从这种被迫抉择的境遇中退出。

做出决定之前，姐姐一定考虑过很久。当初哥哥逃离家庭，逃离一个没给他多少关爱的家庭，其中总有些迫于无奈的缘由。姐姐则不同，我和妈妈很爱姐姐，姐姐也爱我们，姐姐对这个家还有许多牵挂。

不是逃离，是成长！姐姐想在独自生活里成长。姐姐没有重复哥哥的路，姐姐走的是自己的路。

最可怜的人是我。我再也不能每天见到姐姐和妈妈了，还有爸爸。可我没得选择。

我给妈妈保证，每个周末都会回家来。妈妈笑着说，不用保证，她相信我，然后摸了摸我的脸。

我冲着姐姐吼着，让她答应周末回家陪我，姐姐拉着我的手，笑着流下了眼泪。我希望姐姐像往常一样，板着脸骂我几句，可姐姐只是掉眼泪。

临走之前，我走到爸爸卧室门外。爸爸把自己关在里面，不开门。我想爸爸一定知道我要走，便隔着门和爸爸告了别。

十

妈妈和姐姐把我送到了哥哥的住处,帮我收拾床铺,叮嘱我上学该带的东西要记着带好,怕我不适应,把我的卧室照原样复制到了哥哥家,一切东西的摆放,也按照我在家的习惯安置好。

我觉得好像还住在家里,只是一切都已物是人非了。

住校后,姐姐像是过得很充实。学习比之前上心了,交了些朋友,甚至开始学着打扮自己了。姐姐脸上时常带着笑,不像过去那么孤僻、那么凶了。

有一次周五放学,姐姐约了同寝室的舍友一起接我。

看到姐姐舍友的第一眼,我就掉了魂儿。徐徐的长发洒在肩头,浑身散发着朦胧的香气,浅浅的眉眼,还有随微笑起伏的酒窝,分明是仙女姐姐下凡。我钉在地上,有点发晕。

姐姐给我介绍,这是她们班的班花。仙女姐姐唰地一下脸红了,害羞地推了姐姐一把。我心想,这就对了!美润娇羞,这才是我心里美女该有的模样。

回家的路上,我鼓起勇气问,"仙女姐姐,你有没有男朋友?"

仙女姐姐笑出了声。

"不好好学习,满脑子不正经的东西!"姐姐说完,一把揪住我的耳朵。

我使劲挣脱姐姐的手。

仙女姐姐蹲下，靠近我，用纤细的手指点了点我的鼻尖，带着薰衣草香味的呼吸扑面而来。

"我长大以后，一定要找一个像仙女姐姐一样美的女朋友！"我激动地说。

姐姐更气了，追过来打我。我转身绕着仙女姐姐跑起来。

"越说你越来劲啊！"姐姐喊着。

"就来劲！就来劲！"我喊道。

我边跑边哭着，就是不认尻。

仙女姐姐笑得合不拢嘴。

转眼间，大半个月过去了，我的生活仍在既定的轨道上平稳滑行着。

真正改变了的，是爸爸妈妈的生活。

爸爸和妈妈重新回到了二人世界，身边没有了我们这些小孩，无须再扮演父母的角色。他们的生活像是重新回到了刚结婚那会儿。

投票的事成了禁区，两人都小心翼翼，避免踏足这个话题。

爸爸的身体恢复得不错，拐杖用得越来越灵活，行动已完全自主。拐杖变成了爸爸新长出来的腿，他已经学会和这条新腿打交道了。

妈妈每天在理发店里忙活，担心爸爸无聊，就在窗台上放了一盆秋海棠，让爸爸打理。爸爸不看电视，不懂园艺，对花草没什么好感，有几次想尝试着做做饭，可是拐杖束缚着，腾不出手。我家住五楼，没电梯，上、下楼就成了最大的麻烦，爸爸偶尔有出门走走的念头，也只得打消。

爸爸待在家里，如同监狱里的囚徒。

一天，妈妈深夜而归。打开门厅的灯，妈妈发现爸爸一个人坐在黑暗的客厅里。

"你干吗一个人坐在这儿？"妈妈惊讶地问。

"睡不着。"爸爸说。

"你吃过饭了吗？"妈妈问。

"不想吃。"爸爸说。

"为什么？"妈妈问。

"天天外卖。"爸爸说，"没什么可吃的。"

妈妈没接话。

"咱们是不是该定个时间，自己做点饭。"爸爸用埋怨的口吻说。

"哪有时间？"妈妈抱怨道。

"晚上早关一会儿店，不就有时间了？"爸爸说。

妈妈没接话。

"这哪里还有个家的样子！"爸爸感叹道。

听到这话，妈妈有些惊讶，很意外这样的话竟会从爸爸嘴里说出来，之前爸爸可从不理会这些事情。

"什么才是家的样子？"妈妈问道。

"至少每天一起吃顿饭。"爸爸说。

"不吃饭就没有家的样子了？"妈妈问道。

"我不是这个意思。"爸爸解释道。

"之前你那么久不回家，日子不也照样过吗？"妈妈说，"怎么现在突然这么讲究了？"

"那是工作的时候。"爸爸说，"在家就该有个在家的样子。"

"什么样子？"妈妈冷冷地说，"你希望我在家待着，照顾你？"

"不是照顾我。"爸爸说。

"你觉得这次你在家能待多久？"妈妈紧跟着问。

爸爸原本还想解释，一下子被问住了，答不上来。

"等病好了，你肯定要回去工作。到时候让我一个人守着这个家吗？"妈妈说，"我需要这份工作！"

爸爸不吭声了。

妈妈的话是深思熟虑过的，爸爸全明白。

从受伤回家到现在，爸爸一而再、再而三地主动调整姿态，对妈妈强势的做派步步退让，这还是我们往常印象里的那个爸爸吗？爸爸为什么要一再放低姿态，降低自己的存在感呢？

最近发生的这些事，从做父亲的角度看，按理说，咬牙切齿都不足以泄愤。小兔崽子们一个个互相煽动，扑腾扑腾全飞走了，就连妈妈也和小崽子们串通一气，想尽办法架空爸爸。爸爸成了一只没人要的空巢老鸟，加之腿脚有伤，活动不便，一家之长的威严被大家摁在地上使劲摩擦。

爸爸为什么要默默忍受这一切？

据妈妈说，爸爸正在参与一个大型国际机场的地基工程。机场地基，特别是跑道，是飞机起航的跳板和落地支撑，机场对地基工程的要求极为苛刻，爸爸身负重任。作为一名老工程师，二十年如一日，爸爸的工作都在项目第一线。和所有的国企一样，项目往往工期紧，节奏快，强度大，竞争也异常残酷。大浪淘沙，能留到最后的，都是满怀热情且极有韧劲的。此外，还得有些好运气。无法预料的意外，会在刹那间发生。

稍不留神，两个月就过去了。看到窗前的秋海棠有了些枯落的迹象，爸爸不再被动等待了。

爸爸向工作中合作多年的同事打听项目进度，同事的态度很热情，只是在爸爸真正关心的问题上含糊其词。爸爸又联络了公司的管理层，领导们一个个的口风出奇一致，都劝说爸爸好好休养，等养好了病，再考虑工作上的事，语气像是彩排好的。爸爸也不便追问。

同事们愈是热情，爸爸内心的恐惧就愈深。

恐惧源于渴望，成为高级工程师的渴望。吸引爸爸的不是高级工程师优厚的待遇，而是把专业做到极致的状态。成为项目把关人，成为掌控全局的人。为此，爸爸奋斗了二十年。

五年前，爸爸拿下了副高级职称。后来，高级工程师的论文和考试爸爸也陆续做完了。主持这次工程，将是他最关键的一段履历，是他通往高级工程师之路的最后一块拼图。项目完工后，他就是实打实的高级工程师了。爸爸从未与前半生的梦想如此接近。

同事和领导的态度，让爸爸心里不停打鼓，不祥的预感迷雾般笼罩心头。

随之而来的是消沉。

周末回家，我总喜欢偷偷观察爸爸。有一次我悄悄溜进爸爸卧室，看到卧室墙上挂着一幅工程设计图，细密复杂的图表顶部，几只粗线条的飞机轻轻掠过。

"这是谁画的？"我问爸爸。

"我画的。"爸爸敷衍地说。

"这是干吗用的？"我接着问。

"造飞机场用的。"爸爸说。

"飞机场！原来爸爸在做这么厉害的事啊！"我说，"以后坐飞机，我就可以给同学炫耀，这是我爸爸设计的。"

爸爸的脸上露出一丝苦笑。

爸爸又把自己关在卧室里，整日坐在窗前，将拐杖靠在身旁。

之前每个周末，妈妈都为爸爸洗一次头，现在爸爸不让妈妈碰他的头发了，只是偶尔自己随意冲洗一下。妈妈索性也不再多问了。

没多久，深夜回家后，妈妈突然搬到了姐姐卧室。这是结婚以来，两人第一次分床睡。从那天起，妈妈再也没回过自己卧室。

两人时有碰面，却无话可说。

互相成全始终是爸爸妈妈相处中的奥义。

自打爸爸生活自理后，妈妈又忙活起了理发店的生意，爸爸和妈妈的关系又回到了两人异地时的样子，不是妈妈刻意为之，这是两人之间的默契。

妈妈太了解爸爸了。从受伤回家那天起，妈妈就没想过爸爸会留在家。妈妈敢打包票，只要腿伤恢复，爸爸必定一刻也待不住。既然留不住，何必强留？爸爸回家养伤，对妈妈来说，不是回归家庭，只是回到暂居之所。

之前爸爸几乎没参与过家庭事务，也从不关心这些事。出于一直以来的习惯，妈妈一个人做家长已然到了理所当然的地步，完全忽略了爸爸的存在。

妈妈的想法自有缘由，可爸爸也有一颗做父亲的心。

变成家庭事务中的局外人还不是最糟心的，真正让爸爸受伤的，是失去一个家长该有的尊严。不能在投票的事情上心有余悸，不能在姐姐搬出去的事上发表意见，更无法干涉妈妈一心扑在工作上……这一切，不用妈妈强调，爸爸也不会吱声。

这是为什么？

爸爸为何要默默忍受这一切？

爸爸心里明白，自由的给予是相互的。

这些年爸爸能一心扑在工作上，没有束缚，没有干扰，没有后顾之忧，这样的自由是妈妈给的，为此妈妈付出了巨大的牺牲。爸爸心里有一杆秤，时不时会拿出来掂量掂量。

没有无代价的自由，既然选择了信任，又有什么理由干涉妈妈的做法呢？

夫妻一起生活了七八年，总有些"相处之道"。爸爸和妈妈之间的"相处之道"便是互相成全。

两人都爱折腾，一折腾就消停不下来。爸爸不干涉妈妈教育孩子，妈妈也不要求爸爸时刻陪在身边，这是两人当初决定在一起时就一拍即合的默契。

这种互相成全，实属无奈之举。对于一对二婚夫妻而言，却也难能可贵。

之前爸爸妈妈考虑过改变这种状况，却由于种种原因，始终未能成型。

爸爸刚受伤回家那会儿，时刻需要妈妈在身边照料，妈妈看着爸爸，是心疼，是责任。那些亲密的接触和照料，如果稍有回应，便会被点燃，再次擦出爱的火花。可回应妈妈的，只有冷漠和坏情绪。

这种感觉不是心灰意冷，而是一成不变。两人住在一起，却还像异地。对妈妈而言，拄着拐杖受伤回家的爸爸和身在他乡的爸爸丝毫没差。

从爸爸回来到现在，性生活成了夫妻间遥远的记忆，早已不复存在。不是爸爸不行，只是爸爸完全没了这方面心思。

爸爸以为用忍让和成全就能在夫妻之间构筑起一条防线，以为这样就安然无虞了。

互相成全的前提是能看到希望，之前爸爸从未停止计划，现在却失去了计划的动力。两人同住一个屋檐下，朝夕相处，却不及爸爸远在他乡时，苦思冥想出的一个计划。

希望被掐灭，余下的只有失望和怨恨。

两人婚姻关系最危急的时刻，竟出现在重新生活在一起的时候，想到这里，爸爸只觉得讽刺。

从哥哥回家那天起，妈妈对孩子们有了不同以往的认识，也开始反思自己的生活。妈妈要做自己喜欢的事，为自己而活。经营理发店算一件，更重要的是感情方面，妈妈不愿再继续等待下去，不愿再把全部希望都寄托在爸爸身上。等爸爸做好规划，等爸爸回归家庭，这些曾经支撑生活的幻想，妈妈不愿再幻想下去。

爸爸带着一只石膏腿回家，并未有所改变，反而更冷漠了。妈妈彻底死心了。这就是爸爸，她改变不了，谁都改变不了，只能由他去。

妈妈现在唯一想做且身体力行的事，便是打理好理发店的生意，也许还会开分店，开连锁店，把生意做大，做成品牌，覆盖全城。妈妈有过这样的想法。

慢下心性，放空自己，不再憧憬一个规划，不再非要找个人来填满自己。感情世界里，妈妈第一次把自己摆在了前头。

分床睡是个不好的预兆，是妈妈和爸爸的感情发展到一个特定阶段的条件反射。没有刻意为之，妈妈只是遵从了内心的指引。

谁也不知道这段感情会走向何处，爸爸妈妈要像刚结婚的年轻夫妇那样，去处理这段感情。

爸爸妈妈的感情遇到了最真实、最纯粹的考验。

十 一

正当我以为爸爸会就此消沉下去的时候，爸爸突然邀请我和姐姐回家聚餐。

那天是周五，爸爸没通知我，而是打给了姐姐。放学后，姐姐的身影出现在校门外。我和姐姐一起回了家。

爸爸只拄了一支拐杖，在厨房忙活着，灶台上堆满了食材。

妈妈不在家。看爸爸满头是汗的模样，估计菜也是自己买回来的。爸爸似乎对这顿饭特别上心。

姐姐想上手帮忙，爸爸连声谢绝。看爸爸的架势，是打算好好露一手。

做饭的时候，爸爸时不时抬头看看钟，问我们回来的路上有没有去过妈妈的店里，我和姐姐摇摇头。我猜爸爸还没通知妈妈。

打给姐姐的电话里，爸爸让姐姐叫我一起回家，并未提到哥哥。姐姐去找我的路上，一直在想要不要叫上哥哥。回想当初爸爸和哥哥闹得那么僵，反复思量后，姐姐觉得，保险起见还是不要自作主张为好。

看到爸爸忧心忡忡的模样，我给姐姐递了一个眼神，姐姐马上领会了。我们一起站起来，提议去理发店叫妈妈回来吃饭，爸爸故作镇定地说，不用了，接着补充说，他待会儿打电话通知妈妈。我们只得作罢。

饭做好后，姐姐帮忙把菜端上桌，我去开了一大瓶雪碧，倒满了分散在桌上的杯子。一切都备齐了，我们还站在客厅里，想等妈妈回来。爸爸让我们先上桌，不用等妈妈。

菜上桌后，爸爸撑着拐杖回了卧室，拨通了妈妈的电话。我们俩先吃起来。

不一会儿，爸爸回来了，坐在一旁不停给我和姐姐夹菜。

我和姐姐有点受宠若惊，反而吃不下了。

我们边吃边等妈妈回来。

那会儿才晚上七点，天刚黑下来，远没到妈妈下班的时间。可没一会儿工夫，妈妈就赶回来了。

进门后，看到我们仨坐在饭桌旁，妈妈有些不知所措，用狐疑的眼神打量着我和姐姐。犹豫片刻后，妈妈似乎看懂了，走到桌前，紧挨着我和姐姐的位置坐下，没吭声，拿起碗筷，默默吃起来。

看到妈妈吃起来，爸爸这才放下注意力。爸爸不动碗筷，看着我们吃。

这是我和姐姐搬出去后，我们一家四口第一次坐在一起吃饭，这也是爸爸和妈妈分床睡以来第一次同桌吃饭。

爸爸的厨艺并未生疏。饭菜很对味，可大家吃得小心翼翼。我和姐姐都能察觉到气氛的异样，加在中间着实难受。

爸爸妈妈几乎很少说话了，这已是家里公开的秘密。我和姐姐突然被叫回家，必然事出有因，妈妈应该也意识到有事要发生，才刻意这个点就关了店回家来。

大家埋头吃饭，爸爸心不在焉地在盘子里搅和了几下，随后放下筷子，抬起头看着我们仨。

　　"公司昨天打来电话，让我下个月过去办理工伤和返岗的事。"爸爸轻声说道，"我的腿好多了。可能用不了一年，也许再有三四个月，我就能回去上班了。"

　　我刚从碗里舀出的满满一勺饭，停在了嘴边。

　　姐姐抬起头，若有所思地看着爸爸。

　　妈妈低着头，装没听见，只顾吃饭。

　　"看到你们俩过得很好，我也能放心了。"爸爸看着我和姐姐说，"我想我之前的担心都是多虑了。"

　　我和姐姐互换了个眼色。

　　"你们真的长大了，爸爸为你们高兴，我想妈妈也能放心了。"爸爸看了一眼妈妈，说，"等腿上的伤好了以后，我打算让妈妈和我一起到我工作的地方，这么两地分居下去，也不是长久之计。"

　　爸爸又一次把目光转向妈妈，眼里满是诚意。

　　妈妈只是沉默。我和姐姐有些没反应过来。

　　爸爸似乎把想说的话都说完了，一下子放松了，动起碗筷。

　　爸爸又开始计划了，计划自己和妈妈的生活，爸爸似乎想用这样的方式挽救危机四伏的婚姻。

　　妈妈不表态，谁都猜不出妈妈的想法。

　　晚上，我和妈妈睡一块儿。

　　"妈妈，你和爸爸一起去吗？"我问。

　　"你想让妈妈去啊？"妈妈半开玩笑地说。

　　"不想。可妈妈不去的话，就要一个人生活了。"我说，"爸爸也变成一个人了。"

"妈妈要是去了，周末你可就见不到妈妈了。"妈妈说，"你不想妈妈吗？"

"我想。"我说，"可我也不想妈妈和爸爸分开。"

"我知道你现在有了哥哥姐姐，不需要妈妈了。"妈妈故作吃醋地说。

"不是的！"我生气地说，心里一百个冤枉，再也不想搭理妈妈了。

"好了，妈妈开个玩笑啦！"妈妈说完，哈哈大笑起来。

我越想越生气，转过身背对着妈妈。

妈妈安慰了好久，我才答应原谅妈妈。

临睡前，妈妈给我盖好被子。

"现在这样也很好啊。"妈妈自言自语地说，"都顺其自然吧。"

我瞪大眼睛注视着妈妈，琢磨着妈妈话里的意思。

妈妈摸着我的头，笑了笑。

"快睡吧。"妈妈说完，伸手关了灯。

不一会儿，我们都睡着了。

爸爸像是彻底恢复了元气。每到周末，就包揽了我和姐姐的伙食。厨房里每天堆着新鲜的食材，都不带重样的。爸爸对着菜谱学，各系风格，各式花样，没有不敢尝试的。

爸爸变体贴了。每到深夜，妈妈快回来的时候，爸爸便从冰箱里拿出下午预留的饭菜，热在锅里，另一个灶上烧一壶水，沸水声清晰可辨。然后爸爸便回到卧室，虚掩着门，察觉到妈妈进门的声音，就侧耳听着，妈妈的脚步声细密轻快，从客厅到卫生间，洗漱后径直返回卧室，次次如此。听到妈妈卧室关门的声响，爸爸轻点着拐杖，移步到厨房，关掉沸腾的水壶，拿出热在锅里的饭菜，放回塞满食物的冰箱里，次次如此。

家庭煮夫的角色，爸爸扮演得越来越熟练，厨艺也日益精进。我吃出了习惯，每次回到家，就迫不及待地把爸爸推进厨房。

接到公司的通知后，爸爸的生活逐渐充盈起来。

不光学做饭，爸爸还刻意调整了饮食和作息。饮食变清淡了，每天早早地起床，在楼道里扶着楼梯扶手，给脚部做恢复训练，晚上睡前用温水泡脚，慢慢地，受伤的脚已能在地上发力。虽说还得依赖拐杖，行动却比之前灵便了不少。

爸爸想和妈妈谈谈，却苦于没有合适的机会。

妈妈整日待在理发店，爸爸实在不忍心大半夜打扰妈妈休息。爸爸考虑过去理发店找妈妈，可是贸然前去，难免会影响妈妈的生意，何况爸爸也不愿别人看到自己拄着拐杖的模样，便打消了念头。

回公司的时间眼看就要到了，爸爸决定暂时放一放，等工作的事彻底定下来，再找妈妈谈。

一天下午，爸爸刚做好晚饭，妈妈突然回来了。爸爸吃了一惊。

爸爸把菜端上桌，拐杖放在一旁，身上围着做饭时的围裙。

此时，妈妈已坐在餐桌对面。

妈妈不动筷子，安静地坐着，为化解尴尬，爸爸先吃起来。

"我们以后没多少时间这么坐在一起吃饭了。"妈妈说。

爸爸停住碗筷。

"我知道你不会留下来。"妈妈说，"我会给你自由。"

"什么意思？"爸爸不解地问。

"不用在你的生活里为我硬腾出位置了。"妈妈轻声地说，"我不想再束缚你了，这样我也能松口气。"

"为什么？"爸爸问，"你不想和我一起去？"

"这和去不去没关系。"妈妈说，"就算去了，也改变不了什么。"

爸爸有点迷糊。

"我们现在就在一起，可什么也没改变。"妈妈说，"你自由了，你可以放心去做自己想做的事。"

"你到底想说什么？"爸爸问。

"我们离婚吧。"妈妈平静地说。

沉默了半晌儿。

爸爸脱下围裙，用力捏做一团，放在桌上，颤抖着站起来，拄着拐杖回了卧室。

妈妈端起碗，盛了饭，吃着吃着，眼泪掉了下来。

这是爸妈结婚十一年来，第一次婚姻危机。

妈妈还住在家里。早上妈妈没出门的时候，爸爸就躲在卧室里。两人都在刻意回避对方。

爸爸不做饭了，每天盯着电脑，查资料、看样图、分析数据……

爸爸走的那天正好是周末，我和姐姐都在家。

爸爸和我们一起吃完中饭便走了，也没让我们代他向妈妈打个招呼。我们问他，妈妈知道他要走的事吗？他很潦草地"嗯"了一声。

我们俩都察觉到有事发生了。

我突然想到那天晚上妈妈和我说过的话，便告诉了姐姐，姐姐听了后，更确信爸爸妈妈之间出了问题。

姐姐不好当面问妈妈，就叮嘱我，等妈妈回来，一定要问问情况。

我告诉妈妈，爸爸走了，妈妈用轻描淡写的口气说，她刚进门就知道了。我问妈妈是不是和爸爸吵架了，妈妈没生气，也没否认，只是说小孩子别管大人的事，我就知道问不出什么来了。

晚上回到哥哥家，我把事情告诉哥哥。哥哥没多问，没做任何评论，低下头继续给我讲算术题。

整整一周，哥哥都没谈起这件事。

周五放学后，我刚走出校门，就看到姐姐在外面等我。

爸爸走后，这些天妈妈一个人在家，我和姐姐都有些担心。

我们朝着公交站牌走去，刚走过学校围墙的拐角，就看到哥哥朝我们走来。

我们仨一起回了家。

自从我搬去和哥哥住，哥哥就没回过家。这个周末是我们仨第一次一起回家。

家里空无一人，冷冷清清的，完全没了一个家该有的样子。我们一起吃了姐姐做的饭。饭前，先给妈妈预留了一份。

夜深了，大家都没睡意，待在客厅里等妈妈回来。

"要是爸爸不回来怎么办？"我有点害怕地说。

"别瞎说！爸爸怎么可能不回来？"姐姐不耐烦地说，话里没多少底气。

十点已过，妈妈还没回来，我和姐姐靠在沙发上睡着了。哥哥把我抱回卧室，然后拿了一条被子，回到客厅，盖在姐姐身上。

哥哥走进厨房，打算给妈妈热点饭，刚打开冰箱，开门的声音传来，妈妈回来了。

两人坐在饭厅昏黄的灯光里。

"你还好吧？"哥哥担忧地问。

"我没事。"妈妈认真地说，"你知道，我一直都支持爸爸的工作。"

"我知道。"哥哥说。

"生活还要继续，我们应该为爸爸高兴。"妈妈说完，脸上泛起了一丝微笑。

"一个人还习惯吗？"哥哥说。

"我好着呢，轻松多了。"妈妈微笑着说，"多亏你分担了这么多事，我一个人的话，肯定做不过来。"

"这是我该做的。"哥哥温柔地说。

"你能来看我，我很高兴。"妈妈感动地说。

哥哥也颇为触动，之前的担忧一股烟般消散了。

从哥哥与妈妈的交谈来看，事情似乎并非我想象的那么严重。对一个小孩子，熟人变陌路是天大的事，是我能设想到的最坏结局。可在他们眼中似乎都是可理解、可想象的。成年人的世界，物理的距离和心灵的距离似乎永远不成正比。

此刻的哥哥，俨然一副大人的模样，让人陌生又熟悉。我明白了，不仅对我，对妈妈来说，哥哥也变得不可或缺了。

爸爸走后，我似乎也轻松了许多。或许这并不完全是坏事？我也开始按照大人们的思路考虑问题了。

可我不愿变成这样……

十　二

周六，妈妈没去理发店，特意留在家里陪我们。好久没吃到妈妈做的饭了。

下午五点多，我们正吃着，妈妈的手机响了。低头一看，是外婆打来的。

挂掉外婆的电话后，我们匆匆出了门，驱车赶往外婆家。

到了外婆家，外婆老早就在大门外等着我们了。

屋里没别人。

外婆说，爸爸散步去了。

过了半个多小时，爸爸拄着拐杖回来了。刚进家门，看到我们都在，爸爸转身要走，被外婆喊住了。

碍于外婆的情面，爸爸不好强硬坚持要走，便移到沙发一角，坐下，离我们远远的。

外婆给哥哥递了个眼神，哥哥起身，我们仨回了里屋。外婆进了厨房，客厅里只剩爸爸和妈妈。

我把里屋的门打开一条缝，蹲在地上，仔细听客厅里的动静。

这是妈妈提出离婚以来，两人第一次同处一室，自然有些别扭。可爸爸妈妈毕竟还没离婚，还算是一家人。

爸爸意外地出现在外婆家，肯定有事发生。爸爸是家长，不管是什么性质的事，都会影响到家庭共同体，妈妈理应了解清楚。

妈妈没逼迫爸爸，耐心等着。

沉默了好久。

"如果不想说，你什么都不用说，我不会勉强你。"妈妈不耐烦地说。

爸爸抬起头，又低下。

"我被甩掉了，有人代替了我。"爸爸埋着头说，"公司等不了我，等不了一个残废。"

妈妈转过头看着爸爸。

"代替我的人，是我受伤时送我回来的老张。"爸爸说，"那里已经没有我的位置了。"

说完，爸爸从身旁的公文包里拿出一个文件夹。

"这是申请'高工'的材料，他们帮我弄好了。"爸爸说，"他们在工作履历里帮我挂了别的项目，只要提交了这个，我的高工职称就能申请下来。"

爸爸把文件夹摺在桌上。

"可那个项目不是我做的。"爸爸说完，冷笑一声。

"他们不让你在公司待下去了？"妈妈问。

爸爸像是没听见，自顾自地说着。

"项目已经被别人接手了，一切都晚了。"爸爸说，"这是一辈子只有一次的机会。"

妈妈坐回沙发。

爸爸拿起文件夹，捏在手里晃了晃，冷笑着说："这是给我的安慰。"

话音未落，文件夹被扔了出去，砸到对面墙上，一阵哗啦啦的响声，夹子里的文件飞出来，纸片散落一地。

妈妈还未坐稳，吓得猛地一哆嗦。

我也吓了一大跳。

"我这么多年的努力都白费了。"爸爸说，"一切都被玷污了。"

妈妈晓得这一切在爸爸心里的分量。

"我不想回家，我不知道怎么面对你和孩子们。"爸爸说，"从公司出来后，我无处可去，只能躲在这里。"

妈妈的手臂支着腿，双手绞在一起。

爸爸又冷笑起来，笑出了声音。

天气已经转暖，屋子闷热，让人窒息。妈妈有些不适，站起来，走到窗前，用力拉开窗户。

爸爸注视着妈妈。

"我想过了，我同意。"爸爸冷冷地说，"我们离婚吧。"

妈妈转过头，面无表情地看着爸爸。

我突然晕倒了，一头撞到卧室门上。

哥哥跑过来，一把拉住我。

姐姐在一旁喊着我的名字。听到响动后，妈妈跑进卧室，爸爸拄着拐杖跟在后面。

我失去了知觉……

十分钟后，我醒了，跟没事人一样。大家都瞪大眼睛，着急地看着我，我却完全不记得发生了什么事儿。

妈妈好几次提到要带我去医院，我死活不去。我才不！我活蹦乱跳的，哪里需要去医院那种地方？！

我在外婆家地板上翻了几个跟斗，踩着沙发垫子跳来跳去，拼命蹦跶，表明我没事，妈妈这才放心。

爸爸和妈妈正式摊牌了，我们全家也一起离开了外婆家。

还是开着妈妈的车，这次，司机变成了哥哥。妈妈坐在副驾，我还是坐在后座中间，爸爸和姐姐分坐两边。

一路上没一点声响，车里的气氛降到了冰点。

回家后，爸爸妈妈再次回到了沉默状态，两人的结局似乎已板上钉钉了。

两天后，妈妈收拾好东西，到哥哥家里暂住。

虽然只是暂住，我想当初哥哥回家的时候，怎么也不会想到，事情会变成现在这样的局面吧。

哥哥似乎真的成了一个家长，爸爸却失去了一切。

哥哥真的做好准备了吗？

妈妈到哥哥家暂住后，我仔细观察过哥哥的反应。哥哥有些手足无措。这种反应和我搬过去住时全然不同。可妈妈现在无处可去，哥哥也只好隐藏自己的感受。

寄人篱下，心里难免不踏实，妈妈总想着多照应一下我和哥哥。每天下午，妈妈把理发店关掉两个小时，回家给我和哥哥做饭，做好饭再回店里。

下午回家，一推门，满屋子的饭香味。走进厨房，打开锅，看到里面热乎乎的饭菜，我拿出一只小碗，盛好饭，坐在沙发上吃起来。哥哥只看了一眼锅里的饭菜，就合上了盖子。我问哥哥怎么不吃饭，哥哥不说话，皱了皱眉头走开了。

哥哥习惯了自由自在，不喜欢每天莫名多出一顿准时的饭菜。哥哥明白，吃成了习惯就会变成束缚，哥哥不喜欢束缚，可不吃的话，又怕妈妈不高兴。妈妈原本的一片好意，却给哥哥平添了许多纠结。

从外婆家回来后，我一直在思考爸爸和妈妈的关系。

从分床到分居，爸爸妈妈的表现，像是已经彻底放弃了这段婚姻。我不想看到这样的结局。

一天晚上，我躺在妈妈怀里。

"爸爸已经回来了，你为什么还要和爸爸离婚？"我有些埋怨地问妈妈。

"现在是爸爸要和我离婚。"妈妈解释道。

"不！爸爸只是答应了你的离婚请求。"我转过头看着妈妈说，"你要是说些好听的话，你们就不用离婚了。"

"傻孩子，你不懂。"妈妈叹了口气，说，"大人之间的事，没这么简单。"

"有什么难的？！"我说，"爸爸只是在气头上，你只要主动和爸爸说几句好话，就没事了。"

妈妈躺着，不出声。

"你会一直留在哥哥家吗？"见妈妈不说话，我换了个话题。

"我打算在外面租个房子。"妈妈说，"等找到合适的房子就搬出去。"

听到这儿，我把头埋进妈妈怀里，我不想离开妈妈。

妈妈竟这么坦率地把想法告诉了我，没有丝毫躲闪。妈妈真的变了。

"你生日快到了，想要什么礼物？"妈妈笑着问。

"我生日？"我突然灵机一动，说道，"嗯……我只想要我们全家人一起过。”

妈妈考虑了片刻。

"可以。"妈妈说完，微笑着看我。

妈妈这么一说，我更困惑了。

我原本以为妈妈会拒绝我的提议，没想到妈妈并不排斥和爸爸见面。既然两人还能见面，为什么不能和解？为什么执意要离婚呢？

成人的世界真的好复杂……

我把生日计划告诉了哥哥和姐姐，叫他们陪我一起回家过生日，他们都痛快地答应了。

我打电话给爸爸，没想到爸爸倒变得吞吞吐吐的。爸爸把大家的想法都问了个遍，尤其是妈妈的意见。知道妈妈同意了这个提议后，才答应我们到家里来。爸爸向我保证，说他一定会认真准备，争取给我办一个圆满的生日会。听到这话，我突然有点心疼爸爸。

爸爸像是不太愿意我回家过生日，听说大家都要来，只好勉强答应。

妈妈搬走后，爸爸更沉默了，整天一个人闷在家里。妈妈搬出去之前，我们带着爸爸去医院做了检查，医生告诉爸爸，脚上的伤已无大碍，可以尝试着抛开拐杖走路了，可爸爸还是每天拄着拐杖。

爸爸似乎不愿抛开拐杖。

大半生的事业付诸东流，习惯的生活方式也被彻底打破，重重打击之下，爸爸变得事事逃避、退让，以病患自居，把自己包裹起来。拐杖变成了伪装，变成了自我安慰与自我欺骗的口实。

上次摔文件发的火气，似乎把爸爸所有的情绪都发泄殆尽了。爸爸变得软绵绵的，好像提前进入了老年状态，也意外地变慈祥了。

妈妈为我买了个水果蛋糕，里面有我最爱的香蕉和草莓。

我们一起回了家。

爸爸答应要为我的生日做准备，我们到家后，却没人等待，也没人迎接。幸好妈妈随身带着钥匙。打开门，家里乱糟糟一片，没一点过生日该有的装饰，爸爸也不知道跑哪里去了。我们只好自己动手，布置生日场景，准备饭菜，还要替爸爸收拾已经乱得不成样子的家。

不一会儿，爸爸回来了，看到我们都在，吃了一惊。我问他生日的事情，他摸了摸头，不好意思地说忘记了。

饭做好了，我们为爸爸留了位置，爸爸却坐在沙发上呆看着电视。我邀请爸爸入座吃饭，爸爸以他在外面吃了为由，婉拒了。

准备点生日蜡烛的时候，我们都转向爸爸，耐心等着。爸爸意识到躲不掉了，不情愿地关掉电视，和我们坐在一起。

看到爸爸如坐针毡的样子，我有些后悔。我原本只是一番好意，却不经意间扰了爸爸的清净。

我一口气吹灭蜡烛。姐姐问我许了什么愿望，我没说话，我在想自己的计划。妈妈和哥哥把准备好的礼物放在我桌前，我也没瞅一眼。

妈妈把蛋糕分切开，拿塑料小盘子一份份盛好，递给大家。哥哥和姐姐默默吃起来。爸爸把盘子放在桌上，没有要吃的意思。我的眼珠子转来转去，像个探头，全场环视了好几遍。

"今天是我生日，我有话要说。"我清了清嗓子，拿出最成熟的语调，认真地说。

妈妈看向我，以为我有什么生日感言，眼神充满了期待与好奇。

"最近发生了好多事儿，从一开始就是因为我！"我停顿了一下，大家都盯着我看，"妈妈要抛下姐姐是因为我，哥哥回家是因为我，后来投票的事也是因为我，现在爸爸妈妈要离婚，还是因为我。一切都是因为我！"

"傻孩子！"妈妈目瞪口呆地说，"你在胡说些什么呢？"

"我不在意和谁住一起，也不在意大家把我摆来摆去。你们从来不问我怎么想，也从来不问我高不高兴，我都不生你们的气。我知道你们都是为我好。"我放开嗓门说，"爸爸、妈妈、哥哥、姐姐，不管你们做什么，我都不会生你们的气。"

哥哥姐姐都不吃了，抬头看我。

"我不想让爸爸妈妈离婚。"我激动地说，声音像是喊叫，"这次，我不听你们的，我要听自己的。你们要是真的爱我的话，也听我一次。"

爸爸和妈妈的目光汇聚在一起。

我激动得身体发颤，使劲搓了搓裤子，把手汗擦掉。一直以来，我总是保持沉默，心里积压了太多委屈和愤怒。我想，我今天就是豁出去了，谁也别想阻拦我！

"我要搬回家和爸爸住！"我说完，咽了口唾沫，一下子镇定了。

等大家把目光聚集到爸爸身上时，爸爸才反应过来。爸爸有些惊慌，伸手探了探他的拐杖。

哥哥看着我，眼睛发亮，像是在看一出戏。这样的情况，哥哥无论如何也想不到吧。可哥哥的神情没一丝失落的痕迹。

哥哥讨厌波澜不惊的生活，从掌控到失控，再从失控到掌控，这样的突转与挑战才吸引人。

哥哥是那种时刻准备迎接挑战的人。

"我不想我们一家人分开。我要和爸爸一起住，你们要是不搭理爸爸的话，以后也不要搭理我了。"我的情绪稍稍平复，嗓门还是很大，"一切都因我而起，我再也不指望你们了，你们把我当做皮球，抢来抢去，你们自私、冷血，只为自己考虑。我再也不会依靠你们了，我要靠我自己！"

一片沉默……

妈妈低下头，爸爸还在发愣，姐姐一脸不服气地瞅着我，哥哥使劲抿住嘴唇，怕忍不住笑出声。

我赢了？我心想。

我注视着妈妈，想从妈妈脸上找到回答，可妈妈始终沉着脸。

"姐姐，你怎么想？"我转向姐姐，理直气壮地问道。

姐姐瞥了我一眼，不说话。

我的目光绕开哥哥，停在爸爸身上。

我想，爸爸算是我的保底了吧。

"爸爸，你愿意和我一起住吗？"我试探地问。

爸爸看上去有些木讷，一副搞不清状况的模样，让人哭笑不得。

我耐心等着，等了好一会儿。

"我明白你的想法，谢谢你的好意。可爸爸照顾不了你。"爸爸说得很慢，很平静，"爸爸现在连自己都照顾不好，更别说照顾你了。"

"你能这么说，爸爸说不出的高兴。你不光个子长高了，也懂事了。"爸爸用自责的口吻继续说，"爸爸为你高兴，可爸爸照顾不了你，对不起！"

我想解释一下，却被爸爸打断了。

"你不用替爸爸担心。生活还要继续，你们有你们的生活，我也会重新找到我的生活。妈妈说得对，只要一家人还有感情，不管他们是否在一起，都能团结一心。"说到这里，爸爸看了看妈妈，"我们只是不在一起生活了，可还是一家人。爸爸会努力照顾好自己，你放心吧。"

说完，爸爸笑了笑。

我从未听到过爸爸如此温柔的声音。

爸爸转向妈妈。

"孩子们都留给你，我不和你争。"爸爸认真地看着妈妈说，"这房子你想要的话，就留给你，你不要的话，我再买一套新的给你。剩下的财产，等律师算出来后，我也会留一半给你。"

妈妈抬头注视着爸爸。

爸爸的语气舒缓、坦然，像是放下了一切。

我本来想好了劝说爸爸的话，一下子说不出口了。

我想，也没什么值得说的了。

我失败了，唯一一次自作主张的计划也失败了。

我似乎领悟到了爸爸话里的意思，不再失落，不再计较计划的失败，不再遗憾这不圆满的结局。

这真是不可思议！

十　三

最终，我们一家人还是散场了。

妈妈租好了房子，要搬出哥哥家了。我们一家人玉碎般分裂成三块，要在三个不同的地方开始各自新的生活。

生日会结束后，好几天里，我都不敢和哥哥说话。生日会那天的决定，完全是我自作主张，之前没和哥哥商量过。虽然哥哥闭口不提，可我总担心哥哥会生我的气。

又过了两天，一大早，上学的路上，我和哥哥并排走着。

"哥哥，你没生我气吧?"我鼓起勇气问道。

"什么?"哥哥疑惑地说。

"生日那天，我说搬回家和爸爸住，"我解释道，"我不是不愿意和你住……"

哥哥停住脚步，转过身。

"我都知道，我不是爸爸妈妈，我不会勉强你去做任何你不想做的事。"哥哥一脸认真地说，"我带你出来，就是不想让你过得像我小时候那样。我想给你自由的空间，让你自在地成长，而不是束缚你。我很高兴你有自己的想法。你觉得对的事，就应该像个男子汉一样勇敢去做。哥哥不会生气，更不会阻止你，懂了吗?"

我使劲点了点头。

哥哥笑着摸了摸我的头。

听了爸爸和哥哥的话，我觉得自己瞬间长大了，也能坦然接受妈妈搬出去的事实。我想，不管到了什么时候，我们都是一家人。这段时间我们共同经历的这一切，让我无比确信这一点。

我们一家人彻底和解了，不用再考虑哪些事情不能透露给彼此，哪些情况应该回避见到彼此。家庭风流云散后，我们收获了理解与信任，还能互相扶持，这未尝不是一件好事。

妈妈找好了房子，要搬出哥哥家了。搬家的那天，我和哥哥姐姐一起帮妈妈收拾东西。

爸爸还不知道妈妈搬家的事。我们原本打算叫爸爸帮忙，可不确定爸爸的腿有没有好利索，以防万一，便没通知爸爸。

为了方便起见，妈妈搬到了离理发店不远的一所公寓里。

我们一起忙活，帮妈妈收拾东西。大家一下子找回了妈妈理发店开张时的默契。一如从前，没有悲伤的情绪，大家都动手，规划布局，置办家具，摆茶几，抬冰箱，装洗衣机，选窗帘，打理花卉……一直忙到深夜。

我真想永远停驻在这样的时光里。

乔迁新居当然要庆祝一番。妈妈住新家的那天晚上，我们在妈妈家里做了搬新家的第一顿"暖房饭"。妈妈做了好多菜，想美美地犒劳一下我们。

晚饭后，大家吃得太撑了，把收拾桌子、刷碗洗筷这些事丢在一边，横七竖八地躺在沙发上。

妈妈让我留下住一晚。可我第二天要早起上学，妈妈家离学校远，我只好拒绝了妈妈的好意。我们分住在三个地方，不能像之前那样随时见面了。

妈妈嘴上说没事，心里还是有些失落。为了逗妈妈开心，我在地板上翻起了跟斗。我想，以后也没什么机会给大家表演翻跟头了，趁这个好机会，给大家助助兴，让大家看看我的进步。

我像只灵活的小猫，一躬身翻身到墙上，做了个"倒立"。妈妈连声阻止，只说刚吃完饭不要乱动。我没理会。

我想展示一下我的力量，让他们看看，我不仅长高了，也比过去有劲儿了。

热完身后，我就在地板上翻起了跟头。

妈妈说我从小就特闹腾，一刻不得闲。半岁的时候，就在床上滚来滚去，为了不让我摔下床，她没少费心思。妈妈还说，我长大了可以当一个杂技演员。我突然想到马戏团里的小丑，穿着特大号鞋子，最鲜艳的衣服，嘴角和眼圈画了阔阔的粉边，鼻尖红彤彤的，蓬松的黄发像被炸开了锅，挤成橡皮泥般的脸，时刻琢磨着怎么逗大家发笑，没人的时候，也会躲在角落里偷偷哭泣。兴许我上辈子就是个小丑呢！

我的表演越来越复杂，腾挪跳跃，旋转如飞，前空翻、后空翻、云里翻……大家都看呆了，为我鼓掌加油。大家一鼓掌，我更得劲，更卖力了……

高潮过后，表演行将结束。我在客厅正中间站定，像是正式的舞台演出结束，鞠躬谢幕，庄重地迎接最热烈的欢呼。

一阵眩晕袭来，我侧身翻倒在地。

大家以为我是故意摔倒吓唬人，便伸长脖子，等着我站起来。我挣扎着想站起来，却没一点力气，不到一股烟的工夫便昏睡了过去……

十　四

　　醒来，我发现自己躺在病床上，大家都围在我身边。

　　妈妈的眼睛肿了，是哭过的痕迹，我知道她一夜都没好好睡。看到我清醒过来，妈妈拉住我的手，对着我笑。

　　哥哥站在妈妈身旁，爸爸扶着拐杖站在妈妈身后，笑着看我。我四处张望，在角落里找到了姐姐。姐姐坐在椅子上，蜷缩着腿，双手环抱膝盖，头歪向一侧，睡着了。

　　我问妈妈，我为什么会在医院。妈妈不说话，大家也不吱声。可我知道自己病了。

　　早上，我清醒了一会儿，迷迷糊糊间，隐约中听到哥哥和医生说话的声音。

　　哥哥和医生站在窗前。

　　哥哥向医生询问我的病情。医生说我得了脑瘤，初步诊断可能是晚期。哥哥顿时沉默了。

　　我不知道什么是脑瘤，什么是晚期。看哥哥的反应，总觉得不是什么好事。医生还说，我会渐渐失去记忆。

　　失去记忆？忘记一切？

　　我们一家人走了好长的路，才好不容易又聚到一起，我不想和他们分开，也不想忘记他们。

妈妈问我想吃什么，我摇了摇头。我用力抬了抬胳膊，没一点障碍，只是不太灵活，真不懂为什么非要让我躺在床上。我想蹦起来，一路跑回家，我有这个力气！

我问妈妈，我得了什么病？妈妈说我没病，只是身体不舒服，需要休养。我想下床走走，妈妈看向医生，医生给妈妈递了个眼神，眼神里没有明确反对的意味。

妈妈帮我穿好外套和拖鞋，扶我下床。我推开妈妈的手，慢慢挪动步子，走出病房。妈妈跟在后面。

病房外面好多人，来去匆匆。

我和妈妈走到走廊尽头，站在窗前。窗外的风吹进来，我有些头晕，伸手扶住墙。妈妈看我不对劲，要拉我回去。我推开妈妈，蹲下，手撑在地上，头晕缓解了不少，我慢慢站起来，又眩晕起来。

我不服气，蹲下，起身，蹲下，起身……反复了好多次，最后蹲在地上大喘气。稍缓了一会儿，再次起身，一阵强烈的头痛袭来，还没站稳，就猛地摔倒了。

妈妈把我抱进病房。

我睁开眼，盯着天花板。天花板纯白透亮，没有一丝阴影，我的呼吸慢慢均匀了。

妈妈抹着眼泪，转身出了病房。哥哥跟了出去。

姐姐醒了，坐在床前，拉着我的手。

这下我知道自己病得不轻了。

两个星期过去了。

哥哥和姐姐去学校了，爸爸和妈妈陪着我。我突然好想和哥哥姐姐一起去上学，像以前那样，一路上搭伴同行，聊着学校里的趣事。

头痛再次来袭，我已慢慢适应了这种痛感。我想活动手脚，可是动作很别扭，不像之前那么协调了。我感觉我的精气神、男子汉气概都在慢慢减退。

看护护士是两个年轻漂亮的姐姐。每次她们进来，我便眼睛放光，心跳加速。我想和她们多说会儿话，想让她们多陪陪我，可她们只是笑着摸摸我的头，便去忙别的事了。

姐姐从没像现在这么温柔过。不管怎么逗她，她都不骂我了，只是微笑着，要不就背着我偷偷哭。

妈妈关掉了理发店，一刻不离地守着我，每天给我洗头，洗着洗着，头也不那么痛了，渐渐地就能睡着了。

爸爸坐在病房的角落里，一声不吭。偶尔拄着拐杖在走廊里徘徊，时不时望着窗外发呆。

只有哥哥依旧那么沉静，可他最忙碌。

大家都守在医院里，外面的事，全靠哥哥一个人去"跑动"。哥哥每天开着车在学校和医院之间来回跑，回到家已是深夜。高考马上到了，还有很多功课要复习，哥哥变得好憔悴，可还是强撑着。

看着大家饱受折磨，我一刻也不想待在医院了，只想回家。

住院已经一个多月了，漫长得像是过了好多年……

一天，床边柜子上的塑料袋突然掉在地上，袋子里的黑色塑料片散落在地上，姐姐赶紧把塑料片收起来，可还是被我看到了。塑料片上有好多圆圆的图案，看着像核桃仁。后来我才知道，这是我的大脑，图案上面有一个突起的小肿块，很显眼，这或许就是"脑瘤"，那个每天折磨我的东西。

到了晚上，妈妈去了厕所，哥哥和姐姐在病房陪我。

"我到底得了什么病？"我问姐姐，语气很平静。

"你没病。"姐姐低下头说。

我看着哥哥，又问了一遍。

"不要再问了！"哥哥有点生气，不耐烦地说，"你只是在休养，很快就会好起来。"

所有人都骗我，我好失望。

我不知道为什么会得这样的病，毫无预兆，我毫无还手之力。我这么活泼，我还没活够呢！

我求妈妈带我回家，妈妈死活不肯。我怄气，不和妈妈说话；我故意尿床，大家也不责怪我；我干脆不吃饭，绝食。大家找来医生，强行扒开我的嘴，用食管给我进食……

我越来越虚弱，视力也变得模糊，到了晚上，眼前一片黑暗，心里特别害怕，妈妈便会搂着我，直到我睡着。

我每天都会头痛，睡梦中也会被痛醒，早上醒来还会呕吐。前一天发生的事，要费好大功夫才能想起。

接下来三天，我感觉顺畅了好多。我告诉妈妈，我的病快好了，又嚷嚷着要回家，哥哥让我别着急。看到我的气色好起来，妈妈高兴坏了，买了好多好吃的，喂我吃，可我一点食欲都没有。

我透过窗户看着外面的天空，更想家了。

接着是两个月的化疗。我瘦了一圈，头发都掉光了，整个人也黑了一圈，脸上的雀斑却奇迹般消失了。

我问姐姐，我是不是变帅了？姐姐用鄙夷的眼神看着我。

哥哥计划着暑假带我去学游泳。

大家都相信我一定会好起来。

我强忍着，想让他们放心。已经三个月了，耗了太长时间，他们都快撑不住了。

一周后，我住进了重度监护室，昏迷了两天，偶尔醒来，又睡着，反反复复，还带着抽搐、痉挛。这是徘徊在生死边缘的两天，我的体力完全透支，鼻子里塞满管子，大小便完全失禁。

终于熬过了昏迷症状，我又搬回了病房，可右腿已经没有知觉了，手臂也举不起来。

一天中午，我看见哥哥、爸爸和我的主治医生站在走廊里交谈着。一会儿，爸爸把哥哥叫到了一边，两个人像是在争执着什么。爸爸突然转身走进病房，坐在我床前，眼泪唰唰地往下流。

"我想回家，爸爸。"我看着爸爸，用嗓子里挤出来的声音说。我抓住爸爸的手，却使不出一点力气。

"爸爸带你回家！"爸爸擦了擦眼泪，说。

爸爸把拐杖扔在一旁，扶起我，转过身，把我背在背上，朝病房门口走去。

哥哥站在门口，挡住爸爸。

"只要还有一线希望，就不应该放弃！"哥哥说。

"让开！"爸爸大喊了一声。

哥哥吓了一跳，慢慢侧开身。爸爸背着我出了病房。

我转过头，看到妈妈瘫倒在走廊里。哥哥和姐姐赶紧跑过去扶起妈妈。

终于回家了！

这真是三个多月来最开心的一天！

回家没两天，哥哥就给我置办了一个电动轮椅。

我又能自由活动了！

我顾不得头痛，顾不得呕吐，顾不得掉头发，顾不得昏迷，顾不得渐渐瘫痪的身体，坐着电动轮椅，在家里开来开去，还支支吾吾哼着歌。

我们都回到了爸爸家。我和妈妈住一起，爸爸搬到了我的房间。

一天，我坐着电动轮椅，路过卧室门口，看到妈妈坐在床前哭，爸爸站在一旁。我出院后，爸爸再没拄过拐杖。

"老天为什么要对我这么残忍？"妈妈哭着说，"我活着还有什么意义？！"

爸爸伸手拉住妈妈。妈妈甩开爸爸的手，起身出了卧室。

我想跟上妈妈，姐姐从后面拉住我的电动轮椅，摇着头，不让我去。

我哭了，放声痛哭……

过去半年多的时间里，我经历的比之前十一年都要多，我不知道自己成长了多少，可我拥有了一个完整的家庭。

我的记忆还残留着，我想记住身边的每个人，重新梳理生命流淌过的每个印记。我的家人都是再平凡不过的人，可他们身上都散发着温暖夺目的光芒，构成了我生命中最完整的意义。我想和他们每个人说说话。可他们围在我身边的时候，我却说不出口。

我让妈妈给我拿了一支铅笔、一个练习本。我想为他们每人画一幅画，用图画寄寓我想对他们说的话。可我只完成了送给哥哥的那幅画。

我告诉妈妈，我想见见外婆。

可我没能等到外婆。

十 五

　　我如愿回到了外婆家。

　　夏天终于来了。外婆家不远处的小山坡上，牵牛花、雏菊、风铃草、大喇叭花……遍地盛放，空气迷蒙鲜香。

　　闲暇的时候，外婆就采一捧野花，放在我的墓前。

　　我一直跟随着我的家人。妈妈好几次都处在崩溃的边缘，在哥哥和姐姐的劝说下，妈妈搬到哥哥家里去住。姐姐不放心妈妈，也跟了过去。

　　爸爸一个人住在家里，虽然从医院回来后彻底抛开了拐杖，却始终没振作起来。与我生病期间的茫然失措不同，爸爸的绝望不再是"压抑式"的，他整日浑噩，醉至深夜，才跌跌撞撞回家，回来后，一头栽倒在沙发上，呼呼睡去。

　　一天傍晚，忽然下起了瓢泼大雨。哥哥出现在爸爸家门口。敲了很久，没人应，便站在门口等。

　　过了好久，楼梯间出现一个人影，身穿破旧的浅蓝色牛仔裤，黑色外套，头上戴着一个黄褐色套头帽，遮住杂乱的头发，胡子邋遢，浑身酒气，一手扶着墙壁，摇摇晃晃走来。

　　认出是哥哥后，爸爸稍稍止步，随后转身就走，哥哥快步跟上。

爸爸跑了起来。

"你不为妈妈考虑吗？你这副样子，妈妈怎么办，这个家怎么办！"哥哥边追边喊，"生活还要继续，活着一天就要抗争一天！我在努力，妈妈和妹妹在努力，你也要努力！"

没等哥哥说完，爸爸早已消失在阴暗的走廊尽头。

只剩一盏枯黄的吊灯，在细雨中来回摆动。

爸爸一连好多天没回家，往日常去的地方也无迹可寻，人间蒸发了一般。

哥哥把事情告诉妈妈和姐姐，妈妈什么都没说，姐姐却吃惊地看着哥哥。

姐姐看出了哥哥的柔情。我死了以后，哥哥内心最柔软的部分被深深触动，不再斤斤计较于自己的过去。哥哥似乎真的释怀了。

我死后的第三个月，妈妈突然决定搬回家住了。

哥哥默许了妈妈的想法。正值高考冲刺的最要紧阶段，哥哥像是松了口气。姐姐不放心妈妈，跟着回了家。

妈妈又干起了理发生意。一如从前，早出晚归，悄无声息地忙活着。到了饭时，就点些我们往常一起吃的外卖，填填肚子。偶有闲暇，便透过窗户看着过往的车辆和行人。妈妈已经历了太多伤痛，似乎一切都无法再刺痛她、伤害她。

爸爸也悄然回来了。妈妈每天回家，竟没察觉到爸爸是何时回到家里的。

两人各自待在屋里，甚少碰面，也互不打扰。只是从室内光线与物品归置的细微变化，妈妈才隐约嗅到了那股熟悉的气息。

从决定离婚到现在，二人并未谈起离婚的"后续问题"。两人似乎也未考虑过离婚后各自的生活与规划。既然不去考虑未来，那问题也无从谈起。

一天深夜，妈妈下班回到家，刚关上门，爸爸突然从卧室里出来。爸爸显然等待已久。

两人相对无言。

"你饿不饿？"爸爸挤了挤微笑，"我弄了几个菜。"

"我吃过了。"妈妈冷冷地说，说完朝卧室走去。

"我前段时间去公司了。"爸爸抢了一句。

妈妈停住脚步。

"我去办理离职手续了。"爸爸认真地说，像是已酝酿许久，"我不打算申请'高工'职称了，我在市里的技术学院找到了一份兼职授课的工作。我打算留在家里，开个店，顺便教教书。"

"也许你已经不爱我了。"爸爸犹豫片刻，继续说，"可我还想和你一起生活。"

妈妈注视着爸爸。

没等妈妈回应，爸爸默默回了卧室。

又过了大半个月，大家一起到外婆家看我。

姐姐接过外婆采好的一捧野喇叭花，放在我的墓碑前。

姐姐蓄了一头乌黑的长发，身着黑色连衣裙，脸色红润，眼神婉转而不失忧郁，浑身散发着娇羞的气息……姐姐已然变成一个美丽的姑娘了！

"我会好好照顾爸爸妈妈的。"姐姐微笑着说，"你放心吧。"

哥哥走过来，蹲在我面前，从上衣口袋里拿出一张纸。这是我最后画给哥哥的那幅画。

哥哥哭了。这是我第一次见哥哥哭。

"我决定去上大学了，我考上了省里最好的大学。"哥哥抽泣着说，"哥哥不是你画里的超人，哥哥会努力的，一定不会让你失望。"

泪水早已模糊了妈妈的视线，爸爸从兜里拿出纸巾，递给妈妈。

姐姐走过来，拉住妈妈的手。

"我可怜的孩子！"妈妈哭着说。

大家紧紧围在妈妈身边，低头不语。

外婆站在一旁，手里拿着一捧刚采好的野喇叭花，抬头看着天空，微风拂动她黑白相间的头发，徐徐飘舞着。

蔚蓝色的天空，浩瀚而深远。

"不是可怜的孩子，是快乐的孩子，世界上最快乐的孩子！"外婆微笑着说。

后　记

　　本书收录的 3 部中篇作品，完成于 2017 年到 2019 年间，时间上有些跨度，却始终秉持着简约的风格。这既有作者个性的缘故，也是文本品相使然。在现代主义精神与极简潮流的影响下，小说的文本，似乎已无法容忍任一种矫揉造作，对此，本人亦深有所感。此外，也有电影的影响。用最少的篇幅描绘细密绵长的生活，成了作品形式建构的根基。化繁为简的坚持，是对质性纹理的执意。或许平静，或许残酷，都是诚然不做假的表达。即便少了青春的燃情，结局的光明亦投注了生活的希望与礼赞。

　　本书完成于作者 28 岁，28 岁该是留下些朝气的年纪，本书也该是带有青春印记的小书。时隔两年，再次修订，却无法从中关照过往的影像，这是作品的遗憾，也是成长本身难以避免的遗憾。余下的，都在结尾那残存的希望里，那未可知的、无从言说的、迷雾一般的生活里。人物并未随着结局止步，一切也并未止步。